从玉门关起，我遇到了一个人，他陪我走过一段很长的路，他救过我，教过我，安慰我。

日日夜夜，我的眼里和梦里都是他。

那时候我年龄小，不知道要怎么说出自己的

MEMORY HOUSE
记忆坊文化

心意，不知道要怎么抓住他，但我一直知道，我想留在他身边，我想永远陪着他。

我并不在意凤冠霞帔，诰命夫人，荣华富贵，我所求者，不过是一人心。

而他别留下我，别放开我，李渭。

我只想和你在一起。

休屠城

渭北春天树（全二册）龙漫城 上册

休屠城 著

江苏凤凰文艺出版社

图书在版编目（CIP）数据

渭北春天树：全二册 / 休屠城著 . — 南京：江苏凤凰文艺出版社，2023.3
　ISBN 978-7-5594-7377-6

Ⅰ . ①渭… Ⅱ . ①休… Ⅲ . ①言情小说 – 中国 – 当代 Ⅳ . ① I247.5

中国版本图书馆 CIP 数据核字 (2022) 第 233295 号

渭北春天树：全二册

休屠城　著

责任编辑	白　涵
策划编辑	朱　雀
营销支持	杨　迎　刘　洋　史志云
绘图支持	岁岁长　荀白茶司　南方喵族　TUTU
内页题字	听　莲
封面设计	小贾设计
版式设计	天　缈
出版发行	江苏凤凰文艺出版社
	南京市中央路 165 号，邮编：210009
网　　址	http://www.jswenyi.com
印　　刷	三河市国新印装有限公司
开　　本	670 毫米 ×970 毫米 1/16
字　　数	526 千字
印　　张	27
版　　次	2023 年 3 月第 1 版
印　　次	2023 年 3 月第 1 次印刷
书　　号	978-7-5594-7377-6
定　　价	78.00 元（全二册）

江苏凤凰文艺版图书凡印刷、装订错误，可向出版社调换、联系电话 025-83280257

从此她的梦里都有这样绚烂的夜色

日、月、年,乃至一生,永不磨灭

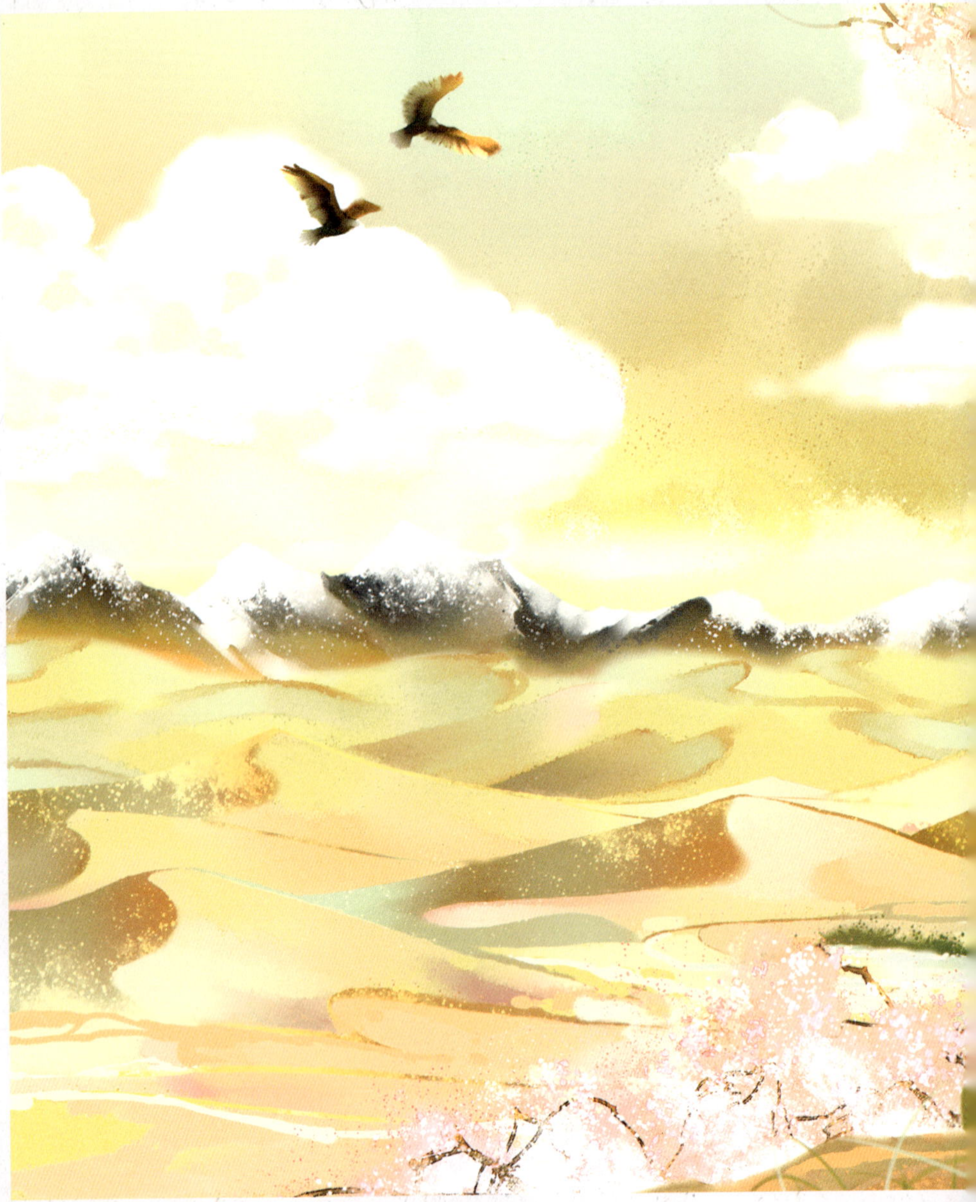

马后桃花马前雪
祁连不断雪峰绵
玉门关外风滚草
黄沙漫漫驼铃道

目录

壹 红崖沟	001
贰 归家人	018
叁 清平调	041
肆 笼中燕	062
伍 芳魂逝	083
陆 玉门关	101
柒 伊吾道	128
捌 鬼魅碛	152
玖 野马泉	180
拾 桃花疹	201

壹 红崖沟

　　天蒙蒙亮，灰蓝天际线露出鱼肚白。寒风乍停，四野静寂，不远处几点火光渐次熄了，高耸的夯城在辽阔荒野里露出了模模糊糊的轮廓。

　　漫天星子暗淡，只余正空中几粒，触手可及，伶仃雪亮。城上兵盔锃亮，上覆薄霜，粘住红艳艳的头缨，九月的早霜季节，这儿的夜格外寒冷。

　　正当卯时，边城犹在酣睡中，守城火长匆匆抹了把脸赶上城墙交值，站岗兵卒中有几个刚从两广征过来的新兵，冻了半夜，嘴唇发紫，手足僵硬地挪下戍楼，被火长一杆铁枪敲在头盔上："才站了半宿就跟瘟鸡似的半死不活，都给老子挺起腰杆走路！"

　　火长名严颂，身形枯瘦，敦煌县鸣沙山人，在边军摸爬滚打二十余载，四十出头已是满脸风霜。严颂此前一直在合河镇戍边，几年前朝廷把合河镇戍军编入玉门军重，严颂才迁来此处。

　　天色渐熹，风席卷旷野，沙石渣土被吹得又脆又冷，头顶已是澄净如蓝玉，天边团着几朵似火霞云，严颂上下巡查一遍，倚着墙垛抖皂靴里的黄尘，墙脚下灰扑扑的芨芨草被风沙埋了半截，茫茫漠野尽是黄沙坷砾，不带一点生气。

霞光照耀的最远处，一团黄蒙蒙的扬灰迎着橙红光芒慢腾腾地从西北处来，严颂观望许久，自怀里拿出个古旧的千里眼，凝望片刻，干瘪的脸上有了些许笑意。

他朝城下戍兵挥挥手，晃悠悠地背手走下来："准是孙老皮子那拨人。"

或许是无垠平沙太单调，显得太阳硕大而艳丽，红彤彤地爬出云翳，越上沙丘，将脚下这片黄沙渲染得鲜红如血。

耀眼晨光里，黑影渐渐显出轮廓，驼铃声晃悠悠吹来，迤逦队伍中，服饰、面容各异的男人背着行囊，带着驮驴、骆驼、牛马，不紧不慢地走近这黄沙漠漠中的最后一道关戍——玉门关。

领头的几个男人骑着高头大马，其人有胡有汉，腿上挂着箭囊，其后随着一个骑骆驼、抽旱烟的老者，后头拉拉杂杂跟着百来个旅人。这行人满脸倦色地裹在毡裘里，其中多是黄肤黑发的汉商，亦有高鼻秃发的大蒲人，皮帽贯头衫的波国人，浓须白衣的西域人，还有几位袈裟挂珠的和尚。叮当作响的驮骡上俱覆着大软包，商队外围又跟随着不少负箭男子，昂首驱马而行。

抽旱烟的老走马人满头霜发、精神矍铄，正是严颂口中的孙老皮子。老皮子是对驮马道上走马人的谑名，老者名孙行翁，甘州人氏，年逾耳顺，在西域一道走了四十多年，是道上顶有名的向导。此时翻下骆驼，咬着旱烟嘴先给严颂作揖，笑脸如菊："军爷，老汉可又来叨扰了。"

"走了五个多月，再不回来就该急喽。"严颂笑道，"城门刚开，今日里您是头一拨。"

"都是托了朝廷的福，玉门重开，道路畅快，小的们紧赶慢赶，趁着边门一开，到城里歇歇脚，补充些水粮。"孙行翁道，"如今商队都从敦煌道改至玉门行走，一路尽是驮马，再晚些到，照检过所关牒少不得要花个大半日工夫。"

严颂点头称是，几年前朝廷与北宛大战，打通了北宛盘踞的伊吾故路，把前朝废弃的玉门关由敦煌东迁百里至河仓县葫芦河上游，屯五千玉门军，八百军马驻关。伊吾道未开之前，商队使者多从敦煌取道西域，敦煌路多沙碛，道路常被风沙掩埋，只能凭着沿途的人畜骸骨和马粪辨路，一路上又多些诡谲异事，人人不堪其苦。现下伊吾路重回朝廷之手，重设十驿，故而商队络绎，使者往来不绝，甚是忙碌。

城门一开，旅人们下地活动筋骨，准备照检过所文书，人群中拨出匹矫健枣马，上头坐着名锦衣鹿靴的年轻男子，眉目英朗，风姿潇洒，衬着身后的黄沙艳霞，翩然入画，十分耀眼。

这锦衣公子同身侧短须白面的中年男子说了几声，两人一同翻身下马，双双穿梭进驼群查看包袱，又令人抱出粮秣来喂食驮骡。

严颂眼光毒辣，打人群里就瞧见此人，问道："那锦衣公子是？看着倒不似买卖人。"

孙行翁嘿嘿笑了一声："这是陇西段家的二公子。"

严颂"哎"了一声，打量道："凉州段家？"

"可不就是。"孙行翁抿一口烟丝，"自从段家长房东迁后，河西买卖都交给了二房打理，可这回不知怎么着，竟来了个长安段家人。"孙行翁捻着烟草叶，"这二公子，进退有礼，人又谦逊，极好。"

河西一带谁人不知陇西段家。

段家商贾出身，买卖却不在中原，山东青州的丝绸、江浙的刺绣生绢，四川的蜀锦，越窑、邢窑的瓷器，江南的茶叶，凡我所有他处无之东西，悉数装入驮垛，过陇西黄河，经河湟谷地，沿着祁连山一脉，驮马叮当远走西域，运回价值连城的乳香、没药、麝香、血竭、马匹、珍珠异宝，流入天下八十一州，流入王孙贵族之手。

几代下来，段家获了多少资帛，藏了多少天下奇珍，谁人也说不清，只知道段家金银铺地，兰木为薪，富可敌国。

三十多年前，段家长子段芝庭登科入仕，走商营生交给二房段傲明打理，长房脱了商贾的袍子，迁居长安，携了金鱼袋白玉銙，一脚跨进了朱门深院。

严颂顶着芝麻大小的军职，对朝廷边角传闻却很了解，摸着下巴："听闻皇上新纳的妃子就出自陇西，是段家旁支……"

这边正说着，城门那处却起了争执，一戴着高筒毡、高鼻长胡的波国人牵着骆驼，叽里呱啦地同一个绸帽青衣的汉人吵了起来。

那汉人中等身材，足足比波国商人矮了一个脑袋有余，此刻气红了脸，仰头骂："你这厮没有道理，你的骆驼赖着不走，便让一让，让后人先行，做甚占着路。"

一只灰毛骆驼觑觎城门旁的刺草，啃得悠闲，趴地挡住了大半条道，波国商人汉话说得不够流利，口音也重，又见后头旅人口有怨言，难免有些急躁，一番叽里呱啦的解释更是不知所云。

后头有一十七八岁的憨厚少年骑着匹大青骡子上前，帮着牵赶骆驼，那骆驼也怪，越赶它越悠闲，此刻四腿一跪卧倒在地，索性把城门堵了个严严实实。围观众人又气又好笑，那骆驼皮糙肉厚，马鞭脚踹都不管用，波国商人在一旁束手无策，看着自己的骆驼被众人用靴子踹得脏兮兮一片，不住地吹胡子瞪眼。

严颂指着那憨厚少年问道："那是周阿虎的儿子？"

"是。"孙行翁抽一口旱烟，"虎子死后，这孩子闹着要出来走马，周家娘子死活不肯，可一家七八口人要吃饭，最后还不得送出来。"

孙行翁喊着那少年："怀远，来同你严叔问个礼。"

那少年跑过来，嘻嘻一笑："严叔叔好。"

"这孩子，瞧着倒有七八分虎子的精气神。"

也不得不再叹一声，周阿虎穿梭沙漠二十年，却死于风沙之中，死时连骸骨都未寻着，也不知路上哪堆白骨、哪抹孤魂是故人。

"可不都是命。"孙行翁吐出一圈青烟，"我们带着这孩子，也算是给虎子一个交代。"

祁连山北，合黎山南，乌鞘岭以西，三山之间是为河西。它北抵漠北，南通河湟，西进凉州、甘州、肃州、沙州。

河西原是胡人故土，自汉起朝廷在此屯兵屯田，汉人中多是祖辈迁于此的穷困百姓和罪人，家无恒产恒田，为了活命，其中不乏严颂这样的，二十入行伍，六十还田地，挣得一份军饷和地位低微的小职，另也有孙行翁和周家父子这样的，带着驮马队，领着千里求利的商旅，穿行在茫茫沙漠中，到达他们所能及的最远方，来换取一家的富足生活。

关牒足足照检了一个多时辰，商队里有十来个雪肤碧眼的胡姬被拦下，守城的兵卒都是愣头小伙，直勾勾地盯了半晌，前头一人在怀里翻找半日，气吁吁地掏出沓帛书赶来："兵爷，这些俱是我买的舞姬，牙书在此，请兵爷过目。"

段瑾珂拍拍身上尘土，钻出骡群，见严颂在胡姬旁辟出条道，笑意满满："段公子这边行。"

段瑾珂拱手："多谢火长。"

严颂报了姓名，当下几人一阵寒暄，严颂唤来壶热茶："陈年旧茶，就怕公子嫌弃。"

段瑾珂也不推辞，连夜行走，早已是风沙覆脸，满腹寒风，当下道谢，一饮而尽。

商队行至最后，一灰衣的青年男子牵着匹灰马，拎着箭筒，肩头扛着一包粮秣，跟着驱赶牛骡的车夫进了玉门关，严颂瞧见男子背影，大声唤他："李渭。"

男子回过身来，他的眉眼深邃，面上沾了几点灰，这么冷的早晨，鬓边却挂了汗珠，一人一马，都是热气腾腾。

"严大哥。"

"回去安顿好了，来家里喝酒。"

"待空了，定来。"

段瑾珂喝着茶，听见两人对话便抬头瞧了眼，李渭他是认识的，曹得宁每次出西域，都要请上孙行翁做向导，李渭一队人随行。千里之途危机重重，除了自家商号里的青壮年，少不得要再请些熟门熟路的护卫照应着，这一队人里，李渭话不多，箭术倒极好。

初春跟着曹得宁从甘州出发，过玉门，经安西四镇，足足走了五个月，带回三百丝驮万缯丝，往返万里，终于回到了玉门关。

进了玉门关，众人悬在半空的心倒是踏实了大半，再行几日就到了肃州，在肃州停留一日，三四日就能进白马戍，白马戍后，便是甘州地界。

抿尽水囊里最后一口酒，虩了眼重新上路的驮群，孙行翁歪在骆驼上舒适地打起盹。

肃州原称酒泉，最有名的是玲珑夜光杯，岁岁朝贡，此外酒泉烧酒最佳，宜醉，瓜果最甜，宜畅吃。

到达肃州这天，老天爷泼泼辣辣地浇了一场寒雨，众人围坐在邸店里痛痛快快吃过一场酒，歇整一日便东往甘州。

肃州距甘州四百余里，沿祁连山麓一路东行，风景渐与荒野塞外不同。碧空如洗，白云舒展，巍峨山脉映衬着山顶终年不化的积雪，远处草场绵延起伏，舒展如画卷，众人一路行来，见惯了无垠黄沙，遥望山川湖泽，皆是心旷神怡。

黑泉驿是道上的一个破败小驿，众人在此补充水粮，曹得宁过来同段瑾珂商量："珂哥儿，已是晌午，不如在此歇歇脚再行吧。"

"一切都听曹叔叔的主意。"

一路若非驿站村落，能抬锅做饭之处，众人皆以干粮为食，干粮多为胡麻饼和肉干，沿途驿站和行客店都有售卖。胡麻饼一二寸厚，炭火烤炙，厚实咸香，中间戳一个小洞，用粗绳穿成一溜，用时沾水泡软，佐肉干而食。

段瑾珂生于长安，母亲出身江南官宦，家中厨子都是南人，擅做精细脍食，这半载，别的倒好说，在饮食上颇有些苦不堪言。

胡饼干涩，段瑾珂干嚼咽下。贴身小厮魏林从袖里翻出个小盒，倒出几枚蜜饯："公子，给。"

那是长安崔家铺子顶有名的紫苏梅子，小小一盒琉璃盏装着，颗颗莹润，

色如胭脂红，酸中带甜，异常清口，这一路段瑾珂就是靠着此物苦熬过来的。

段瑾珂嘴里噙着梅核，站起来眺望远处山峦，前方是野马南峰，群山遮目，连绵起伏不知几重。

本朝把凉州封为河西军镇，有六折冲府，驻守着四万赤水军，交市定在甘州，设交市监，鼓励中原与西域杂胡在此贸易，等商队进入甘州卸下驮子，就是万里之途终还家。

"呔，等到了甘州……"商队里不知谁开了这个头，"等到了甘州，非得吃上个三天三夜不可，来个驼峰，来碗酥酪，沙水马蹄鳖，雪天牛尾狸，神仙与都不换。"

"葡萄酒最佳，羊羔酒最痛快，长安酒买上百八十坛，三天三夜也喝不完。"

"自然是甘州城里的小娘子，抱着睡个三天三夜才够。"

众人哄然大笑。

上有飞鸟展翅与峰试高，下头商队在曲折道上拉出一条不见前后的队伍，驼铃叮当，慢悠悠地策入山道。

野马山中多碛石，是遭经年冰雪风雨侵蚀的碎石，商队转过重重山崖，触目皆是山棱陡峭，乱岩耸立。

行了数里，一处石洼地映入眼帘，这是一片被风刮肆的荒地，草木稀少，沟壑深浅纵横，满地土石散碎，奇石怪棱甚多，石色如血，间以酪黄、赭石、深红、深紫等色，像是地火熔炼瞬间凝固一般，又多窟多洞，如柱如林，常容易迷失当中。因此处石土色如红赭，当地人称此处为红崖沟。

风咻咻磨砺在石上，听得人有些抓心挠肝的烦，行至半道，领头的赫连广眉尖突挑，策马前奔。

他回头做了个手势，阻止商队前行，正色道："地上的蹄印不对劲儿。"

众人本就有些惶惶不安，此刻都抓紧自己身上的褡裢包裹，慌乱问："出了何事？"

赫连广踢开道旁乱石，只见沙土上一道歪歪扭扭的深印，似是马车慌不择道时轧过的痕迹，往前看，地上一片凌乱蹄印，深深浅浅毫无章法，不远处一块怪石上还勾着一片布帛。

段瑾珂仔细查看痕迹，孙行翁在一旁道："有车印、马驴蹄，还有人的脚印。"

"还有一种……包了精铁的马蹄印。"段瑾珂皱眉。

"可是马贼？"

野马山是甘、肃两州必经商道，红崖沟一带山石诡谲，沟壑纵横，多有流窜至此的匪帮藏身山中，专门劫掠过路商旅。

众人听闻是马贼，都有些惶恐不安，曹得宁倒不慌张："未知真假，大家暂且镇静，何况咱们人多势众，弓矢精良，也未必应付不了。"

赫连广、沈文去前路探看，不一会儿打马归来："前头有条沟里散着车辕破壁，还有些日常用具，看来是之前一拨路人遭了劫，但未见血渍尸首，应是割麦。"

割麦，行道话，庄稼留根，一茬儿一茬儿长，不杀人，只掠货。

"既然如此，快快行路，莫要再做耽搁。"

众人急急前行，未多久，后头突然一阵骚乱，有人突然伸手指道："那沟里……是什么？好像躺着个人啊。"

沿路是条斜沟，极陡峭，数十米深，里头乱石滚地、岩礁狰狞，土石皆赤红如霞火，衬得沟底的那片白尤为单薄。

"就算是个人，这满地乱石，这么陡的崖，怕也是死了。"有人道，"还是快走吧。"

不知什么时候，她又从那片无边的混沌中醒来。

大约是痛久失了知觉，整个人犹如柳絮吹于风中，绵软无助，打着旋晃悠，要被冷风吹碎了一般。

真冷，怎么这么冷，冷得身体好似冰晶，脆薄冷硬，落地消融。

要坠不坠的晕眩，满脑子都是嗡嗡的响声，她莫名有些害怕，颤抖着想要抓住些什么。

涂着凤仙花汁的手指向她伸着，她勉力要去够那漂亮的指尖，可离得太远太远了，无论怎么努力她也够不着。

什么都没有，她遽然从半空中摔下去，瞬间是锥心刺骨的疼痛，耳里轰隆隆响，胸膛、喉咙、鼻腔灌入火辣辣的痛，像无数冰锥扎进身体。

她从那虚无的幻想里痛醒过来。

她模模糊糊地想：若是被野狼叼去吃了……会不会很痛……

隔了半晌，她又想：想必，模样肯定很难看……

久了，她恍惚瞧见张虚幻的脸，一双漆黑的眼，她不记得自己见过这双眼，疑心是幻觉，又想着：难道是鬼差？鬼差来勾我了？

李渭蹲在她身侧，寸寸抚过她软绵绵的四肢，然后抚摸上她的身体。

她痛嘶一声，身体好像被撕裂出个大窟窿，剧痛冲上脑海，痛得要死了，胸腔里全是咝咝作响的血气，翻滚着往上冒。

她的神志却遽然清醒：难道是回来掳我的吗？

她模糊记得一个男人抓着她的肩膀，钉着铅铁的靴子踹在她胸口，把她甩了出去。

她听不清他在说什么，只想着：士可杀而不可辱。

李渭小心翼翼地抱她起来，她痛得失了神志，狠命从他臂弯里抬起头来，咝咝喘气，眼前是黑乎乎的一片，她偏首，梗着脖子，往脸畔的手臂上死死地咬了进去。

夹絮粗布，尖锐的虎牙透过衣裳咬住他一小块皮肉，像只受伤的兽崽子似的，李渭不觉疼，倒有些诧异，皱眉盯着怀中人。

一张巴掌大的脸上全是沙石血污，黑眉紧蹙，长睫上还沾着血灰，有点伶仃的意味。

腥甜的血冲出喉腔，她的身体软绵绵地抽动了下，血尽数喷在他衣上，两三点温热溅在脸颊。

她又陷入昏迷之中。

"人还活着吗？"商人们喊。

怀中人轻得不可思议，后背衣裳都被血浸湿了，湿漉漉、黏糊糊地沾着他的指尖。

"活着。"

人群发出一阵唏嘘声，怀远从牛车上抽出块木板，跃下深沟，看见此番景象不禁吓了一跳："流了这么些血……"

李渭将伤者放在木板上，轻轻"嗯"了一声，摊开沾满血的手："胸骨断了，有刀伤。"

众人扔下粗绳，将两人拉上道，再一看伤者身量瘦小，是个年轻少年郎，穿一身不起眼的圆领衫袍，却裹着一身血污的白羔裘："嘿，这哪家的小郎君，穿一身白衣在这路上行走，也不怕脏了。"

"多亏了这身白衣，晃眼得很，倒是捡回一条性命。"

"也是。"

李渭扯了几条毡毯把人包裹住，问道："可有懂医术的兄台？"

商队里原有个通医术的和尚，只是在玉门关辞了众人往敦煌而去了，段瑾珂正往这儿来查看，见无人回应，只得道："某粗通些药理，倒是可以看一看。"

段瑾珂也惊了一跳，只见毡毯中裹着个羸弱少年，一张脸上全是血污沙泥,看不清模样。

魏林帮着李渭和怀远把伤者抬至马车,看见木板上有血滴答,也不禁"哎哟"了一声:"这还滴着血呢。"

"先把衣裳脱了,看看伤势。"段瑾珂未做他想,伸手去解病者外裳,却被一手挡住。李渭迟疑片刻,面带异色,低声道:"好像……是女儿身。"

"这……"段瑾珂手指旋即缩回,"是女郎?"

李渭迟疑地点点头,起身同不远处一矮胖胡商说了句什么,那商人满面笑容地点点头,回头咕叽一番,而后一位身姿曼妙的胡姬从马车上下来,跟在李渭身后。

那胡姬面纱半解,碧眼带怨,长睫含忧,魏林乍见,不由得愣住,被段瑾珂一巴掌拍在脑门上:"去倒盆水来。"

李渭会胡语,低声同胡姬说了几句,胡姬抬首望过来,冷不防撞进段瑾珂眼里,又倏忽挪开,低头钻进车里。

不多时,胡姬探出头来,脸色有些发白,说了句什么。

"是个女孩儿。"李渭转述胡姬的话,"身上还在流血。"

那纤细脖颈戴着个碧莹莹的玉坠,里头有件沾血的小衣,胸口棉布裹得极紧,暗红的血几乎浸透了裹巾。

魏林端来一盆清水,胡姬掏出帕子沾水擦拭伤者脸上的血污,把涂脸的暗黄脂粉也一并拭去,帕下逐渐露出一张擦伤累累的小脸,面色惨白,瞧那眉眼,竟是名十五六岁的少女。

商人们见人已救回,催促着上路,负箭提刀的护卫们不敢大意,拢着商队往前行。

"大家仔细些,看紧身旁物品,若发现马匪,万毋慌张。"

马车落了帘子,胡姬不敢随意翻动少女身体,用细剪子将血衣剪开,再用净布仔细擦拭少女身上的血污。段瑾珂在帘外守着,一时也顾不上男女有别,胡姬将少女伤处撩起给段瑾珂查看。

少女身上并无几处完好肌肤,全是锐石刮出的深浅伤口,凝结的血斑在洁白的肌肤上十分难看,除去从高处滚落的皮肉蹭伤,肩头一道刀伤直拉到后脊,血肉里露着白森森的骨头。

"先把伤处血止住要紧。"段瑾珂道,"车里有伤药。"

李渭背上箭囊,对段瑾珂道:"有劳段公子先照料着,待晚间落宿邸店,我去寻个大夫。"

段瑾珂命魏林去拿药匣:"李大哥放心。"

少女秀眉紧蹙，气若游丝，段瑾珂见她有呼吸不畅迹象，塞了一个软枕在她头颈下，胡姬轻轻揉着少女的眉心，低语喃喃，像咏唱着婉转曲调。

段瑾珂翻出瓶跌伤药递给胡姬："药粉匀在伤口上。"他怕她不懂汉话，做出比画的手势。

伤药里有一味鬼蒟蒻，药性刚烈，刚触上少女肌肤，昏迷的少女发出声含糊的痛呼，整个身体痉挛起来，胡姬大吃一惊，按着少女的肩头，惊慌失措地看着段瑾珂。

"这是男人用的伤药，药力难免霸道些。"段瑾珂摁住少女的手，正色道，"我可没有比这更好的止血药了，趁着这阵痛，赶紧撒完它。"

胡姬颤抖着手将药粉均匀地抹在各伤处，奄奄一息的少女已是面如金纸，胸口剧烈起伏，出了满头的冷汗，呼吸越发微弱下去。

其余两人都出了一身汗，段瑾珂虽然跟着长安一个辜姓御医学过几年药理，却是第一次对付伤人，他扯出一匹软绢，撕成长条递给胡姬，用自己的手臂教示胡姬包扎伤口。

怀远打马而来，冲着帘外的魏林道："怎么样了？"

段瑾珂掀开帘子："外伤都包扎过了，胸口的伤还是要找个大夫瞧瞧。"

"前头几个村落都没有大夫，附近有个火烧峡离着不远，有个行脚大夫。"怀远道，"前头商量着，遣小子过来问问公子，今夜宿在火烧峡可好？"

段瑾珂点头："可。"

魏林去倒盆里的血水，嘀咕："这群强盗也太可恶了，劫财伤人，一点王法也没有，这小娘子也是倒霉，也不知道亲人在何处，就这样抛下她走了。"

车里胡姬突然"呀"了一声，段瑾珂扭过头，只见胡姬手里捧着把小匕首，原来是给少女脱靴时，从靴内掉出来的。

匕首沉甸甸的，通体乌黑，一丝纹饰也无，刀鞘上缠着脏兮兮的绸带，推开一看，雪刃锋利，倒是把寒浸浸的好匕首。

女扮男装的少女，靴里藏着把小刀，这倒是有些稀奇，段瑾珂将匕首塞在少女枕下，摇摇头。

火烧峡百多户人家，是红崖沟一片最大的村落，周边只有一家私店子，头拨人刚踏进门槛，手脚麻利的店主人张罗着烧水宰羊，揉面做羹。

院里烧起旺火，支一口大黑锅，肥羊从颈部放血，血尽褪毛，将头、蹄处理干净，开膛破肚，掏出羊下水，尖刀沿羊骨刺入，游刃有余地卸去各处关节,羊肚内塞入红枣,全羊扔入锅内熬煮。

待到天黑如墨,锅里已经汤如白霜,骨酥肉烂,店主人麻溜儿地下羊血、肚杂、野芫荽剁细,一撮粗盐入锅,整个院子里白汽弥漫,香飘十里。

闻着这香气,众人皆是饥肠辘辘,在锅里舀一碗羊肉汤,捞块熬得绵软酥烂的羊肉,佐着店主人自家酿的烧酒酣然入腹。

烈酒,羊肉,火旺旺地烧着四肢百骸,一众人吃得脸色发红,额角冒汗,热气腾腾。

行脚大夫住在村东头,是个白胡子老头,正眯着眼在灯下挑拣草药,听见门外一阵马嘶,胖墩墩的小药童噔噔跑进来:"爷爷,有人来了。"

程白石起身出去,看见来人,哎哟一声:"李渭,你怎么来了?"

李渭跳下马作揖,朗声笑道:"程大夫,许久不见,您老人家身子可还好?"

"老朽身子骨尚硬朗。"程白石笑眯眯地捋胡子,"许久没见着你,近来可好哇?"

"托您老的福,一切都好。"李渭道,"正从西土归来,今夜宿在店里,想请您瞧个病人。"

走进店子的程白石闻见肉味,不禁抽了抽鼻子,笑道:"这味儿,勾神仙。"

楼上客房简陋,段瑾珂坐在灯下,捧着一个大碗,搅着碗里一团黑乎乎的药汁,床上的少女还昏迷着,胡姬端着碗温水,用小匙沾湿少女干裂的嘴唇。

李渭在路上把事情前后说了,程白石吩咐李渭点着明灯,仔细看了少女伤处。

少女身体纤细、瘦弱,柔和细弧的下颌生得十分好看,晕黄的灯光下,整个人呈现出一种疏离、脆弱又动人的柔美。

程白石用手指一寸寸摸着她的头骨,叹了口气:"实属万幸,滚入深沟中竟未伤到头。"

"伤处可是用了什么药?"

段瑾珂递过药瓶,道:"只是寻常的刀伤止血药。"

程白石在鼻尖闻了闻,点点头:"白附子一两,白芷、天麻、羌活、鬼箭羽一钱,研成细粉敷用。"老头儿翘着胡子,"这是军里用的伤药,药性稍烈,对寻常人而言未免霸道了些,尤其是女子,体弱恐难承受,若是能用黄酒调和最佳,性更温和,药性也更好些。"

段瑾珂不禁一愣,这荒山野岭的小村中,一个其貌不扬的行脚大夫居然能认出军中药品,实属稀罕。

程白石洗净手，隔衣捏着少女身上的骨头，直捏到胸壁上软软的一块时，少女受痛低呼了声，额面上直冒冷汗，呼吸又弱又急，还带着丝丝的杂音。

胡姬和李渭嘀咕了一阵，李渭皱眉道："内有瘀血，会不会是伤着内脏……我寻到她的时候，她还吐了口血。"

程白石挽起袖子："先开个安骨的方子热敷一夜，若一夜安好，则性命无忧；若有异状，立即来寻我。"

李渭点头："我送您回去。"

段瑾珂捏着程白石的方子看了半日，不禁抓了抓额，用药极简，满地都能找到的常物，一斤生地黄、四两生姜捣碎，炒热，热敷。

长安城里多达贵，医家用药以贵稀为好，段瑾珂握着这么简洁的方子半信半疑。

堂里炖全羊已经见了底，商队吃了个大饱，也累坏了忙碌的店主人，院里堆高柴火，众人围坐在火堆旁胡吹海聊，喧天笑语伴着呜呜的羌笛声传出许远。

"你家娘子最近身子可还好？"

"尚好。"李渭扶着程白石的药箱，"路不好走，您老慢些。"

"换了什么方子吃？"

"前两年从西域来了个僧人，我带着云姐去求拜，大师开了个方子，一直吃到现在。"

程白石想说些什么，又摇摇头。

两人走回药庐，程白石笑呵呵："回家替我向李娘子问好，若哪天有空，我去甘州城看看她。"

"她也是记挂着您老的一片恩情。"

药庐里拿了药，李渭走在回去的道上，男人的背影行在一片枯萎的乱草间，寒风摇曳，天地间只看得见一片朦朦胧胧的影子，什么也看不明。

邸店里响起了粗犷的歌声，他在门口默默地站了会儿，衣上的血渍已经干透，小小的、硬硬的血斑，他不知为何长长地叹了口气。

屋里飘着药香气，魏林蹲在小鼎旁翻炒药材，见李渭过来："李大哥，你可吃过了？我家公子和胡姬吃饭去了，今日的羊肉特别香呢。"

李渭笑了笑，他眸子漆黑，笑时神情有少年人的清冽，不太像个粗犷的驮马队护卫。

"等到了甘州城，我请你吃烤全羊。"

"好哇，这一路跟着我家少爷风餐露宿，我家少爷不爱吃这些，连带着我的口福都没了。"魏林十六七岁,文文弱弱像个小书童,"我也要学着你们,大口喝酒,大口吃肉。"

赫连广和驮马队众人在火堆下吃酒,沈文撞撞他的肩,朝他努嘴:"赫连,你看那紫衣胡商,他身上有袋上好的瑟瑟珠,你去看看,兴许有你想要的。"

赫连广微冷的眼瞥过去,沈文嘿嘿笑:"刚去解手,我见他在那儿跟旁人私下说话,说是寻到了些成色很不错的珠子,料想你会有兴趣。"

赫连广沉默半刻,将手上的羊肉抛给沈文,朝那人群中的胡商走去。

沈文在他身后笑:"事成之后,可要记得我的好。"

那胡商见赫连广过来问瑟瑟珠,踌躇不语,原不想这么早脱手。但见赫连广眉眼凌厉,不像个好打发的人物,又知他是驮队护卫,跟着商队辛劳一路,不好拒人。他拉着赫连广去了个僻静角落,从袖间摸出个软包,小心翼翼地打开,嘟囔道:"我这些珠子,颗颗都是珠中极品,独一无二,就不知兄台你要什么样的。"

赫连广原属青海湖白兰族人,身材高大,面容粗犷,眯着一对浅色的眸子,沉声道:"指头大小,澄蓝色。"

"有颗母珠,倒是合适。"胡商捧出一颗捻在指尖,迎着光亮给他看,"这颗做钗头凤眼是极好的。"

赫连广仔细看了看:"小了。"

胡商将珠子掩在手心里,眯着眼笑:"大的也有,就是不知道兄台有多少金来换。"

赫连广倚墙抱胸,沉吟片刻:"两百张茶券,够不够?"

"兄台倒是个爽快人。"胡商道,"我也爱和爽快人做买卖。"他果真翻出一颗大小合适的珠子来,"进了甘州城,少说也要值五百张茶券,兄台你可是捡了个大便宜。"

瞎子巷旧名已不可考,几十年前巷口住了个算卦极准的瞎子,时人说起坊间此处,只道是瞎子巷。

沿着青石板径直走至巷底,褐木门,黄铜锁,好大一枝枣枝探出墙头,枝头挂了几片黄叶和几颗干瘪的小枣。

正午的好日头透过窗棂投在屋里。

西厢房不大,是主人家待客留宿的屋子。青砖地,黑漆漆的大柜子立在墙角,散发着陈年旧木的气味。桌椅陈旧,却都是扎扎实实的好料子,椅榻上俱铺着厚毯子，榻下一鼎小泥炉，炭火烧得极旺，上头煨着黑漆漆的汤药。

春天昏昏然醒了有一阵儿。

胸口疼得厉害，身体跟被钉了石钉似的动弹不得，只能感知到指尖下的一点点触感。

浮灰慢腾腾地游弋在阳光里，金黄色，针尖大小，懒洋洋地飘着，顶头的横梁木旧了，剥落了一片红漆。她一动不动，昏沉沉盯了许久，最后指尖小心翼翼地探出来，抚摸着身下的毡毯，软绒绒的，十分温暖。

外头隐约传来一阵银铃般的笑，不久有人推门，脚步声噔噔，雀跃着跳进来，在榻边的斗柜里翻东西。

春天抑着胸口的疼，慢腾腾地偏首去瞧来人，见是个七八岁的女童，红绳双丫髻，胖乎乎的脸盘子，脸颊两团红晕，小鼻子小眼睛，手里攥着把剪子，正翻腾出几块碎布料，嘴里嘟囔："这块大些，也比娘手上的那块好看些。"

春天想要言语，却发觉自己喉咙发紧、涩苦，挣扎着发出微茫的咝咝响，小女童扭头瞥了床榻一眼，又埋下头找布料。半晌后，女童停住手中动作，愣愣地转过头来，直勾勾地盯着春天："姐姐，你是醒了吗？"

春天滚滚喉咙，虚弱地点点头。

女童咧出个灿烂笑容，猛扑过来："姐姐，你终于醒啦，太好啦！"

"娘，娘——"小女童扯着嗓子大声喊，甜甜地对春天笑，"我去喊娘来。"

春天知道她这是活过来了。

只是不知这是何时，身处何地，只觉自己满脑昏沉、全身乏力，又听见门外有脚步声，攥着身下毡毯要起身拜见主家。

一个四旬粗布妇人擦净手，大步跨进门槛，慌忙上前："莫动，莫动。"她按着春天，"大夫说过了，这几个月都得好好躺着，不许乱动。"

身上各处都绑着布条，堪堪只能撑起头颅，春天喘得厉害，胸口锥心疼，一颗心好似要跳出来，嗓眼里扯开一缕血腥气，涩如生铁："娘子万福。"

"好孩子，不用那么些礼数，你只管好好躺着便是。"大婶安抚她，"身上哪处难受？我让仙仙去找大夫。"

一旁的小女童应声，笑嘻嘻地跑了出去，春天仰着苍白的脸，连声咳道："多谢娘子救命之恩。"

"唤我一声赵大娘就是。"大婶抚着春天顺气，温和笑道，"主家姓李，我是他家的佣工，李娘子现下还睡着，等她醒来，我告诉她这好消息。"

"请问大娘，此为……何时何地？我全然不记得了……"春天打量屋内陈设，眼里满是疑惑。

"此处是甘州城安顺坊的瞎子巷，今日呀，已是九月廿五，小娘子，你整整睡了三日啦，李娘子成日盼着你醒过来，这下可太好了。"

春天恍惚有些分神，好似做梦一般，哑声道："我不记得，我如何来了甘州城？"

赵大娘絮絮叨叨："那日怀远回来报喜，说是商队回来了，娘子带着长留去接大爷，刚见着面，后头车里有个小哥儿慌里慌张，喊着咯血了，大爷转身一瞧，就让人去请了郎中，把你带家里来了。"

春天默然半晌，动了动干裂嘴唇，讷讷道："我……不记得了……"

"天可怜见，好孩子，你叫什么名字？"赵大娘斟杯茶喂春天润喉，"听你说话语调，倒像从南边来的，是何处人氏？"

春天报了姓名，只道自己从长安郡新丰镇来。赵大娘听她来自千里外的国都，又见她连声喘咳，念了声"可怜"，连连安抚："好孩子，先甭管那些，好好躺着等大夫来。"

胡大夫背着药箱匆匆进来，把脉查看伤势，而后松了口气道："醒了就好，这几日勤加照料，若不咯血，那就无大碍。"

"碎骨扎进胸里出了血，老夫足足施了两个时辰的针，眼见着你没了气，突然又缓过来了。"大夫写了方子，"吉人自有天相，说的就是如此。"

药气苦涩，仙仙搬着小凳坐在炉前熬药，春天倚在枕上，神色憔悴，怔怔注视着面前蒸腾的药气。

从红崖沟滚下深沟后，她模模糊糊地在伤痛中醒了几回。破旧的邸店里药香熏人，美貌的番邦女子喂她汤水，马车里的人一下下喂着药碗，他们问她从哪儿来，她说了些什么又睡了过去。后来，听见有人在耳边道，回长安去。她一下子清醒了，撑着身子要站起来，痛得跟什么似的，往后什么都忘记了。

身上换了干净的陌生衣裳，春天见自己的圆衫袍已洗净搁在几案上，央求仙仙捧过来，一一翻看。

"春天姐姐，你的东西娘都收拾在这儿啦。"仙仙扑在她身边，"姐姐你要寻什么？"

她翻来覆去看自己的衣物，耗费几年心血筹划的过所文牒、盘缠、地图文书俱不知丢在何处，连最重要的匕首也丢弃不见。一时心如刀绞，她茫然地抬起眼，只觉欲哭无泪，闻着满屋药气，又有劫后余生的庆幸，更多的是前路茫然的无措。

待到日头偏西，一个孱弱的年轻妇人披着暖裘，被赵大娘搀扶着进来。

"娘子,仔细着脚下。"

春天还未见李娘子容貌,只见颤颤一只苍白瘦弱的手,柔和细弱的女声道:"好孩子,你别动了,好好躺着吧。"

这是个三旬出头的年轻妇人,虽然年轻,却是一副久病之貌,极干瘦,脸色蜡黄,高耸颧骨上浮着两块红晕,浑身有浓郁的药气,妇人在榻沿缓缓坐下,仔仔细细打量着春天,弱声道:"真是个可怜孩子。"

"娘子万福。"春天眼眶湿润,俯首行礼,"救命之恩,春天没齿难忘。"

"我听大爷说路上的事情,可怜你年纪轻轻,竟遇这样的横祸。"李娘子将那日情景讲给春天。

原商队商量,李渭几人和段瑾珂一路前往凉州,到了凉州将春天送至段家照料。路过瞎子巷,李渭挂念家中,要回家看一眼,刚转身,春天就从昏迷中坐起,咳出一口黑血。李渭见状,将春天抱下马车,请大夫来家相看。

李娘子掩着帕子轻咳:"行路的规矩,遇上就是缘分,都是举手之劳,算不得什么救命之恩,你别惦记旁的,就权把这儿当自己家中,安心养病就是了。"

她摸了摸毡毯,扭头对赵大娘道:"天越发冷了,婶儿再加床褥子,炉子也该烧着,病人受不得凉。"

赵大娘点点头:"橱里的被褥我都置在院里晾晒,待去了霉晦,给这孩儿铺上。"

"给娘子添麻烦了。"春天语气哽咽,她到底年轻,他乡落难受人恩惠,胸腔酸涩得几要落下泪来。

"大爷走得匆忙,临行前叮嘱家里好生照料你。"李娘子脸上有丝微弱笑意,"我身子骨不好,一日有大半日躺着,除了来瞧瞧你,也做不得旁的。赵婶儿在这儿,你就当自家大娘看待,要什么尽管开口,若有任何不周到之处,也一定同我讲。"

李娘子见春天恍惚失神,柔声安抚她:"出门在外,难免出些意外,眼下最要紧的是身子,万毋急忧。你若忧心失散亲朋,这大可放心,等大爷回来,让他帮着寻寻亲友,他认识各道上不少朋友,想要找人并不是什么难事。"

春天脸上有丝黯然:"不敢瞒娘子,我从长安而来,要去北庭寻亲,原还有一仆从相随,可惜半路失散,到如今已是孤身一人,并无亲眷……"她涩涩然,半晌也说不出话来。

"那……"李娘子问道,"你家中可有什么亲友,去信报个平安也好。"

春天抿着唇摇摇头。

原来是个千里寻亲的孤女，李娘子只得宽慰："不管旁的，你先安心养伤，等伤好了再说。"

两人略略说了几句话，李娘子已经十分劳累，她内里血虚气败，面色燥红，精神大有不济，赵大娘顺着李娘子后背，轻声道："娘子，下午的药还煨在炉上，我先扶你去吃药吧。"

李娘子皱了皱眉头，握着春天的手："让你见笑了，我这身子忒不中用，不能久陪，你不要见外。家中人少清净，难免会有些闷，仙仙年纪虽小，好在乖巧懂事，平日里让她陪着你说话逗乐。"她又道，"我有个男孩儿，快十二岁了，在学堂念书，待他下课后，也让他来陪你说说话。"

"不敢劳烦娘子。"

李娘子不能久坐，瞧着春天喝过药，又宽慰了几句，扶着赵大娘回屋去。待到屋里空无一人，春天紧锁双目，痛苦地拧起眉尖，长长吐出口浊气。

刚喝完药，神思不济，阳光打在苍白的脸庞上，她又昏昏然睡去，这一梦不知几时，猛然醒来，只见满室昏暗，已是日落之时。

屋外有汪汪狗吠，有井辘轳吱呀吱呀的声音，依稀还有孩童的笑语，春天松开手中抓紧的毡毯，对着陌生的屋子愣怔。

甘州西往庭州两千里，东去长安两千五百里，前路该何去何从？

贰 归家人

春天察觉屋里有人时,这小孩儿不知在桌边坐了多久。

是个挺清秀的男童,穿着件簇新的交领天青袄衣,手握在膝头,端端正正坐着,一双黑白分明的眼盯着地上的青砖,极乖巧懂事的模样。

春天初从梦里醒来,心底那股戚戚情绪,水似的淌开来,乍一见他,也不知怎么开口。

长留脸庞有些像李娘子,最好看的是这双眼,清凌凌泉水似的,投个小石子下去,还能瞧见水花推开的涟漪。

春天打量得稍久,长留有些羞赧,抖着小袍子站起来,低着头:"姐姐你醒了。"

他蹲在榻边,双手捏着腰间的小荷包,卷翘的睫一抖一抖:"赵大娘在厨间炊饭,仙仙在烧火,娘怕姐姐在屋里闷了,让长留来陪姐姐说说话。"

十一二岁的孩子正是讨人嫌的时候,但这孩子软萌、乖巧得太招人喜欢了。

她轻轻"嗯"了一声:"原来你叫长留啊,这名字取得真好。"

长留应了声:"是娘给取的。"他抬头瞥了眼春天,从袖里掏出来个黄澄澄、果香馥郁的柑果:"姐姐把它搁在枕头旁边,可以驱散药味、凝神养气。"

"这个是橘子吗?"春天捧着柑果,凑近脸庞深吸一口气,"好香呀。"

"不能吃。这是苦柑,我们都叫它'雀不站',味道很苦,雀子都不肯吃。但闻着很香,晒干后还可以当药材。"长留脚尖在地上蹭蹭,嗫嚅道,"我经常和嘉言去摘,给娘亲熏炉子用,她很喜欢这个味道。"

天可怜见,这样地乖。

薛府里,春天也有个和长留年岁相仿的小弟,顽皮如混世魔王,家里人人见了都头疼。

长留话不多,春天也愁思满腹懒于说话,两人待了半个时辰,待到仙仙端着药食进来:"长留哥哥,娘子正寻你呢。"

他恭恭敬敬作揖:"长留去陪娘亲用饭,明日下课再来陪姐姐说话。"

这孩子是李娘子的宝贝命根子,李娘子体弱多病,所以长留打娘胎出来便带了些虚症,从小到大汤药不断。李娘子心疼儿子,不爱他像其他男孩儿似的磕磕碰碰,护得难免严实,年年从寺庙里求的长命锁、护身符,也不知攒了多少。

日子眼见着冷,院里枣树上的最后一颗干枣也被风吹掉了,光秃秃的枝丫蜷缩在青灰墙缝里。晨起屋檐覆着青霜,天总阴沉着,压着床厚棉絮子似的。这天后半夜里,狂风扯开天幕,极酣畅地下了一场寒雨。

榻下烧着热炉子,榻上铺着厚毯子,春天睡着倒不觉得冷,只是风雨呜呜地扑在窗上,老旧的窗棂吱吱地响,也觉身处于这样的凄风苦雨中有些慌张。

她第一次遇见这样的冬天。长安的冬天有点软绵绵的意味,人人都爱香,屋子里总点着香炉,袖里揣着的手炉放着香丸,到处都是各式各样的香,使得冬天都带着股燥热馥郁的香气。

春天勉力撑起身子,张望着屋外寒雨,她面容苍白,又极瘦弱,脸上一丝情绪也无,慢慢蹙起长眉,叹起气来。

李娘子畏寒,主屋的火墙在寒秋就已烧起来了,九月的最后一日,赵大娘的丈夫从田庄子进城贩卖山货,也给李家捎来了一车过冬的炭木。

十月初一寒衣节,赵大娘跟着丈夫回乡下去烧寒衣,长留学堂里放了假,家里只余母子两人,外加在西厢房养伤的春天。

赵大娘刚走不久,一个身姿婀娜的妇人抱着竹篮走进门来。

陆明月一身缟素,做未亡人打扮,她细眉樱唇,柳腰盈握,有江南女子的风致。

趴在炭炉边的黄狗仰起头,冲外头汪汪唤两声,李娘子正倚在胡床上喝药,撑起身子迎客:"怎么这么早就来了,嘉言呢?"

"娘娘好。"长留正在写字,停下笔向她作揖。

"哎,我的小心肝儿。"陆明月极爱长留,慈爱地摸摸他的头,从竹篮里掏一包糕点塞给长留,"嘉言那浑小子这会儿还在被窝里睡着呢。"

李娘子正要下去沏茶,被陆明月拦下来:"你只管坐着,不用理会我,若我想吃些什么,自己拿就是了。"

"不碍事,劳烦你一大早就过来。"李娘子温声道,"这可让人笑话,你次次来,也没好好招待过。"

陆明月仔细打量李娘子的脸庞:"最近气色瞧起来还好,夜里睡得怎么样,饮食怎么样?"

"就这样,天天吃药,大夫也常来。"李娘子摇头,"都这么些年了,挨日子过罢了。"

"就是些不足之症,小病而已。"陆明月牵着她的手安慰,"别劳累,好好养着就行了。"

"自己的身子我还不知道吗?病大病小我心底也清楚,你们个个都劝慰我,就怕是要不中用了。"李娘子说着就要流下泪来,又不肯让长留看她这副模样,拿帕子掩住眼不说话。

陆明月忙道:"这就是我不对了,好好地又招惹你伤心。"她宽慰李娘子,"想那么多做什么,白煎熬了自己。你往好处想想,这家里家外都有人照应着,你只管吃好睡好就行了。别的不说,你就想着长留,乖巧懂事,书念得又好,日后定然登科中举,你还得看着他娶妻生子,儿孙满堂呢。"

李娘子拭去眼泪:"你惯会哄人。"

陆明月笑道:"我们走着瞧,看看我说的能不能成真。"她亲热地挽李娘子去胡床上坐,"上个月闲着,在家做了几套冥衣靴鞋,你挑着合适的拿。"

"难为你费心费力。"李娘子抱过陆明月的竹篮,里头都是各色纸衣冥钱,冠带衣履,五色彩衣,房舍车马,无一不精。

"这甘州城里,没人的手比你巧。"李娘子赞叹,"明明是纸糊的,倒显得比真的还真。"

"凑合能用罢了。"陆明月微微一笑,低头喝茶,"我娘的手艺,我也只学了个七八分。"

陆明月岔开话题:"年节里,李渭能回来吗?"

"他说回来的。"李娘子斟茶,"赫连二叔也一同去了,可说了什么时候回来不曾?"

"不回来倒好了……"陆明月皱着眉，低声嘟囔，"这人讨厌得紧。"

"赫连二叔可一直把嘉言当亲生儿子看待。"李娘子道，"你独自一人带着孩子，难免吃力，有叔叔帮衬着，总能松快些。"

陆明月冷哼："嘉言不学好，光学不知从哪儿旮旯里冒出来的叔叔样，整日把家里闹得鸡飞狗跳，我天天见他就愁得慌。"

两人说了好一会儿话，屋外阴沉沉的，好似要下起雨来，陆明月辞别李娘子往家里去。

狗儿躺在李娘子脚下，李娘子有些头晕，拿布巾慢腾腾地擦拭灵位。那是她的爹娘，李老爹和金氏的神牌，长留连着唤了几声"娘"才把她拉回来。

"娘亲，你怎么了？"

她笑着摇摇头："你爹爹不在，今年你来烧寒衣好不好？"

雨迟迟未下，傍晚时分，簌簌的雪粒子铺天盖地打下来，敲在屋瓦上，砸在窗纸上，落在行人肩头衣袖上，雪越来越密，天地白茫茫一片。

这是烧寒衣的时辰，纸衣冥钱都拢在檐下，长留擎着烛点燃了，火舌剥剥地爬在彩纸上，袅袅青烟顷刻散在雪天中。

春天身前身后都缠着药布，痛的地方也不知有几处，这伤实在难养，胸前断骨，后背刀伤，躺也不是，卧也不是，翻身换药都是难事。她行动不便，就不肯多喝汤药，天气一天天地冷，一日有半日是昏睡着的，也庆幸天冷，伤口恢复稍慢，却不至于溃烂化脓。

赵大娘每次换药少不得"啧啧"叹气，这一身细皮嫩肉，还不知得留下多少瘢痕。

"西市康娘子店中有玉屑膏，听说抹上就能祛疤，明日市集，让赵大娘去买一盒来。"李娘子坐在榻边，"别担心，总能好的。"

春天刚换完药，痛出了满头冷汗，灰白的唇一丝血色也无，犹强笑道："不碍事，我也不爱抹这些，小的时候贪玩，磕碰出血了，爹娘也没在意过，现在膝头还有几块疤呢。"

"可怜你小小年纪就要吃这些苦头……"李娘子掩唇咳道，"又是孤苦伶仃，这可如何是好。"

春天忍痛握住李娘子的手，笑道："看见娘子，倒像是见着亲人一般，也不觉得难过了。"

一位俏生生的小娘子端着个水盆进门来，一双丹凤眼，两个酒窝，比春天略年长，讲话脆若雪梨："水来喽。"

女郎名叫方淑儿，祖父一辈也是驮马队的向导，常在陇海道上行走，与李渭他们都是相熟的。

商队自抵甘州之后，李渭、赫连广几人偕同段瑾珂东去长安，怀远闲在家中，隔三岔五往李家跑——李渭不在，李娘子体弱，家中粗活重活都托付给了护卫队里的兄弟们和街坊四邻。

淑儿和怀远青梅竹马，这日约着一起来探望李娘子，怀远在院里埋头劈柴火，淑儿挽着袖子帮赵大娘给春天换药。

"可好些了？"淑儿用湿帕揾着春天的额角，把她当亲妹妹对待，"炉上还煎着药，待会儿再喝吧。"

春天雪白面靥上发出虚汗："咳完就不疼了，现在好多了。"

淑儿拢着春天一双冰凉的手："你快些好起来吧，我带你出门玩去，你大约是没见过我们甘州城的景致，可一点也不比长安差呢。"

她是家中长女，从小就惯于照顾弟妹，人又大方热情，很是喜欢春天，两人年岁相仿，一见如故。

怀远在门外大步踏进来，笑道："要去哪儿玩，我带你们去。"他笑嘻嘻地站在淑儿身边，弓身瞧着春天，"你可记得我吗？"

春天努力回忆，终是摇摇头，怀远兴致勃勃地讲起那日在红崖沟初见她的情景，身边一众人听了连连咋舌："万幸，滚到风沟里又被救上来，这可真是吉人自有天相……"

春天忆起那日，也是心惊肉跳，从马背上滚下去时，她已是痛昏过去，哪里记得自己又滚入了千尺风沟，还未被碎石砸中，真是万幸。

两人在李家坐了半日，见李娘子神色有些疲倦，了然起身告辞。李娘子气虚不济，白日容易神思倦怠，外人也不便叨扰。

"好妹妹，过两日我再来看你。"淑儿眉眼飞扬，牵着春天的手，"你可快些好起来呀。"

原来商队行至甘州当日，段瑾珂收到家中书信，一说他的大哥段瑾钰已回长安述职，年节后即要右迁山东青州；二说靖王府王太妃腊月里六十大寿，让他和曹得宁尽早回长安。

驼群中有半数带的是兰麝乳香，还有一批从大蒲国买来的汗血宝马，曹得宁清点一番，带了七八十头驼骡同行，除去自家的车夫随从，仍是请了李渭等人同行，因这些都是惯用的熟手，一同行走，以防路上不备。

同行的还有数十位胡姬，这些胡姬为一胡商所买，也一同往长安去。

众人却不见照料春天的那位绝色胡姬，问起胡商，原来这位胡姬是香纱城的王女，香纱城距长安两万余里，盛产珠宝和美姬，可惜几十年前被强国所灭，王城各部族四处流离，四邻邦国趁机掳抢香纱城的女人和孩子，这位王女便是被人所有，而后辗转卖到中原来。

初入甘州城，这位王女被一个巨绅看中，胡商原想把她贩入长安，届时身价可要再翻上一番，但胡姬誓死不肯东行，胡商只得在甘州城把她转售。

中原之地好稀物，金发碧眼、肤白貌美的胡姬在市集上售值千金，巨商富贾往往以蓄宠，若这位胡姬有些身份，更是被人追捧。

"国破家亡，天之骄子一朝为奴，真是可怜。"也不知谁道了一句。

段瑾珂未说话，突然想起那一双含忧带怨的碧眼，在脑海里怎么抹都抹不去。

众人一路高谈阔论，遥望焉支山，林海白雪两相映衬，山下枯草连绵，骏马嘶鸣，此处的大马营草滩是朝廷最大的一处马场，蓄有良马五万匹，牛羊无数，河西各处兵营战马皆由此处供给。

凉州距甘州有五百余里路程，路上行人众多，酒肆茶棚也热闹，商队行行停停，尚有两三日到凉州时，天色昏沉，乌云堆积，竟下起连绵寒雨。

冬雨密乱，寒气针尖似的戳入肌骨，驮包里的香料药材经不得雨，这日雨下得大，众人只得择一脚店暂避。

店里正中的大火盆里烧着一截木桩，枯枝在火中噼啪作响，溅出点点火星。四周围坐了一圈避雨行人，也不知是哪个脱了鞋，湿答答的靴子悬在火上烘烤，那气味随着暖意一波波飘在空中，又酸又臭直熏人。

路上急雨冷风，穿着毡衣皮袭犹觉寒气侵人，段瑾珂等人占了几张桌子坐下，烘烤湿衣。店主人弓着身子麻溜儿地来擦桌沏茶，店里吃食粗劣，多是些磨牙的饼子烤肉，酒倒是不错，葡萄酒、烧酒、果子酒，一应俱全。

一旁几个大汉懒洋洋地瞥了眼来人，其中一髯须刀疤脸汉子眯着双精眼，驱赶着身旁挎篮卖烧鸡的小童："去去去，别在大爷跟前挡着。"

段瑾珂同赫连广、沈文几人坐一桌，这几位都是埋头闷声喝酒不说话的，魏林倒是话多，嚷着要茶要水。

曹得宁盼咐店主人将几壶热茶送去给看守驮骡的护卫，转身就有个背着褡裢的黄脸汉子上前来问："敢问兄台，驮队可是往凉州去的？"

曹得宁点头："正是。"

黄脸汉子一脸苦涩无奈，先作揖，为难道："不瞒兄台，小人姓赵，家中行三，家在凉州府平安坊石墩桥下住。这几日外出归家，不巧昨日路上骑的骡子被人偷了，小人见兄台队里人多车多，有个不情之请，不知可否愿意让小人搭个车，跟着回凉州去？"

曹得宁打量他片刻道："倒是可以，只是我们着急赶路，怕是劳累了些。"

"无妨无妨。"黄脸汉子摸摸额角，笑道，"如此，多谢多谢。"

赫连广正喝着酒，停下酒盏，慢腾腾地抬头，也不知对谁说道："相家里行船，也要问问前路。"

一旁的刀疤脸汉子直起肩头盯着赫连广，那黄脸汉子脸色瞬间收敛起来，赔笑道："这位兄台说的是什么话，某倒听不明白。"

赫连广把酒盏倒扣在桌上，站起身来冷声道："冷子点做火，吃不下这屠米。"

黄脸汉子脸色青白，拔步就往外走，沈文拍出长刀，拦住他："这位兄台莫急，外头风大雨大，不如在店里歇足了再一同上路。"

"不必，不必。"黄脸汉子语气有些慌张，连连摆手，"我想起些急事，先行一步，谢过各位兄台。"他转身蹿了出去。

不多时，店里的刀疤脸汉子也不见踪影。

曹得宁见过此等场面，小声跟段瑾珂解释："是一伙想劫货的歹人，没想到遇上了行家，灰溜溜跑了。"

段瑾珂失笑，这一路上行来，也不知遇到了多少宵小盗贼，连在凉州府这等地方，也有这等明目张胆想要蹚浑水的，真如附骨之疽，赶之不尽。

众人继续赶路，北风如刀，天上的阴云越来越厚，越吹越多。沈文把马鞭缠在臂间，扯下腰间酒囊，咕咚一大口烈酒下肚，扔给身侧的李渭："怕是要下雪了。"

李渭接过酒囊："前面就是凉州了。"

不知何处来的马鞭一卷，酒囊已掉入他人怀中："这鬼天气。"说话的是钱清，十几岁时从蜀地来到河西，至今二十载，仍受不住西北的冬天。

酒囊不知何时传入段瑾珂手中，段瑾珂喝惯绵软新酒，嗓子里蓦地呛住，胸膛里火烧火燎，僵住的手指头也活络了些，不禁喝了声："好酒。"

鹅毛大雪扑打在脸上，风又烈，生疼。

凉州城早有人等候，小二见着段瑾珂，笑嘻嘻地迎上来牵马："公子总算到了，小的在这儿站了大半日，脖子都将断了，可叫小的好等。"

邸店在凉州内城，店里火盆烧得暖融融的，吃食酒水早已备下，店主招呼段瑾珂入上房："郑大人特地吩咐过，让小的们好好招待公子和商队，吃的用的，公子尽管吩咐。"

段瑾珂也不吃惊，笑道："有劳。"

油衣上覆了一层冰凌子，冻得硬邦邦地挂在檐下，众人将驮骡安顿好，各自寻了舒适去处。段瑾珂梳洗一番，换了身衣裳，带着魏林出了邸店。

门房递了拜帖，凉州刺史郑泰兴已在书房备了香茶，段瑾珂已有数年不见郑泰兴，却见他的郑伯伯白面美髯须，一丝皱纹也无，仍是以前见的样子，连忙上前作揖："小侄见过郑伯父。"

段瑾珂的父亲段芝庭与郑泰兴是同窗之谊，两人为官后虽各有营党，私交甚是不错。两人寒暄一阵，郑泰兴挥退左右，招呼段瑾珂坐下："此行可尚好？"

"你父亲这人脾气也是数十年未变，把你遣来，却不同老夫讲一声，这可是不把我郑某人放在眼里。"

"哪里。"段瑾珂笑道，"成日在家游手好闲，惹了父亲大人不快，打发我来，就是不想我受叔伯们的照顾。"

段瑾珂说起大哥段瑾钰的调任，郑泰兴笑言："瑾钰颇得圣人青眼，这番出仕，你父亲可扬眉吐气了。"他又道，"也是巧了，明年年初我要同折冲府几位将军回去觐见圣人和东宫，到时候可一起聚聚。"

"伯父要去一趟长安了吗？"段瑾珂很是高兴，"我这就去信告诉父亲，他若知道，怕是要高兴得几天睡不着了。"

郑泰兴意味深长地道："是啊，军中粮草短了几月，折冲府的将军们，怕是要去拆皇城门了。"

说起来，倒是因为一个穷字。

几年前朝廷大战北宛，打通伊吾道，重开玉门关，立了北庭都护府，接连着东南水灾，黄河改道，国库里穷得连根草也薅不到，户部尚书急红了眼，拐弯抹角地想要清算皇帝内库。国库虽穷，私库里的金银锭倒还是不少，可当朝皇帝惯会哭穷，皇城根下一水儿的皇亲国戚要养，后宫七八个适婚的皇子公主，妃子们的脂粉衣裳都得花钱。

太子身兼河西大总管，操心着河西几十万军队，也正算计着皇上口袋里那些钱。奈何皇上不肯松口，太子外家又是穷得叮当响的谏臣，太子没有办法，让河西几位大员回京述职，一道想办法。

众人在凉州休养一日，打算次日启程，邸店里已备好草料粮秣，更换了健马良驮，翻过乌鞘岭，取道兰州东渡黄河。

乌鞘岭披云裹雾，群山逶迤相连，山顶巍峨积雪，最西处大山高耸天际，隔断天路。众人毡衣裘帽皮靴裹得严严实实，犹觉寒气砭骨，遍体战栗。

本是寒山，又兼风雪，举目皆是白茫茫，众人驱马深入山中，只见霰雪弥漫，罡风入骨，闷头而上，只觉寸步难行。

山中道路冻起冰凌，行路缓慢，足足一日才行了五十余里。雪越下越大，风搅动雪片扑打在身上，吹得人喘不过气来，那雪片吹在衣上若黏住一般，起先众人还伸手拂雪，走过一段后只管缩手，任衣裳冻得硬邦邦。

逆风顶雪行了数里，众人皆是苦不堪言，耳边风声刮在冰石上，哧哧的嘈杂声刮着耳，不远处，风里传来一串马嘶。

只见大雪飞舞中，影影绰绰数十匹野马撒蹄奔跑，鬃毛飘扬，挨着商队飞驰而过，转瞬没在风雪中。

"是祁连山的天马啊。"众人喟叹。

李渭身下是匹不起眼的灰马，此时摇尾低嘶一声，被李渭牵住安抚："追雷，等回来再放你入山跑跑。"

山中几日实在难挨，待到乌鞘岭南的城驿，众人才稍稍松了口气。驿站里，正遇见从东而来的流马车，车上载的是寒衣节宫里赐往河西诸军镇的征衣。

众人在此验过文书，往兰州而去。

长安的冬天也常下雪，可没有河西的雪这样粗犷。

雪不知疲倦地下，小如粗盐，大如苦席，被严寒入骨的朔风缠卷，身不由己，连喘带啸，扑簌簌落下来，掩盖了道路、河流、房屋、行人的踪影。天地间除了茫茫的白，再也不见其他色彩。

李娘子家中，院角那棵枝丫干瘦的枣树埋进了雪里，柴棚压塌了半边土墙，檐角下倒挂着粗长的冰凌，院里的水井在冰天雪地里冒着热气。

雪天无事，赵大娘得闲，将火壁烧得暖烘烘的，把耳房的长炕收拾出来，铺上暖垫羊毡，摆些茶点瓜果，供家里人闲坐。

瞎子巷里都是知根知底的老邻里，上几辈就在这儿落了根，关系十分融洽，逢年过节，你来我往，东家嫂子讨个茶盐，西家老奶奶做八十大寿送块糖糕来，少不得往来唠唠。雪天出门不便，家家都闲在屋里，趁着此光景，往李家探望李娘子，帮衬些零碎活计的人便多了起来。

春天在李家待了月余，伤病渐渐好了些。那日李渭把她带回来，邻里婆婶们都是瞧见的，这些日子来来去去打量过春天几回，知晓了她的身世由来，见着她十分瘦弱地站在屋前，也会热心上前，牵手细问："伤可好些了？"

春天礼数周全，说话却不多，又是温柔羞涩的秉性，众人一致心疼她孤苦无依。

巷口黄婶子年前刚嫁了独生女儿，家里只剩老夫妻两人，最可心女郎们，常来李家串门，握着春天手道："这样标致的女儿，看着真真心疼。"

婶子们调笑："你若喜欢，可正好认了干女儿，全了你的心意。"

"我哪儿有这样的福气。"黄婶子笑眯眯，"这一看就是好人家的女郎，当有好福报的哩。"

待到天朗雪停，墙脚积雪已有三尺深，阴云散尽，蓝天如同一块硕大的水晶石。天十分冷，长留换上皮靴子、厚袄衣，带着羊皮小帽，怀中抱着手炉，裹得严严实实地站在屋檐下。

"阿黄你别躲，过来和我玩。"赫连嘉言拖着黄狗两条后腿，用力往后拽，"长留，你替我抓住阿黄。"嘉言与长留同岁，但比长留高半个脑袋，发色发黄，菱眼狭长，眸色浅棕，一看就是胡汉通婚所生。

"你别逮阿黄，当心它咬你。"长留皱着鼻子，"阿黄，你快跑。"

无处可躲的阿黄趴在雪地里，一副可怜巴巴的模样，冲小主人呜呜吠叫，两只前爪在雪上刨着坑，抛了嘉言满头碎雪。

"好哇，阿黄你都会打洞了。"

周怀远正在井边清除厚雪，淑儿一身大红袄裙，端着木盆站在怀远身后，挽起的衣袖露出一截雪白手腕，脆声道："怀远，你倒是歇歇呀。"

怀远拿铁锹扒拉着硬邦邦的雪，回头抹了抹额上汗珠，笑道："我不累。"

"真不累？"

"不累。"

"那你冷不冷？"

"不冷。"

身后传来嘉言的嗤笑："淑儿姐姐，怀远哥额上都冒汗了，你还问他冷不冷？"他笑得眼儿弯弯，"你问了那么多次，我耳朵都听出茧子了。"

"你这小孩儿懂什么。"淑儿凶他，"你再欺负阿黄，我进屋告诉你娘去。"

"我才不怕我娘呢。"嘉言挤眉弄眼，装腔学调，"怀远，你冷不冷？你累不累？"

"你这个小子，欺负阿黄还不够，还来挤对我……"淑儿叉腰咬牙，扑上前去逮嘉言，"好好站住，你可别跑呀。"

院子里传来嘻嘻哈哈的笑声，厨里烧着旺火，袅袅青烟从白雪覆盖的烟囱口冒出，锅里炖着羊肉，浓郁的肉香飘荡荡，引人垂涎。

李娘子坐在炕沿，正在纳长留的鞋垫子，仙仙扭着屁股坐在凳上——从年初开始学女红，学到年尾还是马虎，小孩子心性，听见外头动静，纳了两针就放下绷子跑出去玩。

春天收回目光,拾起仙仙的绣绷子,听得李娘子在一旁笑:"仙仙绣了几日,倒绣出了一堆乱线。"

"她还是个小孩儿。"

"说是小孩子,年后也要九岁了,没几年就要嫁人,女红这些,还须早些学为好。"

陆明月俯在桌上画绣样,摇摇头:"我学女红的时候,我娘在我身后头站着,绣针错了一步,我娘的板子就在我手心打一下,打到手肿,针都捏不住,我娘还不肯松手。"

陆明月是甘州有名的绣娘,平常替针线铺里做绣图,私下也接些府里小姐夫人的绣活:"那时候极恨我娘,非逼着我学这些,绣娘有什么好的,熬到眼瞎白头,也没给自己做件好衣裳,何必呢。"

李娘子咳了声,抿唇笑道:"亏得你们南边人手巧,我这手艺跟你比一比,那可是云泥之别。"

陆明月叹道:"前几日接了家商户女眷的活计,家里主母只管算盘,全身上下从衣裳到帕子,都是外头找人做的。这倒是好的,谁说女子一定要在家缝缝补补操持家务,女子做起买卖经济来,未必比男人差。"

春天握着绷子纳了两针,突然停住:"我小的时候,我娘也常替大户人家做衣裳,补贴家用。"

两人鲜少听闻春天聊及家人,说道:"那你娘的女红,应也是极好的。"

春天点头:"是。"

外头传来仙仙一串银铃笑语,嘉言追着阿黄满院子乱窜,院里人都在喊:"阿黄阿黄,快跑呀,别让嘉言逮住了。"落荒的黄狗蹿进了正堂,摇着尾巴慌张地钻进了桌底,陆明月别过脸,蹙起眉尖骂人:"这浑小子,到处闹得鸡犬不宁。"

嘉言冲进屋来,在门口探出个圆溜溜的小脑袋,脸蛋红扑扑的,额角挂着几片雪,冲屋里人谄笑:"娘,李娘娘,春天姐姐。"

"你每次来,阿黄都躲得远远的,你就瞧不出来它不爱跟你玩吗?"陆明月板着脸,"再这么欺负它,李娘娘都厌你了,下回来瞧你李娘娘赶不赶你出去。"

嘉言嘻嘻一笑,黏着李娘子:"李娘娘,你别赶我。"

李娘子向来护着嘉言,从桌上抓了把糖糕塞进嘉言兜里,慈爱笑道:"李娘娘最疼嘉言,别听你娘说的,好好玩。"她摸摸嘉言的手,"在外头冷不冷？要是冷了，上炕上暖和去。"

"不冷。"嘉言道，"我跟着怀远哥哥铲雪，都出汗了。"他挨着李娘子坐下，闻到李娘子身上的药味，问，"李娘娘，你最近好些了吗？"

"好多了，看着嘉言呀，李娘娘的病可全好了。"

嘉言对着李娘子说了一箩筐的好听话，仙仙在外头笑唤他，他又噔噔地跑出去玩耍。

陆明月喊住他："好好在外头玩，不许胡闹，不许欺负人，你若是敢干坏事，仔细娘打你板子。"

嘉言顽皮，吐吐舌头笑道："知道啦。"

"嘉言这孩子，我真是喜欢他。"李娘子叹道，"这精灵劲儿，真是招人心疼。"

"这小祖宗，成天里气得我头疼，每日里提心吊胆，就怕他惹祸。"陆明月笑道，"我倒是喜欢长留，乖巧懂事，不让人操心，连书院的夫子都天天夸。"

"说什么不操心的话。"李娘子幽幽道，"这孩子，可从小没让人放心过。"

"长留生下后，未曾喝过我一口奶，从小就是汤药灌大的。有一回整日整夜哭闹，哭得脸都青了，我那时也病着，夜里下着雪，大爷抱着他去看大夫，我想着，若是这孩子有个三长两短，我也不活了。庆幸第二日，大爷抱着他回来，说没事了，我整个人才松下来。"

"你瞧你，好端端的又想起这些旧事来。"陆明月皱眉，"我看长留这几年生病也少，身体越来越好了。"

春天在一旁道："听长辈们说，小时候生的病多些，长大后就是健健康康的，说是身边的晦气，从小就被带走了。"

"就是这个理。"陆明月道，"长留啊，好着呢。"

李娘子叹一口气，也笑了笑："你们说的也是。"

陆明月从绣墩上起身，瞧着李娘子纳的鞋底，笑道："说起来，李渭那时候也年轻着，你们娘俩都病着，他倒沉得住气。"

"那时候我爹还在，大爷刚从军里旬休赶回来，连话也来不及说一句，抱着孩子就往外走。"李娘子眼里满是回忆，"他一直就那样，很好的。"

"你俩夫妻情深，倒是难得。"

"大爷以前入过行伍？"春天眼神一亮。

"那时瓜州征军打仗，我爹让渭儿去征兵营报名，他去了百帐山合河镇戍边，后来又打过仗，在军里待了五六年才回来。"李娘子满脸笑意，"那时候我们才成亲不久,大爷也才十七八岁的年纪,一晃十年过去了。"

春天胸膛起伏,阵阵痛感由胸口绵延传来,她轻声问:"大爷那时候在什么将军麾下,是哪支军队?"

李娘子一怔,思索回道:"是在瓜州的军帐,军里将士多半都是西归的青夷族人……那时候的将军好似有几位,倒不太记得了……"她问,"你可是有亲人在军里?"

春天摇摇头:"只是听闻大爷入过行伍,有些好奇。"

李娘子轻描淡写的一句话,让春天恍惚了一日。如若是瓜州军帐,还有半数的青夷族人,那定是墨离军,墨离军啊……十年前的墨离军啊……

身旁仙仙抱着被角偎依着她,嘴里吧唧两声,转过身睡得十分香甜。屋子炭火很旺,被窝里也是暖的,春天辗转难眠,身上伤口结了痂,夜里总是痛痒难耐,隐隐听见主屋传来几声李娘子的低咳,凝神细听,在风雪声中又不甚真切。

小孩子啊,总是无忧无虑。她好像啊,从来没有这种无忧无虑的时候……

李娘子咳了半夜,外间伺候的赵大娘才迷糊醒来,爬起身问:"娘子,可是要喝药了?"李娘子觉着嗓间腥甜,嘶声喘气:"嘴里有些干,你替我倒杯水来。"

赵大娘擦亮油灯,打着哈欠去倒茶水:"明日里请大夫再来瞧瞧,这些日子,娘子咳得又重了些。"

李娘子没回话,攥着帕子在灯下凝神觑了眼,面色不知悲喜,悄悄将帕子塞进袖内,半晌后卧回枕间,恹恹回道:"这病也就这样,药倒是天天吃着,可还有什么好瞧的。"

"倒也不是这个说法……"赵大娘道,"前些年西域大师那个药方子,虽烦琐些,吃着倒不错,今年怎么又有些不好了呢?"

温茶端来,李娘子漱过口,躺下背身道:"睡吧。"

主屋门未开,李娘子还未晨起。

邻舍潘娘子送来一缸子盐齑,见堂上无人,门窗紧闭,往厨下一寻,赵大娘正挽着袖在下汤饼。

赵大娘手里揉着面团,又顾着锅里,见人来也顾不得寒暄,连声道:"来来来,帮我撩撩灶里的火。"

"大早上的就这样忙。"潘家娘子是熟邻,就势在灶边坐下,往炉里塞了把柴火,"这阵子可辛苦你了,一屋子大人小孩儿要照料,你哪里能照顾过来。"

"倒还好，左右都是些饭食浆洗的活。"赵大娘带着仙仙在李家，日用花销都是用的李家，每月里工钱又丰厚，里外活又有人帮衬，日子比在庄子里做活还轻松许多，故也没甚怨言。

潘娘子知道，李家做人向来是宽厚大方的，人人都乐意来往走动，又悄声问："李娘子这阵，晨起倒晚了许多。"

赵大娘不好多说，含糊道："她夜里总有些咳，天亮方好睡。"

"我瞧她白日里精神实在不济，想是严冬畏寒，容易倦怠，等明年开春暖和了，许能好些。"

赵大娘叹了口气："也不知道大爷什么时候回来。"

"还有一个多月就年节了，李渭也该回来了。"潘娘子拢着柴火，笑着说道，"哪年腊月也少不了李渭，这街坊邻里，刀上功夫他最拿手，坊里的年猪还等着他回来宰哩。"

两个妇人就此聊开话题，潘娘子抱怨道："近来肉铺上的猪肉一斤涨了好几文钱，猪肉本贱，照这样再涨，倒是快跟羊肉一个价了。"

"莫说五畜，仙仙他爹在山里打的獐子、鹿子，往年都送下山来贩卖。今年专有官府的人入山收购，时下一条鹿腿，可抵了半只羊羔。"

春天站在门外，听见妇人闲聊日常，默默站了会儿，转身去了主屋。主屋常年被药味浸染，连着门厢都透着药气，气味并不好闻。绕过主屋，正堂上摆着神位，燃着香，阿黄蜷在桌脚酣睡，耳房有两个孩子，长留腰板挺得直直地坐着，仙仙在炕沿上趴着，聚精会神地听长留给她讲故事。

长留嗓音稚嫩，却一板一眼十分严肃："那穷书生正梦见自己当了一品大官，一身大红蟒袍，腰间别着宝剑，威风凛凛，十分得意，此刻天降一声霹雳，却醒了过来……"

春天的手扶在门上，认真听了会儿，唇边泛出一点笑，长留瞥见春天进来，便停住，不太好意思地抿嘴。

"后来呢，那位穷书生睡醒后发生了什么？"仙仙追问。

"什么也没有。"长留低下头，小声道。

"衣裳错了。"春天缓缓走过去，"若是一品大官，那他穿的官服不是红色大蟒袍，而是紫色团花襕袍，也不佩宝剑，官人们喜欢挂金鱼袋。"

长留讷讷："我是听戏文里讲的……"

"后来呢？"春天笑问，"我从没听过这出戏，穷书生后来怎么样了？"

说话间李娘子倒是颤巍巍地走来，她尚未梳洗，神情憔悴，目光先落在长留身上，而后对几人笑："今日又是我最晚晨起。"

仙仙打来热水，服侍李娘子梳洗装扮，春天拿着梳篦替李娘子梳头。绾过发髻，春天见妆台上有只白玉小瓶，上绘一朵滴艳牡丹，旁侧有丹红印章，认得这是妆粉，便递于李娘子："娘子搽这个吧。"

李娘子接过妆粉盒，在手中摩挲一番，又盖上，笑言："这个留着以后再搽吧。"倒是拿起手旁的米粉盒子，往脸上敷粉。

想是将那艳妆明抹，留待归人。

这日长留正坐在桌边写字，阿黄低声呜呜叫了两声，身子拱着往里钻去，门外传来噼啪一阵脚步声，赫连嘉言探头喊："长留，长留。"

"做什么？"长留停下笔，抬头望着他，"说好的一起念书，你怎么晚了？"

"你身上的衣裳怎么又脏了？"长留皱着眉头，"你从哪儿来的？"

"城西有个富商娶妻，门前撒喜钱，我抢得最多。"嘉言从沉甸甸的袖管里抓出许多钱，"喏，你不是看中那只雀儿了吗？我同你去买。"

"明日夫子要考书，我还没背熟。"长留问，"你书可念完了？"

"反正夫子也不管我。"赫连嘉言撇撇嘴，"走走走，我同你买雀儿去。"

长留拗不过嘉言，两人携手出门玩耍去。

不多时，陆明月登门来寻嘉言，知晓两人出门玩耍，叹气道："这孩子，整日里不着家。"

她与李娘子闲坐片刻，便告辞出门，却被春天唤住："有劳陆娘子挪步西厢说话。"

陆明月微诧，不知她寻自己有何事。

春天从枕下拿出一块帕子，递给陆明月："想请陆娘子替我瞧瞧……"

陆明月接过春天的帕子，"咦"了一声，只见墙脚杂草中，藏着一双青眼，半只青翅，长须细腿，遥看是一只藏在草丛中的寒虫，一幅绣图栩栩如生，如漆墨挥就。

陆明月仔细端详："绣得很好。"

春天抿唇："这是上回仙仙的那张绣绷子，我拿回来，自己添了些……"

陆明月倒想起此事，仔细抖开帕子瞧着，诧异道："你补得竟然这样好。"

春天面上有些羞涩，讷讷道："以娘子的手艺，若肯说他人的好，那我也信了……前阵子听娘子说，冬日里大户人家衣裳准备得多，城里缺绣娘做活，我觍颜毛遂自荐，若娘子看得上，可否让我试一试？"

陆明月摸着帕子，沉吟半晌，道："别的倒不提，这活耗神伤眼，你伤未好，做这些又劳神费力，还是罢了吧。"

"劳烦娘子替我问问，别的做不好，绣几个手帕总成的。"春天脸色发红，似有难言之隐，"总比什么都不做，无所事事的好，纵不为别的，我住在这儿这些时日，吃饭喝药，也不能白花李娘子的银钱……"

陆明月见她微微垂着头，模样有些难堪，略一思量，点点头："那好吧，我那儿有些绣样子，改日带给你看看。"

春天行礼谢过，又嗫嚅道："请娘子替我言语遮掩一二，别让李娘子知晓……"

陆明月亦曾经历过此类处境，心有感触，自然帮忙。春天自此接了一些绣活，帮衬陆明月做些花样子绣片，她的伤已见好，伤痂开始脱落，生出新的粉白皮肉。

腊月里学堂放了旬假，长留不用上学，日日还是在家温书写字。陆明月受不了嘉言泼天皮猴一样，勒令他每日起早跟着长留，定要念几回书才能出去玩耍。

这可苦了阿黄。

腊日初七那日，赵大娘洗涮灶台，从缸里翻出些陈米红豆、果子杂料，并着松子、乳罩、柿、栗，小火熬了一夜，熬出了一锅腊八粥。

李娘子刚喝过药，进食甚少，略吃了两口便停住，眼神温柔，盯着长留喝完一碗粥："等背过书，你跟着赵大娘送些腊八粥去街坊，向婶子叔伯们问个好。"

长留点头："是。"

李娘子又盼咐："今日浴佛会，你怀远哥哥说带你和嘉言去庄严寺玩耍，遇上杂耍把戏处，你拉着些嘉言，别往人堆处钻，当心挤着了。等晌午僧人布施佛粥，一人喝一碗，喝完就回来，娘在家里等着你。"

长留点点头："是。"他眼瞧着李娘子，顿了顿道，"我替娘亲讨一碗佛粥回来。"

李娘子摇摇头，捂着帕子咳道："娘亲不爱喝，长留自个儿喝就好了。"

长留在椅上扭了扭，抬首有些惴惴地道："娘。"

"嗯？"

"娘，我听见你夜里咳了……"

李娘子愣了愣，柔声笑道："娘没事。"

长留扭扭手，盯着桌子半晌没说话，而后又道："娘……"

033

"傻孩子，娘好好的呢。"李娘子把长留拥入怀，轻抚他，"娘没事。"

腊月里，家无虚丁，巷无浪辈，最是忙碌欢快。市集比往年还热闹些，吃食果子腊味，衣裳首饰水粉，烟花炮仗彩灯，傀儡戏胡乐歌舞，街街巷巷热闹非凡，贩货的胡商们把珍藏的奇珍异宝拿出来兜售，年根里，妇人少不得打个新头面，衙门军队往上供奉打点都多。

驮马队里送来半扇獐子肉，可算让赵大娘忙活了好几日。怀远也不知从哪儿逮到一窝兔子，送到李家来玩耍，仙仙最恨嘉言日日里在耳边喊"有兔子肉吃喽，吃兔子肉喽"，连着把兔儿藏到了厢房里。过了初十，市集上开始卖卫画、门神、挂钱、金银箔、烧纸等物，年味是越来越浓。

瞎子巷隔得不远，有间叫济光寺的小庙，佛像破旧，香火不盛，里头住着几个老态龙钟的和尚。庙后有条清净窄巷，名曰功德巷，这功德巷是济光寺的产业，老和尚们把房舍出租，一半赁给坊里做了私塾，另一半赁给寻常人家。

陆明月在功德巷里住了好些年头，她一个带孩子的寡妇，图的是个免于被人嚼舌的清净，又看中隔厢的私塾，思忖孟母三迁的功效，也期望嘉言多沾沾学堂里勤学上进的气氛，收敛玩性。

商队翻过陇山，沿渭水而行，八百里秦川奔驰策过，已遥遥望见长安龙首山，锦绣城郭，就在眼前。

长安城外的开远门，早有段家管事带着仆役来接洽，一见段瑾珂归来，一面忙不迭令人回去报喜信，一面又引着众人往长安城行去。

一番盛情招待不说，李渭几人在长安不做停留，同段瑾珂辞别。段瑾珂知道几人要回甘州过年节，吩咐曹得宁多以钱帛相赠，双方作别。

几人携了干粮酒水，日行百里，赶在腊月里回河西。到甘州那日正是十五，是民间拜玉皇大帝的日子，几人在坊口揖别，各自往家行去。

赫连广到家时，院门紧闭，寂然无声。

男人也不敲门，攀着一人多高的土墙，猿臂一抻，拧身稳稳地落在院内，自行开了院门，把马牵进了院子。

嘉言早起出门玩耍，只有陆明月一人在家，正坐在窗下做衣裳，听得院里声响，以为是嘉言回来："嘉言？"

无人应她。

倒是马一声长嘶，笃笃的蹄声敲在石板上，然后是男人沉稳的脚步声，也不怎么重，却敲钟似的回荡在耳里，她不知怎的心里突突地跳，慌乱下地。

院子里，赫连广披着身脏兮兮的毡袍，蹲在地上解着马蹄上的木橛。

男人听见脚步声，抬头，眯眼，上下打量她。

他身材极高大，眉眼深邃，瞳色很浅，有点泛蓝，盯着人看的时候便带着直勾勾的意味，肆无忌惮得让陆明月觉得浑身不适，又有些无地自容。

"家里可有吃食？"赫连广瓮声瓮气，嗓音有些粗哑，许是因为连夜马不停蹄地赶回来。

陆明月眉头锁着，瞥开眼，冷声说话："锅里还有些吃食。"

赫连广应了声，拍拍脏手，转身迈去了厨房。

锅里只有几个硬邦邦的馒头，是嘉言吃剩的，赫连广灌了口凉水，就在烧火矮凳上蜷腿而坐，抱着笼屉狼吞虎咽起来。

陆明月站在外头，隔着挺远看他吃东西，那么大一个男人，弓着身子蜷着腿，窝在小小一张凳上。

她是汉人，生于江南春水连绵的姑苏城，年少家中蒙罪，举家来河西充塞。虽在边塞生活十多年，骨子里还是南人的挑剔，食不厌精，脍不厌细，茗茶品香，男人要工琴棋书画，骑马倚斜桥，满楼红袖招。

瞎子巷口住的王秀才穿一身簇新挺括青袍，头戴方巾，在街坊邻里的簇拥下写平安文书，身边不知哪个眼尖的婶子瞧见李渭，远远地拍手喊："他侄儿回来啦！"

因着她这声大叫，王秀才下笔一歪，黑墨坏了落款，老秀才皱着眉头搁下笔："好好地嚷嚷甚，倒是毁了一张纸。"

但今日李渭回来，也不计较，王秀才喜不自胜："渭儿，渭儿，来看看老师这帖子。"

街坊四邻纷纷跟李渭寒暄："前日子还往家里去，李娘子说你尚未归，今日可总算回来了。"

"走了这许久，一路可还安生？"

李渭满身灰土，面色带倦，但依旧笑意不减，向四邻作揖："一路皆好，外出许久，家中有劳各叔伯婶娘照顾，李渭不胜感激。"

春天在屋中做针线，年节将至，大户人家都在置办衣衫首饰，陆明月忙不过来，送了些活计过来让春天帮忙。

赵大娘带着仙仙出门买家用，李娘子房门紧闭，应还是睡着，长留去了嘉言那儿温习功课。春天忙了半日，眼睛酸痛，至厅堂走一圈，家中无人，只有阿黄，懒洋洋地团在炭炉子旁打盹。

她胸骨未长好，尚不能弯身，用鞋尖蹭蹭阿黄爪子："阿黄，阿黄。"

阿黄拨开遮眼的爪子，懒洋洋瞥她一眼，喉里呜呜两声，蹬着腿把炭炉团得更紧些。

"娘子未起，你不在屋门口守着，倒在这儿偷懒。"

阿黄最烦有人扰它，身子往暗处拱了拱。

"癞皮狗儿。"春天歪着头看了阿黄半日，叹了叹气，"你若是生在我家，早被下人们打出去了。"

阿黄抬头，颇有些不满地冲她汪一声，翻过柔软的肚皮，露出一块被炭火燎得焦黄的皮毛，满不在乎地打了个滚，爪子捂着眼睛又睡了。

空气清冽，天澄蓝如玉，院里的积雪除尽，地面湿漉。只余枣树下一捧残雪，冻得硬邦邦的。

春天逗完阿黄，在院子里走一圈，停在老枣树底下，抓了把雪拢在手心，团成一个雪球，待到手指冻得捏不住，扬起手，啪的一声把雪团砸在地上。

碎雪飞溅在青砖地上，门吱呀一声被推开。

黑色的皮勒靴踏进来，男子裹着块灰扑扑的毡袄，左手拎着绸青的包袱，右手牵着匹哧哧喘气的灰马，立在门口。

少女脸上的神色慢慢收敛起来，一双黑白分明的眼盯着来人。

她是不认识他的。

李渭见春天穿一身半新不旧的蓝花裙袄，脸色苍白，面颊消瘦，抿着唇，一双杏眼有些戒备地打量他。他大步迈进院里，立在院中，声音沉厚，略带一点砂砾似的沙哑，像旷野的风："伤可好些了？"

春天松开僵硬的手指，垂下睫，轻轻点点头，嚅动嘴唇："好些了。"

男人卸下马上负重，嘘声把追雷赶去马厩，手中抱着毡毯大步走来，他那两道剑眉生得俊朗，此刻对她展眉一笑："我是李渭。"

李渭，这个名字她听得熟了。

屋里一阵汪汪汪叫唤，阿黄风一样从堂里蹿出来，毛茸茸的尾巴摇曳得生机蓬勃，热情地扑在李渭身上，李渭拍着阿黄，爽朗笑道："好了好了，阿黄，别闹了。"

春天隔得稍远，待要说些什么，李渭扭头问她："在这儿住得可还习惯？"

她点点头："甚好。"她看着李渭抚摸阿黄，又道，"娘子还卧在床中，赵大娘和长留出去了。"

李渭点点头："知道了。"

他未吵醒李娘子，先把东西搬去耳房，而后上正堂，立在李老爹和李夫人神位下，引炭火燃香祭拜。

阿黄心花怒放地追在李渭脚边，正房里李娘子连着咳嗽几声，问道："外头谁来了？"

春天至窗下回："是大爷回来了。"

"大爷回来了？"李娘子且惊且喜。

"云姐，是我。"

"你稍坐，待我收拾了来奉茶。"

赵大娘不在，春天陪着李娘子开妆奁，挑了身鲜亮衣裳。妇人收拾妥当，头梳坠髻，颊敷红粉，身着螺青色对襟襦衣，草黄色长襦裙，三分颜色也衬出七分鲜妍，一扫往日病容。

李娘子在春天搀扶下出屋，见到李渭喜上眉梢："昨日长留去驮队里打听，还说要晚几日才能回来，不期想这么快就到家了。"

李渭仔细打量李娘子，见气色尚好，微笑回道："路上顺利，没旁的耽搁，故到家早些。"

功德巷里，嘉言拉着长留一路讪笑："走啦，别生气了，回去让我娘给你补一补，一点也瞧不出来。"

"你若是听我的，也不会把我衣裳扯破。"长留皱着眉道，"待会儿陆娘子又要生气了。"

"嘿嘿。"嘉言挠着脑瓜，"怕啥，我娘就是纸老虎。"

他推着长留进门，却见门廊下拴着匹黑马，顿时放声尖叫，松开长留奔向屋里："广叔！广叔——"

赫连广从自己屋内出来，抓鸡仔似的拎起嘉言，笑道："你这小皮猴。"

嘉言手脚并用攀在赫连广身上，狗皮膏药似的："广叔叔，你终于回来了。"

长留瞧见赫连广，也是一跺脚，飞奔而来："广叔，我爹爹、我爹爹……回来了吗？"

赫连广咧嘴一笑，摸着长留的小脑瓜："回来了。"

长留甩甩袖子，一溜烟地往家跑去，陆明月正从绣房里出来，喊道："长留，小心些，别摔了。"又瞧见嘉言，脸瞬间黑了几分，"嘉言，你下来。"

赵大娘挎着菜篮采买归来，一路早有相熟的邻里告诉她李渭归家，到家一瞧，果不其然。炕桌上堆满饴糖果子，李渭抱着长留坐在炕上笑语，李娘子坐在一侧收拾行囊，满屋子言笑晏晏，其乐融融。

仙仙扎两只小辫，跑去跟李渭行礼："大爷好。"她自小在李家长大，跟着长留如同兄妹一般，李渭也把她当半个女儿看待。

仙仙瞥见长留摆弄着手中的新鲜玩意儿，眼神亮晶晶地盯着李渭。

李渭知她心思，笑道："喜欢什么，去娘子那儿挑。"

李娘子手边有张帕子，俱是些时下新鲜小玩意儿，李渭惦记驮队里几个孩子，每回出去都要带几样回来。

赵大娘也是高兴："日盼夜盼，可喜把大爷盼回来了，娘子每日里惦记着，这下也该安心了。"

李渭笑道："罪过，我一人在外尚不自觉，倒是劳烦一家老小替我操心。"

"这两年里多亏大婶的帮衬，我常不在家，家中辛劳都仰仗婶子。"李渭推过一包铜钱给赵大娘，"就当是我孝敬婶子的。"

"万使不得。"赵大娘从炕上下来，"我不过做些洗衣做饭的粗活，还领着孩子在家里吃住，娘子人又体贴细致，甘州城里去哪儿寻这么好的主家去。"

"婶子万毋推辞。"

推辞再三，赵大娘把铜钱揣入袖中，偷偷掂掂分量，不由得喜笑颜开："我去厨房烧火做饭，为大爷接风洗尘。"

赵大娘手脚麻利，烧水揉面，杀鸡宰羊，晚间时蔬野味，牛酥羊肉，馓子油饼皆有，又烫了一壶好酒，做了桌团圆饭。

长留素来乖巧少言，此日也难得孩童心性，缠着李渭说了一肚子话，吃饭时又要爹爹夹菜，又要娘亲擦手。

春天知道一家团聚，骨肉亲情其乐融融，哪里顾得上照应旁人，她早习惯如此，故早早回了西厢做针线。灯下丝绦穿引，层层叠叠，翻来覆去，一丛丛绣牡丹已是看酸了眼，揉揉只是涩痛。

李渭常年出门在外，在家时日少，回家后多半陪伴病妻弱子，入夜之后先去盘查长留功课，哄他睡觉。

"爹爹，长安城真的很远吗？好玩吗？是不是有很多人？"长留攥着李渭的手，"春天姐姐从长安来，夫子也从长安来，那儿到底是什么地方？"

"长安是国都，皇帝大臣、外国使节都住在那儿，到处是市集，很是热闹啊。"李渭摸摸长留的头，"等你长大些，爹爹带你去长安瞧瞧，好不好？"

"好。"长留牵牵李渭袖角，"爹爹，快过年啦，你别走好不好？"

李渭点头："不走了，爹这阵子都在。"

他看顾长留睡下，瞧着他闭上睫，替他掖紧被角，出门正遇见赵大娘端了汤药送去李娘子喝，他接过药碗："我来。"

李娘子捧着钱匣，正在灯下仔细盘算。曹得宁给了驮马队统共六千张茶券做酬资，另有些零碎银子，驮队分下来，最后到李渭手头约莫有四百张茶券之多，另有一袋子从珂罗人手中得的云珠，早前托人在交市上卖了，也得了百张茶券。一共五百余张茶券，俱交到李娘子手中。

时朝廷钞紧，官府榷茶抽税，关中河西一带买卖不以白银铜钱，而用茶券为资，每张茶券子可抵一贯多钱，官商流通无碍。

李渭瞧着云姐抚平手中茶券，说道："等年节过去，还得抽出些，我去弱水、居延海跑一趟。"

李娘子点点头："也好，往年你都腊月里跑一趟，今年回来得晚些，待年节后，再带些东西过去……也不知那几家境况可还好……"

李渭慢腾腾"嗯"了一声。

李娘子心里盘算一番，细语说："朝廷那边的定论，真的改不了？"

李渭没有言语，晕黄烛光里，他的面容半明半暗，挺拔的侧脸模模糊糊地投影在墙上，李娘子恍然觉得他的面容有些陌生，叹口气道："也罢，就几两银子的恤银，哪里管什么用。"

李娘子的心思又转回来："我这儿倒有一事，如今长留大了，也得为他打算打算，以后上学考功名，娶妻生子都是大花头。前几日赵大娘的丈夫从乡下来，说是有人家在卖乡下庄田，价钱倒也公正，我起了心思，你若觉得这主意好，明日找个牙郎去说道，若是能盘下来，日后也多个傍身之处。"

李渭道："你若觉得好做主便是，我常不在家，这些事情也顾不得。"他的神色突然有些低郁，"你身子向来弱，本该少操些心……可如今家里赖你一人照料，云姐，这么多年辛苦你了……"

他唤李娘子一声云姐，她原本是他养父母的女儿。

李渭其人本不姓李。

二十八年前，李老爹跟随商队南下关中，回程在渭水旁捡到一个奄奄一息的男婴。据路人云，前日有行商带着家眷在此路过，不慎露财，被悍匪盯上，匪人将一众人杀害抛尸水中，还剩个襁褓中的婴孩，不知谁动了恻隐之心，未把孩子溺亡，只扔在河岸边，任由他自生自灭。

李老爹家中只有一羸弱幼女，故把孩子带回家由妻子抚养，取名李渭。

李老爹是甘州有名的走马人，李渭十二三岁便跟着李老爹翻雪山、走沙漠。等到李娘子摽梅之年，因体虚病弱难有婚配，李老爹把李渭认作半子，把李娘子嫁与李渭，了下一桩心头大事。

"你这么说，倒是折煞我。"李娘子捂着帕子咳了声，"渭儿，明明是我对不住你。"

两人互述衷肠，彬彬有礼，赵大娘在窗外望见两人灯下身影，倒觉得两人举案齐眉，相敬如宾。

李娘子说了许久陈年旧事，禁不住憋回几点泪，见夜已深："我照例吩咐赵大婶把东厢收拾好，铺上干净被褥，我这屋子药气重，是住不得人的。"

李渭在东厢住了七八年，早已习惯，点点头："你好好歇着，有什么话明日再说。"

叁 清平调

东厢与西厢隔庭相对，原是李老爹的屋子，老爹去后，成了李渭的私室。

室内简拙，粉白壁墙，墙上挂着弓箭刀柄等物，屋内一桌一凳一床，墙边一只大箱箧。

晨起李渭推窗，天微光，风冷冽，窗櫺地台结了冰霜，四下阒静，只有厨房窗洞透出一点亮光，微弱青烟袅袅升起，是赵大娘在灶下烧火准备早饭。

多年生活磨砺，他的生活简单节制，少眠又早起。马儿追雷见主人抱着草料来，双蹄扬起，轻嘶一声，精神抖擞，热气扑哧地往主人手心里钻，李渭拍拍自己的坐骑："今天在家，明儿再带你出去跑。"

追雷好似听得懂人话，摆摆头，又趴回马厩。

赵大娘在屋中进出，见李渭起得甚早，不禁笑道："这样冷的天，大爷也该多睡会儿。我这儿替娘子熬药，饭也还没做，大爷若是饿了，我先下碗羊肉汤饼给大爷垫垫饥？"

"不用。"李渭肩宽腰窄，身材颀长，站在厨房里显得屋子逼仄，索性蹲下来，拨弄着黑漆漆的深肚药壶。药材奇异的香气扑鼻而来，正是李娘子屋里那股绵延不绝、深入肺腑的气息。

李娘子的病自胎里来，从小就有些不好，小时候常生疾病，医者常道活不过双十岁数。但自李渭晓事后，晓得长姐身体病弱，热心在西域番地寻找贵重药材，竟将李娘子的身子渐渐养得好起来。

　　但好景不长，李娘子生下长留后，血虚经乱，阴阳崩漏，渐渐露出血枯气尽的症状来，药石罔效。前些年西域高僧达摩跋陀在甘州木塔寺修行，李渭听闻这位大师岐黄之术了得，求大师开了个方子。只是这药方甚为烦琐，以四季为引，四时药石各有删减，拢共有九十余种药材，并不少西域奇药，非寻常之家可得。李渭费尽千辛万苦寻药回家，让李娘子吃了阵，果真渐养好了些，此后也一直照着方子吃药，直至现今。

　　这方子实在烦琐，达摩跋陀出身于西域皇室，乳香、没药这类只当平常药材用，又有阿魏菇、罗布麻、石诃子、骆驼蜜这些罕见之物，难怪大师当日说了声"罪过"，若非富贵权势之家，普通人家里就算有药方，也是无济于事。

　　"大爷回来，娘子心里头也高兴，药也愿意喝，饭也肯多吃。"赵大娘道，"前阵子娘子总嫌药苦，有时若觉得精神好些，喝药就懈怠，旁人劝着也不听。身上一时不爽利，也不肯看大夫，也不肯让别人知晓，宁愿自己苦熬。好歹等到大爷回来，这下可好，大爷好好劝娘子，药总是要吃的，病总得看，纵然不为自己，也得为大爷和长留打算。"

　　李渭微微皱眉，无奈道："我不在家时也管不得许多，在家时，这些她是不肯和我说的。"他叹了口气，良久方道，"还得婶子替我多照应着些家中。"

　　"这是自然。"

　　长留醒来，瞧见枕边放着昨日李渭送的核桃小人，掀被穿了衣裳，趿鞋出屋，喜滋滋地往东厢找爹爹去。

　　他爹爹正盘腿坐在屋下，握着磨石打磨箭矢，长留凑至跟前，李渭摩挲他的小脑瓜："书堂放了假，怎么起这么早？"

　　"先生吩咐，晨读晚练，不可耽搁。"他蹲在李渭身边，看见地上指节长的箭头锐如刀锋，雪白精光倒映出他的衣角，"阿爹，箭头好锋利。"

　　杀人的箭，如何不锋利。李渭扶着他："你乖乖地坐着看，离远些。"

　　"坏人看到阿爹的箭也会害怕。"

　　"上阵杀敌，最要紧的是武器，它可以杀敌，也可以保命。"李渭慢条斯理地磨着箭头。

　　长留想了想，歪歪头："工欲善其事，必先利其器，我们先把武器准备好，打仗的时候才不怕。"

李渭呵笑，揉揉儿子的发："正是。"

东厢的门牖吱呀一声被推开，纤弱的身影正撞在父子俩眼里。春天提着半旧襦裙颤颤巍巍地走下来，身上的衣裳原是李娘子做女孩儿时穿的，颜色太喜庆，所以鲜少穿出去，搁在橱里，翻拣出来给春天，艳艳一幅裙子，更衬得春天面若霜雪，目如点漆。

春天立在庭里向两人问好，瘦弱身体在寒冷晨风中微颤，她突然偏向李渭，鞠躬行礼："大爷。"她十分郑重地朝李渭致谢，"我病中不知事，一路也不曾对恩人道个'谢'字。大爷的救命之恩，春天铭记于心，没齿难忘。"

"女郎言重。"李渭道，"庆幸是那位商客发现了你，后来又有段公子寸步不离地照顾，我只是举手之劳罢了。"

"各位恩公之情，春天一一铭记，誓不敢忘。"

李渭记起一事，拂衣站起，往屋内去，向她道："段公子托付我把你的东西带回来。"

春天不解，见李渭从屋内取出一封缎布，微笑着递给她："是那日从你身上找到的，一直由段公子收着，离开甘州的时候太匆忙，回到长安才想起来要还给你。"

她捧着沉甸甸的缎布，急急展开，短促又急切地喊了一声，而后身体颤抖——那是她丢失的匕首，沉甸甸、黑漆漆、冰冷冷，刀鞘上缠着褪色的绸带。

"多谢。"她语有哽咽，眼眶微湿，侧着脸，轻轻把匕首贴近脸庞，触碰那冰冷又熟悉的温度。

长留仰头，用眼神询问自己的父亲，李渭摸摸他的头，轻声道："这是你春天姐姐的旧物。"长留点点头，偷偷挪了挪步子，抚摸着她的一片袖角，好似安慰。

李渭看她苍白的面庞，突然想起第一次见她的模样，穿着一身男装，披着白裘，本是风姿少年的模样，却显得那样伶仃脆弱，睁眼的那一瞬，好似风拂尘埃，光华如珠。

是哪家的孩儿被忘在这荒寂里？他如此想。

李娘子口中春天的身世，是左邻右舍最唏嘘感慨的故事。一个来自长安的少女，因为生父身亡，孤苦无依，带着家中老仆投奔远在北庭的叔叔，岂料半路与老仆失散，她独自跟随商队出玉门往北庭，却在红崖沟遇上马匪，几将性命丢去。

一家人在耳房闲聊，李娘子握着春天的手，问李渭："大爷在北庭可有相熟的朋友？若是有，替春天打听打听。"

"叔叔一家，好些年前在北庭轮台居住，但后来又西迁，应是往西州一带去了。"春天讷讷，"我在府上如此叨扰，实在过意不去，别的不敢再麻烦娘子大爷。待我伤势好全，再往西州去寻亲。"

"你一个女孩儿，在外办事多有不便，又是胡地陌土，可万万不能再独身一人前往。"李娘子温言软语，"年节将至，也不急这一时半会儿，让大爷替你仔细打听，你也安心住下，好好将身体养好。"

李渭临炉煮茶："北庭辖伊、西、庭三州，又有诸多军镇守捉，商旅往来，军民杂居，寻一个人或许不易，但要寻一家汉人也不难。"

春天点头答"是"，又瞧见李渭微微一笑，问她："不知叔父以何为营生，从商还是从军？"

她迟疑片刻，回道："我叔叔名叫陈中信，十几年前曾任甘露川守军陪戎副尉，后来调往轮台当职，如今……如今不知调往何处……"

"原来是军中长官，这倒容易，我原先在军中还有些旧友，可以帮着打探打探。"

她连声致谢，心中浮起一丝微茫的喜悦，又有些沉郁。

李娘子轻声安慰她道："别担心，总能找到的。"

李渭起身，给她换一盏茶水，慢条斯理道："不仅是我们留你，段公子也有意留你，你可还记得他？他原本是想一路照顾你，等你醒来再回长安的。"

春天模糊记得有个锦衣公子，但全然不记得此人面容，手指摩挲着杯沿："也没有来得及和段公子说一声多谢，不知道段公子有什么话要问我。"

"你受伤那日的情形和那些马匪，你还记得吗？"

春天深吸一口气："记得。"

"那日风很大，红崖沟里乱石扑面，我跟在商队后头走，刚走进一个山坳里，突然听见一声很尖锐的响声顺风传来——像是一种细细的哨子的声响。然后……然后周围突然有人马涌上来，有人抢着长刀冲上来，马鞭抽得很霸道，大家都慌了。我落在队伍最后，原是跟着大家一起逃，这时商队里有个男人把驮子的缰绳塞在我手里，让我往回跑。"她脸色惨白，蹙起眉尖，想起当日身后那一刀剧痛，"他们在抢商队的驮子。"

李渭沉吟半晌："你记得那群马匪的模样吗？"

她摇摇头："那群马匪黑布蒙面，说胡语，眼神很凶，像刀子一样，但是……但是他们穿牧民的袍子，外面披着皮毡裘，腰带上挂着刀子火镰，我看见其中一个男人腰间还拴着兽牙和靛蓝色的鼻烟盒。"

草原海子里的牧民在大雪封山、牛羊圈栏的冬天，会下山假扮强盗抢掠行商。

"商队的驮包里装的是什么东西？"

"商队有几十个驮子，驮包很轻，装的是茶叶，茶的香气很浓。"

李渭轻轻摇头："商队驮子被抢，也没人去官府递状子，你受伤滚下风沟，商队也只顾收拾东西逃走。"

春天默然不语，李渭问道："你在哪儿遇上这支商队的，里面的商人，你还记得吗？"

"在凉州，听口音大概是关中一带的商人，但是行路很急，天黑了也不肯在驿站停留，我只跟着他们的牛车走在后面，说话倒是不多。"

李渭心里盘算了一番，沉吟不语，春天试探问道："段公子是长安人？"

"他原籍凉州，后家族迁居长安入仕，段老爷是礼部司郎官。"

礼部郎官只是个从三品的官秩，在冠盖如云的京中自然不算突出。对段家而言，从江湖走商贩货的商贾之家，脱胎换骨成为诗礼簪缨、随侍銮驾的高门府第，却也不易。

李渭回家不过几日，家中大门的吱呀声不知响过多少回。

街坊邻里纷纷登门拜访，邀酒赴宴，喝茶小坐，骑马野游，十分殷勤热心。王秀才因自家几株蜡梅开得甚好，文绉绉地写了几首诗，遣了自己小孙儿往李渭家投帖子，备下红泥小炭炉邀李渭过去煮雪煎茶，师生共赏花事。

李渭接着帖子，额头一把冷汗。王秀才功名不济，脾气古怪，自己在家办过几年私塾，李渭在他家念书的几年，聪颖伶俐甚得他喜欢。王秀才一直对李渭疼爱有加，每逢见面免不了一番谆谆教诲，李渭自认是个粗人，遇见自己这位清高自傲、说话文绉绉的老师，也少不了一番头疼。

腊月二十四过小年，天公未曾歇过，大雪如蝶翩翩飞舞，屋舍街衢，山川草原，都做了银装素裹广寒宫。家家户户烹羊炙肉，祭灶扫尘。陆明月坐在屋内，剪出一沓红纸铺在桌上，摆了砚台毛笔，连声喊嘉言进屋。

嘉言和赫连广在院里驯一匹小烈马，颇不情愿地跑进来："娘，你找我何事？"

陆明月指着桌上红纸："今年的春联交给你来写。"

一听娘亲又让他写字，冰天雪地里驯马的热乎劲儿也被浇灭了一半，嘉言为难地绞着手，讷讷道："娘，往年都是出去买春联，今年怎么要自个儿写了？"

"以前你年纪小不识字,娘只能去外头买,如今你也大了,也上过几年学,岂有再出去买的道理?"

"娘,我写字不好看,要不……要不娘你自个儿写?"

陆明月柳眉一挑,美目瞪人:"我哪有空写这些东西。"

"那、那让广叔叔来写。"

陆明月沉下脸:"你是家中男丁,怎能让他人代劳?"

"广叔叔也是男人,还是长辈,就该广叔叔写。"

低沉男声隔窗传来:"嘉言,你广叔没念过书,大字不识几个,怕是帮不了你。"

嘉言支支吾吾,东扯西扯说了半日,就是不肯动笔。他本就不爱舞文弄墨,自己肚里那点墨水自个儿知道,写出来铁定要被娘亲训斥。

陆明月何曾不了解自己儿子的心思,她无可奈何:"不管字写得好歹,只要你认认真真、端端正正写出来,不惹人笑话,娘就认了。"

"好吧。"嘉言嘟囔,只得顺从地站在桌边,不情不愿地握着笔,抓耳挠腮,绞尽脑汁,愁眉苦脸地写起来。

窗外响起赫连广磨锉刀的声音,嘉言足足出了半日神,把一沓纸都写完,交给陆明月后溜之大吉。

陆明月检查儿子写的对联,写厨房的是"米面如山高,油盐似海深",院内的是"满院生金",门楣上的是"抬头见喜",树上的是"根深叶茂",平平常常,倒看得过去。等看到写柴棚的"薪火生辉",鸡窝里的"蛋蛋相传",觉得又可笑又可气,想起自己对嘉言操不完的心,又觉发愁。正想着这些有的没的,听见门外嘉言喊了声"长留"。

长留穿件蓑衣,披满落雪,活脱像个雪中小仙童。他迎面叫了声"广叔叔",赫连广应声,替他解下蓑衣:"去屋里坐。"

陆明月趋步过来,怜爱地束紧他的衣裳领口:"还下着雪呢,怎么跑出来了,冷不冷?"

"不冷,娘让我揣着手炉来的。陆娘娘,爹娘请你和广叔叔、嘉言晚上去我家吃饭。"

陆明月揽住长留,温柔道:"知道了,娘娘收拾收拾,跟你一起去。"

好些年了,自她带着嘉言从敦煌三危山沙柳营迁来甘州,第一个年节是在济光寺过的,喂嘉言吃的是糠菜豆叶饭。那时候李老爹还在,烧香时看见嘉言穿一身单薄衣裳在雪里玩耍,把陆明月母子两人领回了家,跟她说,以后就把我们当你的娘家人。后来家中光景逐渐好了,每年的小年夜也还是在李家过的。

李渭和赫连广甫见面，彼此点点头，两人一前一后钻进了耳房。

　　李娘子刚篦完头，长发还披在肩头，上披着件羊毛半臂，下穿如意万寿纹长裙，正和春天、仙仙坐在炕头写写画画。陆明月走进去，笑语盈盈："这是在做什么？"

　　原来几人正在剪贴窗户的窗花，春天捏着小毫笔俯在桌上描花样，仙仙正在动剪子，李娘子笑道："今日里精神好些，想着把往年那些花样拿出来描几幅贴窗上，哪儿想谁也不肯让我动手，只许我在旁看着。"

　　"这些都是家中小女儿们做的，哪里劳主母动手。"她拢住李娘子一把长发，忽觉手中长发发量堪堪不过一指圈，"正好，我替你梳个登高髻，步步高升好过年。"

　　李娘子摇摇头："我这头发越来越少，怕是梳不上高髻的。"

　　"我的手艺，你还不信吗？"

　　"是，你向来心灵手巧，什么东西拿在你手里，就没有翻不出花样的。"

　　当下陆明月兴起，差使嘉言去厨里打盆热水，唤长留去搬他娘的妆奁盒，自己把李娘子拉在软垫上，把那桂花头油，胭脂水粉，口脂首饰一一摆出，就要一番大动作。

　　"哎哟，不成，这是把我当花瓶用了吗？"

　　"成不成，那是大家说了算，等把李渭请出来瞧瞧，还不得看傻了眼。"

　　"他不是这样的人。"李娘子任由陆明月摆布，一时妆成，李娘子蜡黄无光的脸色也掩盖在脂粉下，发白的唇嫣红喜人，眼角的细纹也被抚平，发髻高耸，钗环叮当，模样看着年轻不少。

　　"你呀，就是平日里太素净了，这样好好地装扮起来，岂不是个好模样。"

　　"你可别折煞我，我自己长什么样，自己还不晓得吗？"

　　身旁几个大小孩子都笑着说好看，李娘子此时对镜一瞧，也觉得比平日顺眼千百倍，又瞧见身边替她贴鬓花的春天，面容如玉，眉眼如漆，更觉得青春可贵，时间无情。转念一想自己这半生，身不由己，时时受苦，也不知还剩下多少时日，不禁悲从中来。

　　李渭和赫连广听见笑语，从耳房出来。两个男人一个疏离冷淡，一个端方温厚，不解问道："说什么有趣事情，开心成这模样？"

　　"好看吗？"陆明月笑嘻嘻地问。

　　赫连广被她这笑容轻轻蛰了下。

　　李渭尚未反应过来，却在某种感觉下迫使自己点头："好看。"而后看着大家簇拥着李娘子，才意识到云姐有些不一样，他诚实道，"很久没有看见云姐这样了，很好看。"

自他从小到大，云姐一直就是病着，脸色苍白，神情委顿，鲜少有正常人那种健康红润的气色。

屋内明亮温暖，酒肉香气扑鼻，男女老少坐定时，阿黄贴着门窗汪汪叫，原来风雪又至，沙沙地拍打着门楣，万家灯火，都在雪的怀抱中。

人人端着酒杯说祝词。

"日日是今日，年年如此。"

"阖家团圆。"

"身体康健。"

"学问长进。"

"酒足饭饱。"

众人哄堂大笑，夹菜喝酒，推杯换盏，其乐融融。

饭后妇人收拾厅堂，男人喝过几盏酒，孩子吃过饴糖，听窗外风雪之声越来越低，陆明月拢拢衣裳，带着嘉言从李家告辞。

街巷无人，冰晶世界，阒静无声。陆明月喝过几杯热酒，身体发热，牵着嘉言一脚深一脚浅地走在雪地里，被朔风一吹，酒气上涌，朦朦胧胧好似当年爹娘牵着自个儿看戏回来，走在月明风清的月夜里，明晃晃、清凌凌的夜晚，一如眼前。

突然又回过神来，哪里是姑苏城的绵软春风？她牵着嘉言走在功德巷里，风停雪歇，寒冷侵骨，赫连广在后，手里拎着皮灯笼，照着她和嘉言在前头走。

陆明月突然"哎哟"了一声，脚下一个不稳，连带着要牵着嘉言往下摔——男人稳如磐石的手扣住她的腰，把她几要摔下去的身体拉回来。

"小心。"赫连广站在她身后，低声道，"别摔了。"

他的手掐在她腰侧，隔着厚衣裳，她犹能感知那手的力道，牢牢地握住她的腰，就像他的眼神，有着从不收敛的尖锐和放肆。

陆明月慌乱站好，挥开赫连广的手，紧紧抓着嘉言往前走："好好走路，小心脚下。"

"娘，娘，你慢点……"

赫连广的目光锁在她背后，风吹不去，雪拂不开，陆明月只觉后背蚂蚁乱爬，隐隐发烫，慌张进了屋子，将门一合。

"娘，广叔叔还在后头呢。"

她亦喝了几盏酒，满面生热，胡乱拍拍自己的脸，吁了一口气。

过了小年，诸事皆宜，百无禁忌。婚嫁迎娶，买卖经济，佛道法事都赶在这几日，乱哄哄、喜洋洋，是一年里最热闹的时候。

孙行翁女婿在狼心山开马场，前几日给老丈人家送来一头髭毛野猪，冲冲撞撞拱坏了孙家半边院墙。这日趁着天光大放，雪停风歇，喊了驮马队的一帮汉子来家中杀年猪。

嘉言异常亢奋，觉得手握尖刀的屠夫是个厉害角色，追着赫连广出门，陆明月却把他拦下来。

"血淋淋的有什么好看，你仔细晚上做噩梦。"

"娘，就让我去看看吧。"嘉言拖着娘亲的袖子。

陆明月不肯让步："回屋看书写字去，背不出不许出门。"

"娘，我答应你，看完我就回来背书。"嘉言伸手，"我就去看半个时辰，我发誓。"

"我看着嘉言，只让他在屋里玩耍，不碰那些血腥。"赫连广有心偏袒侄子，奈何陆明月脸色冰冷，连眼风都懒得从他身上扫过。

陆明月充耳不闻，只劝嘉言："这些日子你只管在外头野，书还学不学了？少看那些打打杀杀的，沾染了坏性子，和长留一样斯斯文文的不好吗？"

嘉言磨不过他娘亲，憋着一股气，去央求他亲叔叔。

赫连广经不住孩子的撒娇，去寻陆明月："我们白兰族人从小在马背上长大，男孩儿大了，就要学会驯马猎鹰，杀羊屠狼，血里往来，今天不过去看看热闹，如何就不成？"

陆明月不看他，只顾低头做针线："你们做什么我不管，天天看这些打打杀杀、腥风血雨有什么好的？再者，嘉言是我生养教大的，他不认识什么白兰族，他就是个汉人。"

"哦？"赫连广淡色的眼眸眯起，冷笑，"他怎么算个汉人，他不姓赫连？他长得像个汉人？身上没流白兰族的血？"

这句话捅进了陆明月心窝子，嘉言长相肖父，身量高，脸庞轮廓深，发浅眸色淡，仔细看也像赫连广，外貌缘故，嘉言小的时候常被其他孩子欺负。

"什么白兰人，白兰部落早就亡了。你们先做了几十年青夷人的奴隶，现在又是西陀的奴隶，你们引以为傲的青海湖，早就归了西陀所有。你们现在什么都没有，什么都不是。"

赫连广脸色瞬间冷到极致，盯着陆明月，冷然道："我们白兰人是奴隶，你还不是一样嫁了,生了白兰人的种,替白兰人守寡。"

气氛瞬时冷凝,陆明月霍地站起来,柳眉倒竖,冷冷盯着他。

赫连广一言不发,扭头便走。

"娘……你别生气。"嘉言这时怕了,瞧着娘亲脸色,"我不去了还不成吗?你别跟广叔叔吵架。"

陆明月胸口起伏,面色发红,喝令儿子:"回屋里去,别整天跟着你那什么旮旯里冒出来的叔叔一个样。"

李渭缠了头巾,换身旧衫正要走,长留见阿爹要出门,定要随着去玩耍,李娘子无法,只得替他穿戴整齐。

出门之际,李渭瞥见春天独自坐在西厢窗下做针线,知她伤口已愈,行动无碍,又兼在家闷了三个月,问道:"既然伤口已愈,要不要出去透透气?"

自打来了甘州,春天就没走出过瞎子巷,正想出去透透气,闻言点头。李渭一招呼,索性带上仙仙,大小四人一道走出门去。

几个孩子都没见过杀年猪,春天更不用说,真是闻所未闻。到了孙行翁家,男人都站在屋外,屋里坐了十来个女眷和孩童,热闹非凡,淑儿亦在,向春天几人招手:"来这儿坐。"

在座妇人都是驮队家眷,素日里都有往来,有不少春天认识的,当下春天和长留、仙仙一一喊了娘子,怀中不知被塞了几把糖果,被众人摁到炕上坐。

孙家娘子提着茶壶招待来客,笑道:"外头让爷们儿去收拾,腌臢得紧,我们在屋里坐着,喝喝茶。"

有人去猪圈看一眼,喝了声:"好家伙。"那是头毛色油亮的野猪,体型庞大,壮如黄牛,足足有四五百斤之重,獠牙霍霍,哼哧哼哧喘着粗气,焦躁不安地趴在泥地上,锁着后蹄的绳索已松,在地上刨出好大一个土坑。

驮队汉子里,钱清是蜀人,爱干净,瞧这猪头猪脑的,皱了皱眉,自去磨刀。答那提是胡人,嫌猪肉有股土臊味不肯吃,自然也不肯动手。

沈文和赫连广挽起袖子,跃入圈中,那野猪听见旁边的磨刀之声,已然急红了眼,一声声长嚎就未停过,哧哧哼哼地在圈内乱撞,企图冲出去,见有人跃进圈中,拱着背脊往两人处冲撞过来。

"哎哟,这野猪太凶了。"女眷们嗑着瓜子,显然已经开始看好戏。

赫连广等着野猪冲过来,猱升往侧一闪,双手向前握住野猪的两只獠牙往地上摁去。沈文在后,拖着两只粗壮后蹄往后撤,止住畜生的冲势。野猪嚎了一声,被两人的力道掼在地上,犹狠力挣扎,这畜生力大无穷,两人按不住手下动作，喊道："拿绳子来。"

李渭握着绳子上前，把野猪两只后蹄绑住，岂料野猪越挣越狠，拼命挣开禁锢，赫连广、沈文摁得吃力，都有些兜不住。

李渭腰间别着匕首，肩肘向前一顶，控住野猪一只蒲扇大耳，匕首把是生铁造的，在野猪颈子里狠狠一劈，野猪嘶叫一声，挣扎弱了寸许，这才让旁人趁机绑住了四蹄。

屋内有胆大的孩子跑出去旁观，长留自小崇拜阿爹神武，又从未见过这场面，牵牵春天的衣角，也溜了出去。

院子里早已架起大锅烧水，野猪被绑了四蹄，仍龇着獠牙在地上死命挣扎，一声一声哀号，哼哼唧唧地挣松地上一片泥。

热水烫过匕首，两人摁着猪身，李渭单膝支地，尖刀寒光一闪，往猪颈里穿去。围观的孩子们"呀"了一声，长留禁不住往后缩，春天抬袖遮住他的双眼，掩住耳朵："不看了。"

长留闻见一股馨香扑鼻而来，心内也不慌，抓住春天的袖子。

一蓬鲜血溅出，野猪的惨叫贯彻云霄，蹬着四蹄拼死挣扎，热腾腾的血腥气在寒冷的风里弥漫开来，冲入鼻端让人作呕，鲜红的热血汩汩流入地面，渗透泥土。李渭几人死死摁着野猪挣扎的身体，旁边有人递过木盆，那鲜红的血潺潺流在盆内，渐渐转为猩红，盆内浮满血泡，逐渐凝结成冻。

鲜血满地的场面实在不忍直视，春天第一次见，亦是心头颤颤，后脊生凉，想挪开眼，又被猩红的颜色钉住，野猪仍断断续续哀号，听着也实在觉得残忍。

长留有些急，扯着春天："好了吗？"

野猪的声音渐渐嘶哑，逐渐放弃了挣扎，但四肢犹在抽搐。等猪血流尽，春天垂下衣袖，揽着长留默默看着，李渭几人神情自若地准备着后面的屠宰工具。

他们眉头未皱，站在肮脏的猪圈里，穿着寻常男人穿的衣裳，春天突然想到红崖沟，李渭一行人常年行走在大漠荒野，他们杀过人吗？看见满地热血，会不会害怕？

她想起自己遇见的那帮马匪，那群人眼神凶悍，手持长刀寒刃，恶狠狠地朝她劈下来。

这个地方和长安完全不一样。

开膛破肚、扒拉肠子这种事实在不太好看，野猪肚里的气味不太好闻，女眷们都进屋去了，男人们分工行事，待到事毕，几人在檐下净手。

春天在外头站了半晌，冻得脸颊通红，李渭一抬头，瞧她鼻头通红，愣愣地盯着自己的手。

"看到了？"

她点点头。

"怕不怕？"

她摇摇头，顿了顿，复点点头。

李渭笑了。

他笑得很好看，一个年轻又不算太年轻的男人的笑容，像这个寒冷冬日，清冽又和煦，脱去了身份、地位、性格、际遇的掩饰，露出美玉般的纯粹光辉。

他低头洗手，那一双男人的手，沾了皂粉，揉揉搓搓，将血迹冲去，露出本来的模样。手掌宽大如蒲叶，手指笔直，骨节分明，指腹和掌心有薄厚不一的茧子，看起来无论是马鞭还是刀剑，握起来都很合适。

她伸出手指头，指指自己的一侧腮边，对他道："这儿。"

他抬手用衣袖擦了擦面上的血迹："多谢。"

收拾干净，孙大娘用干蒲叶包了野猪肉，贴上红纸分赠众人。李渭拎着蒲叶包，带着几个孩子往家走，沿路有小贩挎着竹篮卖冰糖葫芦，李渭停下来，掏出钱袋，给一人买了一支。

春天看着李渭递给她的红艳艳的糖葫芦，喉间堵着什么似的，摇摇头："我不吃。"

"吓到了？"李渭看她脸色苍白，"这就是我的不对了。"

长留握着冰糖葫芦，脸色也有些为难："爹爹，我也不太想吃。"看着殷红的糖葫芦，难免想到刚才满地淌的鲜血。只有仙仙，见了糖葫芦把什么都忘了。

"阿爹，我们不吃肉。"

"不吃肉，那吃什么？"北地不比南国，蔬菜甚少，到了冬日，冰雪掩地，只有糠萝卜咸菜这种东西。

长留想了半日，不吃肉，那大概只能饿死了。所以书上才说，君子远庖厨，但又转念一想，若是人人都远庖厨，那天下人都要饿死。

深夜了。

陆明月听见院门的吱呀声，而后是沉稳的脚步声，知道是赫连广回来了，心头一松，不自觉吐了口浊气。赫连广走后，嘉言难得掉了几滴眼泪，让她这做娘的满心苦楚。

她十二岁的时候，因为爹爹做了篇文章，得罪了地方长官，举家流放边塞，娘未到河西就死了。她跟爹两人自此在沙柳营生根，沙柳营都是各州府犯事的罪民，流放在此地屯田，老父弱女，父女两人受尽苦楚，她被营里男人垂涎调戏，日子过得战战兢兢。

沙柳营有个专门挑粪养肥的奴隶叫赫连伯，是个犯事的白兰族人。赫连伯面庞上有几道刀疤，很是狰狞，但他身材高大，力大无穷，兼又独来独往，性格冷硬，整个营地的流民都有些惧怕他。

赫连伯虽然身份低微，但私下里对她处处照顾，比起营里那些不怀好意的流民要好太多。老父病亡后，她独身一人在沙柳营就成了羊入虎口，忧愁之际，陆明月委身于赫连伯。

时下贵汉贱胡，赫连伯还是胡人的奴隶，身份更是低贱，整个营地的男人都轻贱她委身给一个挑粪的劣奴，每每路过都要朝她吐口水，大肆羞辱。

赫连伯死后，时逢大赦，她带着两岁的嘉言前往甘州，甘州有胡汉互市，胡人云集，母子两人的日子能好过些。

几年后，赫连广前往沙柳营寻自己的兄长，最后在功德巷找到了自己的侄子和嫂子。

白兰族原先生活在青海湖旁，自诩为天之子，牛羊健肥，有无边盐田和遍地珍宝，但这些很快被青夷族和西陀占有，白兰族人受尽欺凌，最终逃不过被奴隶的命运。白兰族人的孩子，被冠以最劣等的称谓。

她只想让嘉言过得好一点，更像汉人一些，有什么错吗？

嘉言醒来，他娘正在给他做鞋袜，冬日暖阳照着陆明月，温柔如水。嘉言只觉普天下女子都不如他娘好看，昨日那气便消了三分，再闻到股肉香，陆明月揭开手炉盖子，露出两盏圆溜溜的雪白肚杯，嘉言眼前一亮，心头一喜，哪还有一丝怨气。

"都端去吃吧，不许贪食。"

陆明月的盖碗肉是南边的做法，巴掌大的肚杯，将五花肉切小块，加甜酒秋油，放在手炉上用炭火慢慢煨，煨到皮酥肉烂，肉香扑鼻，肥肉一戳即破，油滋滋地在嘴里化成水。

"娘，你对我最好了。"

"不许贪吃。"陆明月一针一线地纳鞋底，"吃多了晌午又吃不下饭。"

"那我拿一盏给广叔叔……广叔叔从没吃过娘做的盖碗肉呢。"

陆明月没拦他："小心烫手，别摔着。"

年节将至，集市竞售锦装新历、大小门神、桃符钟馗、狻猊虎头及金彩镂花之类，家家户户着手购置鞭炮、屠苏酒、胶牙饧、瓜果等守岁之物。李娘子跟大家热闹了几日，见风染了咳疾，不得不卧床休息，纵然家中无人愿她辛劳，也不甘失了体面，少不得强撑精神打点。

除夕日，全家起得早，锅里的鹿肉炖了一夜，随炊烟弥漫的香气萦绕在每个人心头，仙仙穿着身鲜红小褂，头扎红绳，从晨起开始就围着锅灶转。

坊里有人家办喜事，春天和长留一起出门看热闹，木渎楼上有人撒喜糖果子，长留领着春天爬上木渎楼看风景。

木渎楼是一个迁居甘州的吴县商人所建，可俯望甘州城景。

远山迢递，冰河蜿蜒，极目之处被冰雪所阻。

"春天姐姐，你在看什么？"

"那边有很多山。"她抬手举了一个方向，"我从那边来。"

"那是祁连山。"长留道，"有了祁连山，才有河西沃土。"

他指了指东南方："姐姐你从长安来，长安在那儿，姐姐你想家吗？"

"我没有家。"她轻声回他。

离家半载有余，不知家中情形几何，也许已经闹翻了天，也许这事悄悄掩了过去，也许大家都以为她死了，在心里怪她怨她。

她又举目西眺，彼处黄沙无垠，她知道自己的至亲埋骨在那儿。

"姐姐，你可以把我家当成自己家。"长留牵着她的袖角低语。

赵大娘的丈夫来接母女两人回乡下过年，李渭包了一封利银给夫妇两人，又许了赵大娘过了初四再回来。

赵大娘一走，家里活计都归了李渭，他挽袖子进厨房忙碌，多年奔波在外，李渭有一手好厨艺。

到掌灯时辰，甘州城万家灯火洞然，驱傩爆竹，灶马门神，旧年换新年。李渭将供奉的神牌请下桌，以脯腊脩脍、软饧酥豆为祭享，一家三口拜过先人，见春天不在屋内，回头一寻，见少女独坐西厢檐下，背影寂寥，听万家鞭炮响。

自打进了腊月，春天少言寡语，也不与大家一处热闹，有意避着。李娘子料想她远在异乡，无亲无故，怕是黯然伤神，遣长留去与她玩笑，耳房内摆了满满一桌消夜果，酒茶糕点，长留拉着春天上炕："春天姐姐，我来与你玩。"

李渭在厨下煮馎饦。馎饦是一种专在除夕夜吃的汤饼，两寸长，指肚宽，按得极薄，光白柔滑。薛府厨子爱用鳗鳝之物熬做汤头，下豆腐、蕈菌、火腿、芥头做料，鲜香浓郁，河西一带鱼鳝吃得少，李渭这碗用羊骨汤做底，加之鹿筋、蕨根、腌酸菜，浓香扑鼻，是北地风味。

吃过馎饦，李渭寻出一副叶子戏，笑道："先来一轮叶子戏消消食。"他手中拿的是一副封神英雄榜的叶子牌，武王伐纣，天牌武王姬发，地牌纣王帝辛，商周两国四十六仙将，四人围炉坐，轮流摸出十二张牌。

"虽是牌戏，以酒做博。"李渭从炉上倒一盏九神屠苏酒，"饮过此酒，身体康健，长命百岁。"

春天没有玩过这种牌戏，李渭坐在她左手边，大致讲了玩法："不讲技法，只胡乱玩就是。"

于是一时姜子牙压倒比干，妲己杀了雷震子，哪吒、杨戬对阵赵公明、无当圣母，天牌在长留手中，地牌留在春天肘下，最后纣王反倒克住姬发，保住大商。

推辞再三，第一杯屠苏酒仍是让给春天，她端着酒杯，长留笑嘻嘻地祝她："花开年年好，今年胜旧年。"李娘子也跟了句："云开月明，亲友重逢。"李渭想了想，道："心之所愿，化劫成缘。"屠苏酒内加了花椒，一杯下肚辣烘烘，春天呛得满脸嫣红，眼角微湿，回道："多谢。"

几人都喝了屠苏酒，李娘子本就精神不济，强撑了这一会儿，抿了口酒还未吞下，捂着帕子又狠咳出来。

长留从炕上起来："娘。"

"不碍事。"李娘子喘气笑道，"我怕是撑不住了，乏得厉害，想回去躺一躺。"

李渭温言道："我扶你回去喝药，喝完好好睡一觉吧，这夜我们替你守着。"

这阵子李渭请胡大夫来过一两回，一给春天看看伤势，二给李娘子把脉看症。一喜一忧，胡大夫道是命如点灯，各有油尽灯枯时，纵使千金续命，也逆不过天意。

长留见他爹娘走开，心内十分忐忑，春天倒一小口屠苏酒，递于他："替你娘亲喝一口吧，喝完娘子长命百岁，病痛全无。"

长留一口饮尽："我替娘亲守岁。"

李渭过了许久才回来，见长留一脸紧张，微笑道："你娘喝过药睡了，好好睡一觉，明儿就好。"

三人把消夜果摆上桌，重沏一壶茶。长留把桌上的螺酥、萁豆、蜜酥、银杏吃了一肚，阿黄得了一碗肉骨，正在炕下吃得囫囵带声。李渭不知从哪儿掏出几个橘子,在手炉上蕴暖搓软,待到炭火将橘子的香气烘出,递给长留和春天。

黄澄澄的橘,香气沁人心脾,春天捏在手中想些有的没的,长留偎依着李渭,吃着吃着,眼睛眯瞪,李渭摸摸他的脑瓜,递了一口茶水到他唇边:"长留,喝口水再睡。"

"我不睡。我要替娘守岁。"

然而半炷香刚过,长留便歪在李渭怀中,睡得沉沉的。屋中余下两人看着他的睡相,会心一笑,春天去长留房中抱出枕头棉被,李渭安顿他在炕上安睡。

一时屋内寂静无语。

两人无话可说,屋内暖融融的,火盆里烧着辟瘟祛病的苍术,微苦的药气绵绵升腾,李渭抓了一把锥栗扔进火盆中,春天盯着窗棂上的窗花出神。

不知过了多久,春天回头,眨眨眼,轻声道:"外头下雪了。"

李渭侧耳细听,在嘈杂声之间的短暂阒静中,雪从远方来,沙沙沙沙地扑在窗上,细细碎碎,漫无边际,遥不可知。

"这是今年冬天第三十七场雪。"她微微叹气,"河西的冬天好多雪。"

李渭饮尽杯中酒,痛快道:"也是最后一场。"

长夜何其漫漫,这大概是一年中最热闹的一夜,人人都清醒喜悦,守过几个时辰,新的一年又来到身边,年岁更迭,周而复始,绵绵不息。黄尘清水三山下,更变千年如走马,时光何其迅捷,人又何其渺小。

她兴许是有些倦了,神情有些恍惚,瞧着长留乖巧的睡容,想倚着桌角歇一会儿,又觉得不便,将身姿挺直。

李渭盘腿端坐在榻上,面前放一盏屠苏酒,心不在焉,无声慢酌。

出神的两人俱被几声轻微的噼啪声惊起,原来是火盆里的栗子已烤熟,在火里裂了口。

两人盯着火盆,李渭去挑火中锥栗,待凉剥开,一颗颗熟栗子香喷喷的,他递至春天面前,慢声问她:"想家吗?"

春天眼睫低垂,抿着唇不说话,点了点头。

他瞥她一眼,低叹:"这个时候,你的家人也该想你了。"

锵锵的梆子声远远传来,屋外鞭炮、锣锣就在此时此起彼伏,噼里啪啦地惊扰着寂静的雪夜。

子时正过,旧年逝去,新年来临。

李渭起身:"走,放爆竹去。"

门外雪下得细密，他抱着一封红袍子，走向院里洁白无瑕的雪地，回头对抱肩倚门的春天道："去给我拿支香来。"

春天回屋取一支香，引火点燃，屋外雪绵绵地下，她拢手护住香火，递给李渭。

"站远点，小心炮仗溅身上。"李渭把她赶到堂下，点燃引线，顷刻爆竹声如雷，噼啪绽响于风雪中。满耳皆是远近的炮仗声响，振聋发聩，春天捂着耳朵，觉得火光之处，有如胸臆之音，鼓鼓饱胀。

李渭在她不远处站着，回过头来笑看她一眼，又说了一声什么，她倾耳去听，那声音却被淹没在震天的声响中。

炮仗放完，李渭去堂下祭拜灵牌，又持香出门，在风雪中长身玉立，朝东南跪地祭拜。

他拜自己不知姓氏、音容的亲生父母，愿老天庇佑冤死魂灵，早登极乐。

雪眯了春天的眼，他把香递于她："你也好好祭一祭吧。"

春天接过香，踌躇片刻，把香插在雪地里，转身朝西北跪拜。

李渭看着雪地里跪俯着的单薄身姿，想起了前两日收到的来自军中旧友的书信。

李娘子撕心裂肺咳了好一阵。

年前她已有咯血之症，夜里少眠，白日神思昏聩，挨久了，她渐觉身体像一匹单薄的纻纱，被反反复复漂洗、揉搓、拧干，经纬稀松，慢慢失去了颜色和柔软质地，窟窿丛生，不成模样。

屋里药气沉沉，苦涩挥之不去，有人点灯，又响起茶水注入杯中的声音。李渭扶她坐起，温热茶水挨着她的唇，他的声音低醇："喝口水润润嗓子。"

她咳得头昏眼花，一时还看不清他的脸，咝咝喘着气："旧年过了吗？"

"快三更天了。你听，炮仗的声音还没停。"

李娘子咽下喉间腥甜，凝神细听，远处依稀有阵阵声响："长留呢？"

"困得睡着了。"李渭扶她坐起，"我去给你煎碗药，等天亮请胡大夫过来看看。"

她抓住李渭的袖子，虚弱道："大过年的，让我消停消停吧，这满屋子药气还不够吗？"

"药总是要喝的。"李渭温声道，"家里药还剩多少？若不够，我让人送些来。"

"你可饶了我，现在喝的这方子，一两药，二两金。我喝一口药，心里就要念一声'罪过',如今长留也大了,我还想替他攒些家当,这个家,哪能让我这样挥霍下去。"

李娘子神情黯淡,叹一口气:"渭儿,我怕是撑不住了。"

他尚在安慰她:"只是些积劳成疾、气血失调的小病,养养就好,何须如此丧气。如若你觉得现下的药吃得不好,有些腻味了,我们再换个方子,凉州那边奇人异士甚多,我带你去看看。"

"你们都是这个说辞,惯是会哄我……我也实在听腻了,纵使不说实情,我自己的身体还不晓得吗?譬如草叶上的露珠,太阳一出它总要消亡,我这些年熬着,也总有油尽灯枯的时候。"

李娘子早想得明白,人早晚总有这么一出,也没什么好怕的,只是挂念着长留尚未长大,不敢轻易撒手。

"你什么时候这样灰心起来?"李渭微笑,"这么多年不是一直好好的嘛,有我,有长留在,你有什么好担心的。"

"渭儿,我早累了……"她手心冰冷,握着李渭的手吐露心迹,"这么多年,是我拖累你。小时候我是长姊,一直把你当弟弟看待。我也知道,如若我没有这一身病,阿爹也不会求你娶我,你也不会留在这家里……怎么说来,都是怨我,我害了你……"

几滴泪溅在李渭衣袖上,绵绵不见踪迹。

李渭想起李娘子出嫁的那天。苍白病弱,总是对他温柔浅笑的长姊穿一身红嫁衣,红彤彤、喜洋洋,脸庞熠熠生辉,那天他是由衷地替她高兴。

长留一梦方醒,梦里只道自己牵着爹娘在院里放鞭炮、打灰堆,鞭炮声轰隆隆震天响,连爹娘在耳边的说话声都听不清,却转眼见阿黄扑上前来,热气咻咻地舔他。脸上一阵阵温热,兀然睁眼一看,果然见阿黄俯在炕沿,他揉揉双眼,环顾四周,却不料自己睡在炕上,身上还盖着被子。窗外天光已亮,春天在旁守着他,微笑着说:"醒了,起来穿衣裳吧。"

他愣了愣,抓抓后脑勺,迷糊问道:"我、我睡了多久?"

"不久,才一会儿。"春天捧过他的新衣裳,看他乍梦乍醒中褪去往日的持重羞怯,睁着圆溜溜的眼不知所以,含笑道,"去屋里给娘子大爷拜年去。"

"我明明……"长留抿紧嘴角,揪着被角回味梦中十分真切的情景,眼角觑见春天过来掀被,猛然慌张,脸上弥漫羞涩之意,"不劳姐姐动手,我自个儿来。"

春天莞尔一笑,收回手:"好。"

长留穿了衣裳，见阿娘满脸倦色地卧在床中，阿爹端着药碗坐在一旁，知晓自己定是贪睡错过了守岁，心内一阵懊恼，此时鞠躬作揖拜了新年，李娘子慈爱地揽过他："我儿又大了一岁。"

　　"娘。"长留十分自责，"我不留神睡着了，没给娘守岁。"

　　李渭摸摸长留发顶："阿爹给你们守着呢，明年再留给长留守。"

　　李娘子从枕头下摸出个长命绳，套在长留手腕上："今年不算，明年娘再和长留一起守岁，好不好？"

　　夫妻两人对长留一番疼爱，长留初春所生，过完年就是十二岁生辰。十二岁是大日子，纵使不打算大操办，也得给左邻右舍送些喜蛋、饴糖之类，再有私塾里开蒙已毕，打从年后起，要替长留择书院进学。

　　甘州府有三大书院，甘泉、南华、天山书院。前两所为官学，设在城内，取官中子弟及考试优者入学，后一所在城外甘谷山，为河西大儒复山先生张炳文主持，书院不仅讲论经籍，也辩论时事、教习射猎，所从弟子亦多。

　　两人问长留如何作想，长留期期艾艾回道："听说复山先生学富五车、博古通今，孩儿心生仰慕……夫子也同我说，天山书院比别处做学问都要好，让我好好在家诵读文章、温习功课，准备年后天山书院的考试。"

　　李娘子满心欢喜，私塾夫子喜爱长留天资聪颖、勤奋好学，巷里的王秀才眼高于顶，也是对长留青眼有加，若是以后能得复山先生亲授学问，对长留那是再好不过。

　　"天山书院要求严格，百里挑一，你可要好好准备，若是考不上，可不能哭鼻子。"

　　"长留知道。"他点点头，隔了会儿又郑重道，"我明儿去问问嘉言，他愿不愿意跟我一块儿去考书院。"

　　李娘子颤巍巍地摩挲他的脸蛋："嘉言若能跟你进去，你们俩仍在一处，娘也放心些，你陆娘娘也高兴。"

　　李渭把晾温的药递给李娘子，笑道："就冲着长留的这份心，你也得把药喝了。"

　　长留赶忙接过药碗："我来喂娘亲喝药。"

　　一家三口在房里说话，春天带着阿黄在堂下坐着，阿黄又懒又馋，不管能不能吃，什么都要尝尝，晨起无人喂食，正扯着春天的裙角大嚼特嚼。

　　春天眉睫弯弯，扯着阿黄的一只耳朵道："癞皮狗，好好的裙子要被你咬破了。"阿黄汪汪叫了几声，拽着她往厨房给自己觅食去。

　　吃过早饭，李渭带着长留出门贺年，李娘子夜里睡不安稳，喝过药后，李渭强留她在床上睡回笼觉。春天说到底是外人，不愿与父子两人出门，仍同阿黄一人一狗坐在家中，拿出针线、笸箩做活。

她记得小时候，阿爹俸禄极少，一个月只有几贯钱，家里三口人除外，还养着侍女兰香，母亲不得不接些绣活补贴家用。一幅帕子能换五百文，每月除去家里吃穿用度，还能给她买些饴糖、蜜饯、漂亮的小玩意儿。回想起来，那大概是她最开心的日子，父母皆在，爱她如珠如宝，生活无忧无虑。

她的针线活是母亲教的，虽然比不得那么好，多少能拿出来见人，陆明月许她活计，一条绢帕一百文钱。一百文钱啊，在长安城可以买一颗广东运来的新鲜荔枝，在酒行能买壶李太白的醉仙酒，在沿路的乡村酒肆可以吃一顿味道粗劣的饭菜，但也够这普天下贩夫走卒一天的温饱。她有时候睡不着，夜里翻来覆去地数着攒下来的一贯钱，这才明白富贵虽烫手，谁也放不下的道理。

李娘子屋里传来窸窣声，春天放下针线，见李娘子已经挣扎着起床。

"娘子才睡下一会儿，怎么这么早又起了？"春天见李娘子要开匣梳妆，"大爷让您好好歇着。"

"大年初一就懒成这样，等会儿有人上门拜年瞧见了，像什么话呢。"李娘子嫌屋里闷，伸手推窗透气。

"娘子当心。"屋外雪霁天清，寒意如刀，春天怕她吹风受寒，赶忙上前关窗，"天冷着呢，娘子小心着凉。"

李娘子苦笑着摇摇头。

"娘子要是嫌屋里闷，我们去耳房坐着，那儿有热炕，窗子也明净。"春天替李娘子梳头，"厨房有汤馄饨，我去端一碗来给娘子。"

春天能活动后，在李家也做些力所能及的小事，别的不说，给李娘子穿衣梳妆，喂李娘子吃饭喝药，以及擦窗拭桌这些活，都被春天接了过来。

李娘子笑道："你这忙里忙外，我却心里愧疚，尊客做了家中帮手，这怎么能行？你只管好好在家里吃着住着，别的活一样也不许做。"她握着春天的纤纤十指，"我看你平时处事，想必以前在家中也是有人伺候的，可怜现在到我家做这些粗活……"

春天笑笑："家中小事，以前也常帮母亲做的，并不算什么。"

李娘子在镜中仔细看她，少女低眉顺眼，长睫有如蝶翼扑闪，唇色如桃花，之前病中容貌换作新颜，越觉春天容颜不俗，清新隽美，她当下笑道："你娘亲定是个极美的人。"

春天愣了愣，点点头："是。"

李娘子笑道："你说你是春天所生，我竟糊涂忘记问了，是哪月哪日，什么时辰生的？"

春天道："是谷雨后一日的日子，辰时刚过，那时候繁春艳景，花事正好，爹娘不知取什么名字好，所以才叫春天。"

"那生日比长留晚了两月，算下来，正好比长留年长四岁。"

春天未深究李娘子的意思，点头道"是"。

李娘子瞥她一眼，心里暗自盘算。

肆 笼中燕

靖王府在长安永兴坊内，靠近景风门，沿皇城墙往北，穿过延喜门、重明门，就是内宫，靖王太妃常走此道入后宫。

靖王太妃嫁的是宗室，是天子的表婶，又是当今太后胞妹，太后娘娘颐养太极宫，王太妃常入宫陪太后聊天解闷，故靖王府的宅子挨得宫门近些。年前王太妃做六十大寿，太后、皇帝动了銮驾亲临，王府里里外外忙得脚不沾地，靖王还未歇过来，年节又到了。

除夕午后，靖王还未从宫里回来，府里上下人等都在忙碌，王妃和几个侧室都陪着王太妃在外张罗，内院里张灯结彩，灯火通明，一个闲人也难瞧见。

住在荔嘉阁里的薛夫人这时候肚子疼起来。薛夫人胎象不稳，一直都在园子里静养，此时园中无人，庆幸靖王安排的几个稳重嬷嬷都在，产房也早已准备妥当，接生嬷嬷伸手进裙内一探，羊水已破，知是胎气已动，怕是要生产，当下急急招呼起来，闭门点灯，加炭烧水。

生产嬷嬷拉住薛夫人的侍女秋葵："去，去通禀主子，夫人要生了。"

王爷尚未回来，秋葵气喘吁吁地找了大半个府邸，被王妃的侍女琉璃截住："做什么冲冲撞撞的。"秋葵救命稻草似的抓住琉璃，结结巴巴道："夫人……夫人要生了。"

"不是还未足月吗?"琉璃眉头一皱,问道,"嬷嬷们都在吗?"

秋葵满手心都是汗水:"嬷嬷让奴婢来通传一句。"

"既然嬷嬷们都在,你慌里慌张做什么。"琉璃道,"王妃在里间陪太妃说话,我进去通报声。"

靖王妃季氏正语笑盈盈地在暖阁里伺候婆母,也一道等着王爷从宫里回府,听闻琉璃过来通报,咽下嘴边一句笑话,嘴角僵了僵。王太妃看见儿媳妇突然怔住的模样,问道:"什么事?"

琉璃赶忙道:"荔嘉阁那边传人来说,薛夫人好像要生了。"

"哎哟,怎么这个时候来了?"王太妃匆匆站起来,"王爷也未回来,走走走,去看看。"

薛夫人难产,一直生到掌灯时分孩子还未出来。王爷身边有心人进宫通传消息,靖王急匆匆往家走,见府里上下无主,荔嘉阁外围了一群女眷。薛夫人本是温柔性子,说话都细声细气的,此时屋里的尖叫一声比一声喑哑,靖王心头一抽,知屋里情况不妙。

王太妃等了半日,屋里人参汤都灌过两回,孩子还没下来。她心里七上八下,宫里宫外的鞭炮烟火噼啪放起来,禁不住念起了一声声"阿弥陀佛"。

靖王府子嗣不丰,靖王今年不惑之岁,膝下现今只留了两个小郡主,无论是谁,只要能为王府添丁加口,她都得求老天保佑。

屋里热得坐不住,听得内室薛夫人嘶哑叫喊,靖王急得团团转。薛夫人之前有滑胎之症,怀胎时心情也阴郁,一直怕她有生产之虞,如若孩子生不下来可怎生好?再者,他跺跺脚,又不是头胎,怎么出难产这一遭?

"执嘉。"王太妃看着自己儿子在眼前晃得头疼,斥道,"你若是坐不住,出去站会儿,别站在跟前添乱。"

"母亲!"

"只要是生孩子,都得过这鬼门关,你又不是第一次当爹,急什么?!"

靖王叹一口气,站起身往外走,心里拢着一盆炭火,只能站在屋外吹冷风。

王妃季氏见王爷脱了狐裘,抱着衣裳追出去,见靖王穿着薄衣站在寒风中犹不觉冷,双手合十向天祈祷:"老天爷,求你赐母子平安,母子平安,母子平安……"

季氏抱着狐裘,悄悄地退了回去。

产妇嗓子都喊哑了,力气越来越弱,眼神都快散了。嬷嬷给薛夫人灌了半盏燕窝,声声催道:"夫人,再使把劲儿,孩子再不出来,那就危险了。"

薛夫人抓紧手中巾子，长长痛嘶一声，只觉身下一阵热流汹涌，身子一松，晕了过去。

嬷嬷从血水里拔出个气息微弱的婴孩，拍拍婴儿屁股，听见孩子哇的一声哭了，又仔仔细细检查过一番，才松了口气。

"恭喜王爷！贺喜王爷！是个小公子！"嬷嬷的声音激动又欣喜，王府多年无出，眼下得了个小公子，接生嬷嬷也沾光了。

薛夫人在一旁被灌了几碗药，又悠悠转醒，嬷嬷又道："母子平安。"

屋外早已是一阵欣喜之音，靖王喜不自胜，连声笑道："赏！"

王太妃看孙心切，待嬷嬷把孩子包裹出来，初生的孩子眼睛还未睁开，皱巴巴的一张小脸，却仍能看出孩子眉清目秀。

"就是在胎里太瘦了……多挑几个奶娘，给哥儿好好补补。"王太妃笑着把孩子抱给靖王，"执嘉，你来抱抱。"

靖王看薛夫人暂无大碍，满心欢喜地过来抱孩子，小小的婴孩不过一捧，包在襁褓里，一双圆溜溜的黑眼望着他。

靖王心头弥上一股酸涩喜悦。这是他的长子，对一个父亲来说，这有着非凡的意义。此刻满城烟火，天下吉庆，年末岁除，即将迈入新的一年，靖王握着孩子的小手，一时有热泪盈眶之感。

次日大年初一，皇帝率百官祭天，王太妃入宫觐见太后。满朝文武，禁宫内外皆知靖王喜获麟儿，太后赏了诞礼，皇帝赐名"贺"，小名就叫"岁官"。

消息传到刑部主事薛家，薛广孝听闻自己妹妹昨夜顺利生产，心中一颗巨石落地，喜上眉梢。到后院与曹氏一说，曹氏连声念佛，连声诉苦："老爷，这下妾的过错可减了一半。"

薛广孝吹胡子瞪眼："你去准备些入得了眼的礼赟，找个日子我们去靖王府看夫人。"

薛夫人产后虚弱，王太妃把岁官带在自己身边养。王妃季氏几日来连轴忙，染了咳疾，这日给王太妃请安，见乳母哄着岁官睡觉，孩子长开了些，身上一股奶香味，一双圆溜溜、黑漆漆的大眼不声不响瞪着人，煞是可爱。

王妃出自季太傅家，容貌、秉性、家世样样拔尖，只可惜嫁入王府多年无所出。此时看着岁官，心内无比酸楚，王太妃让乳母把孩子抱去喂奶，转身道："这阵子府里忙东忙西的，倒是把你累病了。"

"这都是媳妇分内之事。"季氏性子要强，嫁给靖王后，将王府里外打理得十分妥帖，近日却有了些懒散之心。

多年相处下来，王太妃到底心疼儿媳，婆媳两人一番闲谈，王太妃拍拍季氏的手安慰道："你向来是个明事理的好孩子，这些年我也知道你心里的苦，但你是皇上亲赐、执嘉迎过门的靖王妃，你肚子里出的孩儿，以后就是王府的嫡子、靖王世子，谁也挣不去的。"

季氏眼眶湿润，点头称是。王太妃又道："你还年轻着呢，平日里该歇着就不要逞强，身子若要调养，就好好听大夫的话，王爷若是惹你气恼，我替你去教训他。"

靖王但凡有空，必往荔嘉阁探望薛夫人，薛夫人卧床静养，也常暗自垂泪，有时见岁官攥着小手在奶娘怀中喝奶，难能笑上几回。靖王见了她这副模样，心头略不是滋味："你兄长递了年帖，说要来府里看你，被我回拒了。"

薛夫人掉泪："王爷这又是何必呢，这也不是我哥哥嫂子的错，只怨我就是了。"

靖王又道："你看岁官今天又长了些，瞧着越来越像你了。"

薛夫人十分苦楚："可惜他有个这样不体面的娘亲，岁官长大后，必然也是会怨恨我的。王爷，倒不如让我死了干净吧。"

靖王无法，叹一口气："孩子都有了，你还说什么胡话？都是你的亲生骨肉，你也不能厚此薄彼。"

薛夫人哭得梨花带雨："岁官是我的孩子，妞妞也是我的孩子，岁官在我身边躺着，那妞妞又在哪里？王爷……有妞妞的消息了吗？"

靖王把薛夫人拥入怀中，抹去她面颊上的盈盈粉泪，柔声哄道："莫哭莫哭，给你找着呢，上天入地，掘地三尺，我也把你女儿找出来。"

靖王好生一顿哄完，扯扯被揉皱的衣袍去找王太妃，见季氏正在母亲屋子里抄经书，靖王一想，也罢，省得跑两处、说两遍，当下把自己的心思跟妻子和母亲说了。

薛夫人进王府没名没分，顶着个侍妾的头衔在荔嘉阁住了三年，现在又生了岁官，靖王觉得心中有些过意不去，想抬举她做侧妃。

季氏咬着嘴唇不肯发声，王太妃脸色铁青，回了两字："不妥。"

靖王知道这事难办，问道："母亲觉得有何不妥？淼淼娘家兄长是刑部主事，家世最清白不过。再者，淼淼的性情母亲也是知道的，温柔贤淑，与世无争，府里人人赞赏。而今又有了孩子，人前人后，总不好说靖王长子的亲娘是王府的一个侍妾。"

王太妃料着自己儿子会有这些说辞："王爷说的句句在理，若是其他人，不待王爷说，我也得这样吩咐。但是这个薛夫人，大家伙都陪着王爷装聋作哑,她是个什么样的身份,王爷真当我们都是瞎子聋子吗?"

靖王微不可察地皱了皱眉。

薛夫人的身份,着实尴尬。

当年靖王奉旨抄检韦家,正坐镇正厅清点韦家家私,闻得后院有人喧哗,道有女眷不肯充入掖庭为奴,跳入湖水自尽。他一时兴起过去看了眼,人已救起,还未死透,白布遮着女人头脸,下身着一条珊瑚色缀珠轻罗裙,那罗裙被水泡了,湿漉漉地贴在肌肤上,两条玉腿笔直修长,下头露出一只挣脱了鞋袜的玲珑天足,玉骨剔透,盈手可握,无限秀美。

私下一打听,此女是京中一个薛姓官员的胞妹,早些年就守了寡,依附娘家哥哥过日。后来不知怎的被韦少宗看中,抢入府中做妾,在后院私藏了两年,听说颇得宠爱。

靖王心思偏了偏,手段上就有些难看,尝过襄王阳台春宵滋味,真乃国色天香,媚骨天成。

原不过是贪些美色,靖王初时只想解解馋意,在外养了些时日,不料自此丢不开,食髓知味,最后竟给弄进了王府里。

薛夫人进靖王府的时候,王妃季氏和靖王很是闹了一阵。

靖王强夺了个寡妇,这事让靖王妃在各世家妇面前,不知受了多少流言蜚语。

怎么着也要将这人打发出去。

季氏出身门第,不屑用那些阴损招数,只等寻出薛氏错处,将她赶出府去。岂料这薛夫人除了妇德有缺,其他样样挑不出错,就如一个锯嘴的葫芦,不开花的石头,不骄不躁,抱朴守拙,进退有礼,加之靖王宠爱,竟一路让她走到现今,生下王府长子。

若论喝酒,驮队的汉子都是个中翘楚,走马道上生活艰辛,沙碛陡峰,盐碱雪地,酷暑寒天来回奔波,烧刀子一壶,比什么都重要。

怀远今年十八,比不得他那些叔伯,酒量尚浅,年节里互相串门,少不得被一番猛灌,脸庞喝得红彤彤,十天半月里头,看人看景都是重影。

正月初六万事宜,周家娘子穿戴一新,梳头扑粉,请了媒人到家,两人收拾停当,到吉时才出门。

怀远心如擂鼓,手足无措地跟在他娘身后,脸涨得通红:"娘,你见了淑儿……"

"知道知道,你就坐在家里等娘的消息。"周娘子揣了怀远的庚帖,带了几封彩礼,招呼家里几个孩子,"你们几个也在家待着,不许跟来闹。"

怀远和淑儿青梅竹马,彼此早已情投意合,眼瞧两个孩子年岁已至,周娘子打算把心事了下,让怀远把淑儿娶进自家门。

两家都是老相识,两个孩子的情谊也是有目共睹的,方娘子瞧见周嫂子带着媒人进门,心下了然,笑着朝淑儿道:"淑儿,去把你爹叫出来,家里有贵客登门。"

淑儿俏脸飞霞,从炕上跳下来,娇嗔道:"娘。"一扭身躲进房内。

"这丫头。"方娘子笑道,"没大没小,不知礼数,让婶儿们见笑了。"

"小孩子性子腼腆,怕是看见老身这副模样有些怕生。"媒婆笑嘻嘻道。

方娘子烧水沏茶,两家人上炕坐定,方家爹爹年轻时也跟随驼队走商,与怀远爹虎子亦是生死之交。后来跟着盐商往湟水贩盐,渐渐有了家业,索性收手,在甘州城盘下两间铺子,做点别的营生。

两边都是熟识,早已默认嫁娶之意,省下媒婆口舌。只是做父母的心思,女儿在家胡天胡地都不怕,嫁到夫家,怕她要操持家务,又怕婆家给她受气,难免有些担心,语气上便要抬高几分。

"怀远也是我从小看着长大的,小辈里头,大伙最疼的就是他了。虎子走得突然,若是他在天之灵能看见自己儿子成家立业,怕也是高兴得紧。但我家就淑儿这么一个女儿,从小也是宝贝得紧,孩子也贴心懂事,从小知冷知热,太奶奶高寿,最稀罕这个重孙女儿,本还想在家里多养几年,讨讨老人家的欢心……"

"大爷说得是,眼看着孩子们都长大成人了,做爹娘的这心里头,自然是又喜又忧……"

淑儿听见外屋隐约的话语,臊得连耳根子都通红,闷头坐在屋里出神,听见窗上有轻轻的叩声,推窗一看,原来是怀远的两个弟弟大宝和小宝,笑嘻嘻地躲在窗下,咧着缺门牙的嘴冲她笑:"嫂嫂。"

淑儿羞得满脸通红,一巴掌拍在两人脑袋上:"你两个胡说什么!"

"就是嫂嫂,我娘都请媒人来提亲了。"大宝笑道,"我哥急得头上冒汗,正躲在巷口等我娘回去呢。"

"他让你俩来的?"淑儿眼睛亮晶晶的,"他说什么没有?"

"我哥说,去问问淑儿姐姐,她睡得好不好,早上吃了几碗饭,想吃点什么零嘴,他去买。"

淑儿扑哧一笑:"好好好,我都好。跟你哥说,就要一份香橼干果,裹糖的那种。"

"好嘞。"

两家婚事定下，隔日周娘子送去几担箱笼做聘礼，方家亦送了文定。只是方家心疼女儿，想留淑儿在家多些日子，故把迎嫁日子定在岁末。

方家喜事定了，请了驮队兄弟来家中喝酒，怀远也被众人推搡着前来拜见岳丈岳母。只是淑儿万万不肯出门见客，怀远也抵死不肯去见淑儿，往日两人嘻嘻哈哈玩笑一处，现在倒是各自躲藏，羞态可爱。

厨房忙活不过，方娘子索性在院里架起炭火，买了半扇鹿肉，在酒楼叫了一桌下酒小菜，一缸烧酒，就让男人们围火而坐烤食鹿肉，自个儿取乐。

女眷们嫌外头男人喝酒聒噪，关门坐在炕上说话，淑儿这时才羞答答地出来见客，见人人向她道喜，一张俏脸早已藏到衣领里。

李娘子难能出门，此日随着李渭也来坐坐，同妯娌们说说话，沾沾喜气。

她鲜少出门，大家见了，少不得拉着她嘘寒问暖，问病问药。方娘子也托赫连广请陆明月来家吃酒，陆明月是绣娘，方大娘请她教淑儿做嫁衣。

北地对女红没南方那样有要求，日常能缝缝补补就足够，但嫁衣还是要新娘子一针一线绣出来的，加上鞋袜喜帕等物，细工慢活也得花上一年半载。出嫁那天，新娘子红艳艳、金灿灿的嫁衣若能得妇人们赞叹羡慕，脸上也有光彩。

"做得好的嫁衣，好好存在箱子里，等自己女儿大了，传给她出嫁，这也是有的。"陆明月笑道，"可以当宝贝用。"

"我当年成亲，娘家婆家都穷，头上盖了喜帕，孩子他爹拉匹骡子就把我带走了。"妇人说道，"现在想想，倒真是可惜。"

"我从删丹县嫁过来的，我家那边的风俗倒是娘家姐妹来做嫁衣。"

屋外李渭用匕首割下几盘鹿腿肉，扬眉笑着递给怀远，指指屋内："去给娘子们送些吃食。"

怀远挠挠头，纠结道："我……我不敢去。"

男人们都推搡他："快去快去，男子汉大丈夫，天不怕地不怕，怕几个娘们做什么？"

屋内妇人见怀远端着鹿肉过来，也指使淑儿去开门，两人乍一见面，彼此都有些不好意思，淑儿接过吃食，偷偷抿嘴一笑。

鹿肉事先用花椒、莳萝、盐腌过，又经炭火炙烤，外层微脆，咬一口鲜嫩多汁，香气勾人。鹿肉没有其他家畜的腥气，也比山里的獐子、驴肉要鲜活，人人吃得满嘴油光，李娘子喜欢，也忍不住多吃了两块。

待兴尽归家，李娘子请李渭在内室稍坐，倒聊起一桩事。

长留已经十二岁，年纪说大不大，说小也不小了，倒是可以寻访看看有没有合心意人家的女孩儿，订门亲事。

　　但凡李娘子的主意，李渭鲜少说否，这事听完，却觉得有些为时过早，很是不妥："长留年纪还小，倒也不急于这一时，等他自己长大了，让他自己做主就是。"

　　李娘子白日累极，歪在榻上道："前日赵大娘从乡下庄子回来，说是替仙仙在乡下定下桩亲事，男方家资殷厚，家里又是独子，一眼看中仙仙的伶俐劲儿，就等着这边再养个四五年，送过去做儿媳。普天下为娘的，哪个不替孩子操心，我也是一片苦心，再说时下风俗，指腹为婚，从小下定的人家也多，长留小时候体弱多病，才把这事给耽搁了。再者我这一身病，要是哪天撒手而去，你出门在外，长留有亲家托付，姻缘也定，我走得也安心。"

　　"这……"李渭苦笑摇头，不知如何回话，"我知你为长留煞费心思，只是，何必操之过急，婚姻大事，还须看顾孩子意愿。你也定能活得长长久久，看着他长大成人，娶妻生子。"

　　李娘子怏怏的，不说话，李渭递给她一杯温茶，说起另外一事："驮队那边，我已跟孙老说过，年后驮马队那边我就不去了，此后安心待在家中看顾你和长留，找点别的营生做。"

　　李娘子的身体每况愈下，李渭每趟出门数月，一年有大半时间都在外头，丝毫顾及不到家中，再走，怕是不合适。

　　"我哪里能活那么久。"李娘子潸然落泪，"过一日算一日，过两日我就该高兴，大爷，你也体谅体谅一颗为娘的心。"

　　李渭隐隐有些头疼，隔了半晌道："你既然存了这个心思，那就慢慢探访，看看有没有合适的，只是婚姻大事，重中之重，一切随缘，不可强求。"

　　"这个自然，要选个匹配的人家也不容易。"李娘子思忖，缓声道，"首要是性格、模样好些，能识大体，不娇气，又能跟着长留识字念书的。别的倒是其次。"

　　李娘子欲言又止，慢吞吞道："我倒是想起来，身边不就有这么个女孩儿吗？模样、心性、脾气都好，看起来像富贵人家出身，只是年岁略长长留几岁。"

　　李渭一时不省，李娘子眼睛瞟向西厢，李渭明晓李娘子意思，哑然失笑，觉得甚是荒谬。

　　"这个孩子，怕不是一般人家出来的。"李渭摇头道。

　　李娘子斟酌："她是个命苦的孩子，无依无靠，连个去处都没有。这些日子,又相处得极好,我也喜欢……待问问她的意思,想必也是愿意的。"

"那倒未必。"李渭摇头,直接拒绝,"不可不可,你若是看中了她,还是罢了吧。长留的亲事,的确也操之过急,等他大一些我们再做打算。"

李娘子抿唇看着李渭,他的眼神意味不明,神色也有丝古怪,她心里猛地一颤。

仙仙和春天正在院子里打井水洗茶碗,是耳房里日常用的那套,在她手中衬得青花瓷杯十分粗糙。李渭立于窗下,看着纤细洁白的手指捏着茶杯,在冰冽的井水中清洗着内壁的茶渍,于微茫夜色中,只觉那是兰花,在夜里悄然绽放。

"大爷。"她扭头问他,"是要喝茶吗?马上就好。"

李渭摇摇头,心里反复想了几回,终于回她:"有你北庭叔叔的消息。"

春天急忙忙站起来,激动地"啊"了一声。

瓜州西北十里有墨离军驻守,军帐设在青夷族旧地,朝廷置五千兵马于此,军队中多半是归附中原的青夷族人,其他军兵于陇西各郡县招募得来,李渭年轻时亦有报效朝廷大志,在墨离军营里一待就是五年。此后数年,军中兵将几经更迭,仍有数名旧友驻在军中,当中有个叫黄汝云的军中文士,现已调入庭州府衙掌管文书工作。李渭去信托他寻访春天亲眷,又托轮台友人打听县乡之中是否有陈中信此人。消息称陈中信于伊吾守军陪戎副尉后,调往轮台县当府衙税吏,后来又调往西州当帐史,但于几年前辞官后往西而去,暂不知踪迹。

春天知道她这位陈叔叔数年随军边塞,后将妻儿都接至西北,一度断了家族联系,而且官职微小,她从舅舅抄录的名册中大海捞针,也十分难找。

"此事不用心急,慢慢寻找,总会有消息的。"李渭安慰道,"要找军中官吏,并不算难,只是北庭胡汉混居,地广人薄,需要一些时间。"

春天已经在李家住了数月,下定决心似的摇摇头:"若能找到更好,找不到也就罢了,我自己一州一州寻过去,总会有消息的。"

李渭看着她,再三斟酌:"一定要去寻人吗?你孤身一人,在北地实在危险,千万三思。"

春天坚定地点点头:"我一定要找到陈叔叔。"

陈中信是春天父亲的同窗,两人情谊非比寻常。但陈叔叔早年投军边塞,寥寥数面里,春天全然不记得他的模样,只是模模糊糊想起一双温厚的手摩挲在她头顶,爽朗笑道:"我把你爹爹带走了,妞妞可不要哭鼻子哦。"

她的父亲名春樾,字仲甫,原是长安的一名刀笔吏,颇有游侠少年风范,弱冠之年娶了隔墙而住的薛家次女，两人青梅竹马、感情深厚，成亲一年后，春天即呱呱坠地。

春家是外乡人，春天祖父年轻时带家室迁居长安新丰，略有薄产，并比不得富贵之家。父亲俸禄低微，为人又豪爽大方，常有捉襟见肘之苦。春天记得家中只有一个小婢女兰香，家中事务皆需母亲亲力亲为，但父母两人举案齐眉、琴瑟和鸣，对春天视若珍宝，百般呵护。

那时家中赁屋而住，房舍局促，堂下搭着葡萄架，廊下挤着凤仙花。春天跟着父亲在葡萄架下念书，之乎者也，摇头晃脑。母亲在廊下绣花，刚染的红指甲在云锦间穿梭，三人抬头相对，粲然一笑。日子过得并不觉得辛苦，柴米油盐共春花秋月，颇有一番趣味。

母亲还有一个胞兄，膝下有二女一子，两家离得近，表姐妹们常与春天一起玩耍。

舅舅刚入刑部，虽然官职低微，但钻营有方，官路走得四平八稳。舅舅屡屡想提携父亲一把，但都被父亲婉拒。

后来舅舅在长安城内买了邸宅。有年中元节，父亲携全家去舅舅家吃酒，席间舅舅和父亲大吵一架，舅舅拍桌大怒，训斥父亲不识抬举、自命清高云云，父亲冷眉相对，拂袖而去，此后两家断了往来。

春天问母亲："爹爹为何和舅舅吵架？从那起……姊姊们都不和我玩了。昨天我看见表姊坐在高高的马车上，连我喊她都不应了。"

母亲柔声细语："爹爹光明磊落，志向高洁，舅舅有些事情误会他了。姊姊们也不是不理妞妞，许是没听见呢。"

春天并不在乎表姐们不再和她玩耍，比起穿花戏蝶的姊妹们，她更喜欢和爹爹玩耍，带她骑马观花、茶肆听戏。

但母亲自此常有愁思，因为亲兄和丈夫的心生罅隙，兄长的嫌贫爱富。

陈叔叔最后一次回长安，在葡萄藤下与父亲把酒言欢。两人酩酊大醉，击缶而歌，而后拍肩大笑。

春天半夜起夜，揉揉惺忪的眼，发觉父母两人秉烛私语。母亲双眼通红，呜呜哭泣，父亲拥着她纤瘦的肩膀，轻声抚慰。

自这夜起，父亲投笔从戎，跟随陈叔叔入了行伍。

父亲带着母亲和她再一次敲开了舅舅家的门，这时的舅舅已经官运亨通，不似昔年的清贫。

春家无尊长亲辈，父亲担心柔弱的母亲无法撑门户，故把妻女委托给舅家照料。

舅舅虽对父亲有些怨气，但毕竟是自己亲妹子，故把此事应了下来。父亲走后，春天和母亲搬入薛家，守着一个小角门，依附度日。

但舅舅家的日子并不好过，府中舅舅忙政务，舅母持中馈。舅母待人苛刻，虽然嘴上不说，相处久了渐觉得母女二人是个累赘。假若母女两人有哪处多花销了府中银钱，舅母的脸色便不耐烦起来，偶尔小孩儿之间有了龃龉，舅母对着几个孩子指桑骂槐，惹得母亲常常垂泪，只能越发低头，私下里多找些针线活补贴家用。

母亲的针线很好，那时候，兰香常拎着篮子从小角门出去，将母亲做的衣裳帕子卖给外头的成衣铺，换一些家用回来。

父亲的书信都是通过官驿寄给舅舅，舅舅转给母亲。收到音信的当日如同节日，母亲迫不及待拆开，书信里，父亲会讲些边塞的风土人情、日常琐事。他在西北一个叫甘露川的地方，那是荒漠里的一片绿洲，草木丰茂、牛马成群，有很多有趣的事发生。回信都是由春天执笔，母亲一边绣花一边说话，末了春天还会添上几句："挖出来的草根好吃吗，是个什么滋味？爹爹你上次所言的给小马接生，生了几个呀？"

日子单调，但有期待。后来渐有战事，音信减少，再后来，音信全无，最后，有人把爹爹的遗物带回来了。

舅舅说父亲贪功名，擅自做主领兵袭北宛军，落入敌人圈套，战死在敌人腹地。军里没有把亡将的骨殖讨回来，只带回了父亲的遗物，其中就有爹爹的一把匕首。

她那时还不到十岁，已经懂了很多事情。母亲在舅舅的扶持下立了衣冠冢，但她深信父亲仍然活在这世上，或许是被人救走，也许是迷路了，但总有一天会意气风发地回到长安来，让她和母亲过上开心快乐的日子，让她嫌贫爱富的舅舅青眼有加。

父亲亡后半年，韦家夫人举办了一场菊花宴，和韦家从未有半点交情的舅母竟然受邀出席。奇怪的是，舅母居然拉着母亲作陪，母亲尚在孝期，百般推辞，舅母却殷勤地送来时兴的衣裳首饰。

最后母亲硬着头皮去了，但当天只有舅母一人回来。

舅母归家，脸色沉沉，气急败坏地赶到舅舅的书房，连声骂道："这眼皮子浅、不知死活的东西。"

说是母亲在花宴上偷了韦家夫人一只金钗，被韦家人偷偷捉住了，扣押进了柴房，谁人也不许见。春天听闻，和舅舅、舅母争辩，舅母气极，动手推了她一把，跌在廊下，把头磕青了一块。

韦家是时下炙手可热的权贵，谁都招惹不得。但她的母亲又岂是这样的人，眼下母亲生死未知，春天哭得肝肠寸断，舅舅急急忙忙奔波了两日，却突然悠闲开怀起来。

她从大人遮遮掩掩的言语里，得知母亲在花宴上被韦少宗看中，强行收入府中，原来那个金钗不过是个幌子。

母亲后来回来过一次，衣裳鲜妍，神色凄苦，陪春天吃过一餐饭，收拾了一些衣物，和兰香匆匆而去。

隔日韦家送来几个箱笼，被舅母喜滋滋地收入厢房。

自那时起，舅母对她分外殷勤贴心。那时的韦家盛宠一时，韦少宗是韦家的嫡子，能攀上这样的关系，于舅舅的仕途多有益处。

她的天真，大概就是从父亲出门那时戛然而止的。自母亲入韦家后，春天变成了个阴郁又沉静的少女。

母亲进了韦府后再难相见，偶尔舅母会单独带她出门，遥遥瞥上一眼，能看见母亲愁容满面，弱不胜衣。

春天十二岁那年，韦家触了圣怒，全家获罪，妻女为娼为奴。她恳求舅舅将母亲带出韦府，但舅舅因韦府的这点裙带关系，已被上峰打压，战战兢兢自顾不暇。后来找关系打听，听闻韦家被抄家那日，母亲跳水自尽，但被人救起，随后不知所终。

春天大病一场。

一载后，她随舅舅、舅母去寺里进香，在偏殿里被一个小侍从拦住，却惊见自己许久未见的母亲满身珠翠，身边立着位盛气华贵的中年男子。

这就是当今靖王，也是当日抄检韦家的大臣，是他把母亲从韦府中带了出来。

舅舅、舅母拉着她的手，带她去参拜靖王，当下指着春天和靖王笑言，说这是薛家的幼女，小字叫春天，家里头都唤她妞妞。

母亲在一旁抱着她泣不成声，却仿佛也默认了这句话。

自此后，她的母亲成了姑母，她成了舅舅、舅母的女儿。

再然后，母亲搬进了靖王府，舅舅沉寂已久的家里又重新热闹起来，每隔几个月，母亲会借机来看看她，拉着她的手对她百般柔情。

后来，她在舅舅的内书房里，找到一封被舅舅私藏、已拆开的信。

是数年前，父亲亡后，陈中信写给母亲的。信上说，当年是他劝仲甫投笔从戎，没承想仲甫战死疆场，他愧对嫂侄，但此事大有蹊跷，可惜他人微言轻，想要查明却屡遭阻挠，本想入甘露川殓收仲甫骨殖，却逢旨要左迁西州，问母亲是否可遣家中男丁前往，协助他一起将爹爹的骨殖从战场收回，回乡安葬。

这封信，舅舅看了，却从未透露过半分。因为那时候的母亲已经入了韦家，做了韦少宗的侍妾。

春天见信后哀恸大哭，可怜春家连一名仆从远亲都不剩，母亲另嫁，只余她一名孤女，连收殓亡父骨殖都不能。

她把这封信再呈给舅舅，央求舅舅帮忙查明父亲亡时真相。舅舅那时的官职虽不算顶高，但也是刑部能说上一两句话的人物，日常往来应酬的同侪里，有可以查证相关事宜的各部官员。但舅舅屡屡推托，顾左右而言他，屡屡食言让她失望。

春天本意是想把此信交给母亲，求母亲，也是求靖王帮忙收殓亡父骨殖，还父亲清白。岂料舅舅拦住她说，靖王府门第高深，母亲得了靖王宠爱，在靖王府的日子犹且战战兢兢。若再翻出前缘旧事，惹了靖王不快，此后母亲的日子该如何过。再者父亲已故去多年，边陲战况频变，不易前行，只许她在庙里为父亲多做几场法事。

父亲之死，如今悲痛伤心者，只余她了。

她的母亲薛夫人，如同一株纤细的茑萝花，始终单纯、柔弱、无助。造化弄人或者是天意如此，身不由己，和她渐行渐远。

春天想：如果我的娘亲只能依附他人而活，那我此生就立志要做屹立的青松，不，做天空的燕子，无人能束缚我、占有我、阻止我。

一个深闺少女会有什么样的想法和勇气，谁也不知道。

她性子聪慧，博闻强识，因为父亲投笔从戎之事，极其向往西北塞外生活。近年母亲和靖王常赏给她许多金银珍宝，她偷偷变卖了其中一部分，换了银两细软，因缘巧合之下，花重金买到了一张空白的路引。随后女扮男装，终于等到一个时机，跟着一家西迁的官宦亲眷一路到了陇西。

父亲冤死沙场，仇家虽已死，但亡魂在外，不得安息。她想将父亲的骨殖带回长安，假若不幸死于路途，她亦无所畏惧，如今的她几乎是孤身一人，人生无所眷恋，死又何妨。

她为此筹谋了很久，阅尽西行相关的所有书籍，连舅舅书房里的一些邸报都未放过。而后小心翼翼，从长安到凉州，足足走了三个多月。再从凉州一路西行，直至红崖沟遇险。

其中曲折若被他人知晓，只能咋舌瞪眼，说一句"佩服"。

春天告知李娘子的身世经历多有隐瞒，别人能信，但李渭自然不信，他亦有自己的考量。

时下民风开化，女子虽常出门游乐，也有经商掌家者，但更多者依赖父兄生活。一名少女千里迢迢从长安至北庭，只为寻一名远亲，一路五千里，路途凶险，人心叵测，是如何独自走过来的？

他从来未详细问过她的一路经历，她说得模糊，他也从不细探。

李渭做人很是中庸，即便很多事情他能揣摩出来，但别人不说，他也装作不知。但他能看出蹊跷，能猜透她的心事，甚至会不经意间替她在人前掩饰。

次日陆明月来看李娘子，两个妇人相坐，彼此俱是郁郁寡欢。

陆明月瞧着李娘子不大对劲儿，问道："昨日里在方家看你还是好好的，今天怎么精神有些不济了？"

李娘子叹气，也不知道从何说起，见屋内无旁人，半晌才道："说来不怕你笑话，但凡我的心事都跟你说，这回我也想找你讨个主意。"

陆明月笑问："这可好奇了，是什么事让你这样忧心忡忡的？"

李娘子皱了皱眉："前几年，我寻思着替大爷再娶一个。"

陆明月和李家关系甚笃，"嗯"了一声："我记得是有这么一事，但李渭不是不肯吗？"

"他的确没这心思。"李娘子想得明白，"这么多年……我二人说是夫妻，不如说是姐弟。他还年轻，或早或晚，肯定是要再娶的。前几年我身上不痛快，只怕一时撒手而去，内心早已盘算好了，替他张罗个贤惠的、知根知底的放家里来，我看着安心，纵然以后走了，也不怕长留受后母欺负……"

"你这也是……可叫我怎么说你，真真的太贤惠了。"

李娘子一声叹气："那时找了我远房一个妹子来家做客。没承想那个女孩儿看着老实，心里却十分活络，知道渭儿每日里在城外驯追雷，竟然一直嚷着要学骑马。追雷那时还是匹烈马，都能将渭儿蹶下马去，哪里能让她骑着玩耍。她一味撒娇做痴，渭儿也不理她，瞥了我一眼，面色难堪，拂袖而去，那是他头一回对我说重话。"

谈起旧事，李娘子也是哭笑不得："后来又有些奇奇怪怪的事情，他整日里也被闹得头疼，最后终于受不了，才忍不住跟我说了一句话，'你万事放心'。"

陆明月笑道："你说得好听，我还不了解你吗？一肚子心思，若李渭真的将人娶进门来，你晚上还指不定要怎么睡不着。罢了，你操心这么些有的没的，人各有命，你得替自己活。"

李娘子叹一口气:"是我家亏欠他,当初我爹赶他去入行伍,辛苦了好几年,后来军里将领提携他,他为了一家老小,从军里退回来去了驮队。这些年全赖他一人支撑家里,没有一处他做得不好。"

"你若是内疚,就快快把病养好了,一家三口过好日子。"陆明月笑道,"你呀,就是爱操心,难道不知道忧劳成疾这个道理?"

"我知道你不爱听这些,可我也不能跟别人说去。"李娘子无奈道,"大爷实在不肯听我,我也没法子,我管不了他,只得让他自己打算。现下我一颗心全拴在长留身上,也得为长留打算打算。"

又把昨日同李渭说的替长留定亲的一番话与陆明月讲了,陆明月扑哧一笑:"你这阵子是怎么了?想得这样远,这不赖李渭不同意,我听着也觉得有些不妥,你要替长留张罗,也要再过两年,等他到了十三四岁,知晓些事了再打算,现在真真的操之过急。"

"我想着我走之后,家里若是再娶,万一遇上个坏心肠后母,那长留可怎么办……若是有个亲家儿媳妇,还能托付一场。"

"你这样想,把李渭的一片苦心置于何地?就算对旁人,他也是尽心尽力的,何况是自己的儿子,你还怕他护不住吗?"陆明月无可奈何,"我的姑奶奶,别成天想着什么走不走的,我在菩萨面前保佑你长命百岁,不为别的,也为李渭和长留省下这许多事。"

"这话我是万万不肯跟大爷讲的,都是我小心眼罢了,但是做娘的,有几个不操这份心。我原想,家里现在正寄住着个身世可怜的女孩儿,这阵子看着她行事又温柔,模样又好,又能识字断文,比长留正好大上几岁,配起来也挺好的。"

陆明月啼笑皆非,讶然道:"你原来还存了个这样的心思。"

"大爷不同意,我也猜不透他为何不同意……"李娘子心里也不知什么滋味,她寻思片刻,堪堪下了个决心,这才将目光转到陆明月脸上,"不说了,我看着你今日心情也不太好,嘉言是不是又惹你不快了?"

"不是。"陆明月眉头皱如川字,"其实也没什么,莫名有些不痛快。"

她不能跟李娘子说,她家里的那位叔叔,近来看她越来越放肆。

"今日赫连广来寻过李渭吗?"陆明月咬唇问李娘子。

李娘子摇头。

陆明月垂下眼帘,李娘子看着她的神色:"赫连二叔又惹你不开心了?"

"也不是。"陆明月眼神幽幽,沉默半晌又道,"我一直惦记着把嘉言带回南边去,也把我爹娘的骨灰带回故土安葬,那里毕竟是我的家,在甘州除了你们，我算是无亲无故。这两年做绣活攒了些银子，到如今算是够了路资。"

李娘子心内一惊，内心涌起几分难舍，握住陆明月的手："明月，你这话当真？要回去吗？嘉言和赫连二叔知道吗？"

陆明月摇摇头，这个想法，她对嘉言都未提过，如若回了姑苏城，嘉言会习惯吗？他会肯去吗？姑苏城里的人，会接受这个异族相貌的孩子吗？

李娘子叹了叹气，喃喃道："赫连二叔怕是不肯，我记得他起先找你们母子，不就是要把嘉言带走，而你不肯，他才留下来了吗？而且我们两家这么多年的感情，你若真走了，我可怎么办……我舍不得……"

"八字还没一撇呢，只是想想。"陆明月见李娘子难受抹泪，连连宽慰，"过几年等孩子们长大，你身子骨养好了，大家一起出门游山玩水去，我也带你看看江南水乡的景致。"

"哪里这么容易，我这辈子连甘州都走不出去。"李娘子憋住眼泪，"你若要走，可别让我知晓了。"

"不走不走，我也就是随口说说。"

两人各有心思，愁绪流转，也得生生忍住，换了话题。

是夜稍晚，春天坐在房内做完针线，正准备安寝，仙仙噔噔地来敲门："春天姐姐，娘子有事唤你，问你现在得不得空。"

春天点头笑："来了。"

李娘子正守着烧茶水的茶炉子，捂着帕子低声咳嗽，春天连忙上前："娘子，是要喝茶吗？"

李娘子抬起憋得通红的脸，歇息片刻，喘着粗气："大爷屋里的茶壶空了好几天，刚才过来喝了盏茶才回去，我怕他夜里要水，给他烧壶茶备着。"

"您歇着，我来沏茶。"春天连忙上前，接过李娘子手中的茶斗。

"我身上不太畅快，只是赵大婶正在厨里忙着，仙仙年纪小，我怕她路上跌跤摔坏，想来只能请你来，送壶茶到大爷房中去，如果大爷睡了，让他喝杯茶水再睡。"

春天不自觉点点头，又蓦然怔住，而后对着李娘子点头："好。"

李渭只穿着中衣，在灯下看一本残破的北庭舆图，听见敲门声，春天在外道："大爷，娘子让我送壶茶。"

李渭心中觉奇，李娘子待客有道，家中这些小事向来由仙仙来做，何曾差使过春天。

他披衣开门，见春天散着鬓发，一头乌黑长发别在雪白耳后，身后是暗沉夜色，他不知所以，微微愕住。

屋内晕黄灯光照着春天的脸庞，她低着头，看不清是什么神情。

李渭在门口接过茶壶，蓦然皱了皱眉。

两人未置一词，各自转身。

此后只要李渭在家，春天多半闭门不出，埋头在西厢做针线。她绣活不错，又常有巧思，到如今算下来已攒了几钱银子，但想攒够西行的路资，仍是远远不够。思来想去，唯有脖子上系着的一块碧玉，可抵当出去换银钱。

身上伤病愈合大半，日常行走已无碍，既然主意已定，只等着年节过去，设法西出玉门，先去伊吾探探陈叔叔的消息。

李渭对李娘子的这番试探也有些头疼，李娘子忧思过重，他只得多花时间陪伴左右。算起来，自他十二岁跟老爹出门，此后十几年间，或在商队，或在军中，在家时日竟一年不过二三个月，于家人亏欠良多。如今将而立之年，家中俱是妇孺弱小，故有了收手之意，只等年节之后另盘营生。

陆明月见过的死人很多，从姑苏到河西，隔几日就有人熬不住颠沛流离而死去，到了沙柳营之后，夯土烽城下白骨成堆，都是草草掩埋的边民。

但见到的最后一个死人，是赫连广杀的。

她看见他杀人的时候，匕首如镰刀一样从男人喉间划过，像割草割麦一样流利自然，温热猩红的血从刀锋下射出，她犹然记得血滴溅在脸上的感觉。

黏腻，腥热，恶心。

是走夜路的时候，拦住她的一个浪荡子，拖她进了暗巷，赫连广出现的时候，她简直要感激这位冷淡孤僻，曾经落草为寇，如今金盆洗手的叔叔。而看到人从她身上倒下的那一刻，她看见赫连广淡色的眼睛，厌恶、冷漠得像冰一样地看着地上那摊烂肉。

她并不讨厌赫连广，但汉人和胡人，毕竟是不同的。

他们两人默契地没有提起过这桩事情。

赫连广是来找嘉言的，那是他大哥的孩子，也是赫连广唯一的亲人。青海湖现今已成为西陀之地，但有一支西迁逃难的白兰族人在草原角落找到片容身之地，赫连广想跟随部族而去，但陆明月不肯把孩子交给他，最后三人都留在了功德巷。

陆明月虽然不太喜欢他，但他毕竟是嘉言的叔叔，还救过自己一次。

昨日带着嘉言坐骡车出门，归家时落脚处有块雪泥地，赫连广将嘉言拦腰一揽，抱到了院内，逗得嘉言咯咯直笑。她穿着双新绣鞋刚要下车，赫连广回头来，牢牢握住她刚踏出去的一只脚，目光凛冽地看她片刻，将她拦腰抱起，抱离那片泥地。

男人的肩膀宽厚紧实，抱着她腰肢的手锁得很牢，浓郁的男子气息熏得她脸红心热，又有被冒犯的气恼。

落地后，她扬手给了赫连广一个响亮的耳光。

赫连广皱着眉头，紧缩他那双浅色的瞳盯着她看了一阵，扭头就走，于是一夜未归。

她扇下那巴掌的时候，旁边站着嘉言，冲着她大嚷："我跟广叔叔说你最喜欢这双鞋，踩在地上要脏了，让广叔叔把你抱进来，娘，你打广叔叔做什么？"

她面红耳赤，该如何跟嘉言说男女大防、叔嫂避嫌这样的说辞。

赫连广已经一天一夜都没有回来，她在想，假如他今天再不回来，她是照常过自己的日子，还是要做点什么？

屋外风寂夜黑，半点声响都没有，这种风吹成冰的日子，他会去哪里？

屋内孤灯独照，她无心针线，心乱如麻，难道要与他说一声抱歉，才能消了嘉言的气吗？

饶是赫连广酒量惊人，今日也是喝得酩酊大醉。城西有家小酒肆，卖的是冷冰冰的烧刀子，一坛一坛，煞是痛快，他寡言少语，喝一坛酒，就当是说一句话。

功德巷里黑黢黢的，他本是不想回来，一走了之，潇洒自在，将孤儿寡母抛在脑后，却又在某种迫使下不得不回来。

他也贪恋家的气味。

自他落下娘胎起，面对的就是白兰族可悲的命运，被杀戮追逐，被奴役虐待，白兰族活得还不如牦牛和獒犬。他和哥哥自小在牛棚长大，后来逃命求生，从来不知道家是何物。

直到后来遇上了她。

赫连广翻墙跃下，家中唯有一盏小小孤灯亮着，可他一直站在暗处，看不见那灯光中的温柔面容，他在这里又冷，又渴，又饿。

陆明月听见动静，见另一盏油灯徐徐亮起，松了口气，沉思片刻走了出去，立在赫连广屋前。问问他，这么晚回来，饿不饿，有没有吃饭，想吃些什么，去给他做。

她大概从没跟赫连广说过这么多字。

屋门吱呀一声开了，赫连广侧身倚在门旁，一身酒气，双手抱胸，面容冷峻地看着她，也不说话。

她挣扎着露个笑脸："这么晚回来……"

她看见屋里除了一张床，一副桌椅，一盏油灯，什么都没有。没有火炕，没有炭炉，没有茶壶，空荡荡冷如冰窖。

陆明月笑容凝固，如鲠在喉，她从没有在乎过他怎么睡觉，怎么吃饭，怎么生活。

这样冷的屋子，他是如何睡下去的？

赫连广目光如针芒。

她愣了愣，而后微微抬头，面对他，目光闪烁："你饿不饿？"

一只秃鹰，在将猎物拆骨入腹之前，大概是不会饱的。

赫连广俯下身，朝着陆明月的脸庞吐出一口浓郁酒气，那双浅色的眸子直勾勾盯着她，缓慢道："我饿。"

他箍着她的手腕，只轻轻一拉，陆明月"哎"一声跌入他怀中。

门砰地关上。

这间屋子与外面一样冷。

"赫连广！"她一声惊呼，惊慌失措，"你想干什么？"

他深吸一口气——温香软玉入怀，幽香盈鼻，像火种一样，哧啦一声烧起一片旺火，他把她拎起，拦腰一抱，甩在自己肩膀上，往床走去。

陆明月这才后怕，在赫连广肩头拳打脚踢，迭声呵斥："赫连广！你放我下来，你快放我下来！你是疯了吗？我是你大嫂！"

她手脚并用，好似在挠痒一样，不痛不痒，他觉得心内烧得慌，烧得他眼红心热，血气蓬勃，就差一把刀子，把他那满腔无处宣泄的热血泄出胸臆。

赫连广把她甩在床上，第一次挨着她的脸庞如此之近，他眼里似有寒冰下簇拥着丛丛跳跃的火苗："按我们白兰族的风俗，兄长死后，他的牛羊财富、妻子儿女都归弟弟所有。我没有大嫂，只有女人。"

陆明月全身发抖，看着他的高眉深目，兽一样的眼神，抬手一个巴掌落在他的脸颊，厉声道："我是汉人，这里是甘州，是我们汉人的土地！按我们汉人的风俗，长嫂为母，就算你喝醉了，也应该对我尊重点！"

男人被巴掌打得偏了偏首，他摇摇头，似乎想让自己清醒点。

沾满酒气的唇在她的话语中骤然落下来，蜻蜓点水般落在她的唇上，赫连广俯身抱着她一滚，在榻上滚作一团。

她向来恪守本分，从来没有这样羞辱的时刻，赫连广将她紧紧地锁在怀抱中，陆明月用手指死命在他手臂、脸颊挠出一道道血痕，他却不管不顾。

"赫连广，赫连广……"她叫他名字如念咒语，声声锁着他，"我要喊人了，嘉言就在外面，人都在外面，你放开我！"

他不管不顾，他难得一醉，难得能亲近她，抱着她柔软的身躯，锁着她的双臂双腿，在她耳畔极喑哑低沉地念她的名字："明月，明月……"

"我心里喜欢你。"他的唇移在她的耳侧，一下下亲吻着。

陆明月被压得怒气翻滚，恨不得手生双刃，杀了这个该死的男人。

"我会杀了你。"

衣裳撕裂的声音险些让她惊厥，她在这屋里冻成冰，怕是好不了了。雪白的脊背在颤抖，他看见系在后背的一根系带，红艳艳，像雪里红梅一样动人心魄，心内有嗜血的快意，贴上去，像火一样融化这片雪地，融冰成春雨。

她怕是活不了了："赫连广，我会杀了你。"

他一张脸难得通红，抬头认真回她："好。"

她牙尖尖，俏脸揉碎若落花，朝着他的臂膀下嘴，恨不得咬死他，奈何他不惧，只顾自己癫狂。

酒兴正浓，春意恰好，谁家浪荡子，折荷采莲舟，入了十里落英桃花源，渡了春潮带雨，三冬冰河遇春暖，两岸芳径生嫩红，有多少痴情旧梦，一并作销魂。

酒兴助了狂性，破锅索性砸了烂碗，又是一番销魂景。

陆明月体轻骨弱，禁不住一夜折腾，只觉人生灰暗，过一分是一分，过一时是一时。等赫连广兴尽，已是神魂疲惫，沉沉睡去。

只是被窝暖热，光滑肌肤相缠，这样冷的屋子，她藏身在极暖处。

次日醒来，陆明月有一瞬间的怔松，她被一片浓郁的气息包裹着，后背贴在光滑温暖的怀抱中，腰间犹被男人孔武有力的手臂揽住，身后有男人沉稳的呼吸声。

男人大约也是醒了，在被窝里发出轻微声响，酸软的身体提醒着她昨夜的点点滴滴，陆明月凝固着自己的姿势，一梦清醒，不知如何回头，如何面对如斯情景。

她只觉有不可名状的耻辱以及多年独自硬撑的委屈，支撑自己活着的教养和伦理顷刻崩塌，仿佛又一次经历少年时代的那种痛，家破人亡，从锦绣阁楼里被拖出来，扔入潮湿阴冷的牢狱，终其一生都要守在寒冷的边塞荒原。

活着，不过是苟且偷生罢了。

"明月。"赫连广在身后轻声唤她。

她大概是想跳起来，像泼妇一样骂他打他，诅咒他，让他去死，上刀山下油锅，活在十八层地狱里。但陆明月一动不动，除了身上这床被子，一点遮羞的东西都没有。

赫连广在被褥下摩挲一阵，窸窸窣窣掏出一个冰冷的东西，塞入她的手中。

他第一次说这么多话："以前听见你同李娘子说……你娘原先有件稀罕首饰，是支八宝钗，原本打算留给你做嫁妆的。我找齐全了八宝，也替你镶了支钗子，你看看，喜欢吗？"

那是一支鎏金掐丝八宝钗，点缀八色玉石，霞光潋滟，璀璨似晶，光芒耀眼，水色动人，都是赫连广从商队里的珠宝商人那儿一个个搜罗而来，再找首饰师傅镶嵌而成。

陆明月眼无波澜，握在手中无动于衷："我会杀了你。"

杀了他，她也活不了了。她只是一名手无寸铁的弱女子，一个容易招惹风言风语的寡妇，她的孩子怎么办？她的孩子会不会变成另一个孤儿，孤苦无依，受人欺侮？

赫连广抓着她的另一只手，把沉甸甸的东西塞进她手中："我的刀，从脖子或者胸口进去，必死无疑。

"我知道你看不起我，觉得我们白兰人啖血食肉，野蛮粗鲁，觉得我们是奴隶，是强盗。但我们和汉人一样，有血有肉，有泪有笑，我们也会喜欢女人，心疼孩子。

"嫁我。你和嘉言，我来养。"

陆明月咬咬牙，发出一声闷哼，握着手中的八宝钗，发疯似的朝赫连广胸膛扎去："你这个野蛮人，浑蛋，禽兽。"

她一连扎了数十下，赫连广眉头都不皱，任凭胸口鲜血淋漓。陆明月无法自抑，号啕大哭，她永远也回不去的清风明月，小窗幽梦，她维护的那点体面都没有了，都碎了。

赫连广抱住她，抹去她面上的绵绵泪珠。他强硬地填补她孤寂的身心，用最直接的方式满足她，抚慰她。

这片土地不温柔，也没有那么开化，容不下什么脆弱的绮梦，也不需要什么束缚，人如蝼蚁，苟且偷生，活着最重要。

伍 芳魂逝

上元佳节，火树银花不夜天。

长安城此日鸣鼓聒天，燎炬照地，好些街衢都设了高棚，棚下倡优杂技，关扑博彩，饮食花样比比皆是。无论贫富男女，皆是炫服靓妆，香车宝马，呼朋引伴出来看烟火。

段瑾珂正陪着家中母亲、祖母乘车游逛灯会，自己抱着才四岁的小妹嫣姝随行在侧，行至山棚一带，游人塞路，车马不通，只得带着家丁下车行走。嫣姝鲜少见过这样热闹的景象，沿途兔儿鸟儿灯、糖葫芦、雪柳狮子球等买了一路，把家丁们的几双手都塞满了。

"二哥哥。"嫣姝裹在大红的绒裘里，奶声奶气，"二哥哥，前头有卖狮子糖，我想吃狮子糖。"

"前日里还嚷着牙疼呢，这会儿又要吃糖。"小孩儿都爱甜，却不好多吃，怕糟了牙就不好看了，"不怕二娘训你吗？"

"二哥哥买的糖，娘亲不训姝儿。"嫣姝笑眯眯，在段瑾珂耳边悄声道："娘跟大娘走在前头看灯，看不见姝儿吃糖的。"

嫣姝拎着五彩羊皮灯，抱住段瑾珂的脖颈摇摇晃晃地撒娇："二哥哥，狮子糖呀。"

段瑾珂一时抱不住她，肩膀晃了晃，嫣姝的五彩灯笼从身旁一群锦绣绮罗的仕女头上掠过，流苏钩住一位苗条颀长女子发间插的捻金雪柳，女子头上还披着绮罗发纱，此时一并随着雪柳滑落肩头，露出一头浅色头发。

段瑾珂只听见那位女子捂着发髻，轻轻"啊"了一声。

两人一打照面，段瑾珂看见那双水色动人的眼，愣住："是你？"

深目高鼻，眸色如碧，那张玉一样无瑕的脸，山棚两侧的灯光照在她脸庞上好似透明一般，原来就是那位不知姓名的香纱城胡姬。

胡姬乍然看见段瑾珂也怔住了，披上发纱，匆匆追上同伴。

"女郎，这位女郎！"段瑾珂捡起她掉落在地的雪柳，抱着嫣姝追上去，甘州城一别，胡姬连个名字都没留就走了，未曾料到天下这么大，竟然又在长安遇见。

仕女游人盈路，满眼都是莺莺燕燕，段瑾珂在人流中追了一段，转角游人稀少处，胡姬却不见了踪影。

人已跟丢，段瑾珂捏着伊人遗落的发饰，抱着嫣姝慢慢行在路上。

"二哥哥，你认识那个姐姐呀？"

"不认识。"

"这个姐姐生得好奇怪……"

段瑾珂笑道："她不是生得奇怪，这个姐姐不是汉人，所以跟我们长得有点不一样。"

"她不是汉人，那她是哪里人，她的家在哪里呀？"

段瑾珂笑着摇摇头。段夫人一转眼不见儿子女儿，派了家丁一顿好找，魏林见着自家两位主子，一溜烟蹿过来："哎哟我的祖宗，这是跑哪儿看热闹去了，也不告诉小人一声。"

"就在附近走了走。"段瑾珂道，"回去吧。"

一行人正行至丰乐楼下，丰乐楼是长安最大的酒楼，此日也是张灯结彩，装饰新奇。

正有一白面无须、青袍软靴的中年人近来同段瑾珂打招呼："正巧上了，段公子，我家爷请你上去坐坐。"

段瑾珂眼中一亮，他认得此人，正是靖王身边的随侍唐三省，转身把嫣姝抱给家丁，笑迎上去："原来是唐兄。"

楼上雅间蓬莱阁里，靖王正谈笑饮酒，窗边还倚着位赏灯看景的年轻公子，朗目疏眉，气质清贵，唇角边让人如沐春风的微笑后，自有一股令人颤颤不敢仰视之威仪。

段瑾珂心内一激灵,趋前行过大礼:"学生段瑾珂,拜见靖王爷和太子千岁……"

段瑾珂在朝中无职,尚是白身,但段家近年来又和靖王走得近,靖王对段家的几个子侄也熟悉。

"起来起来,只是私下相会,何必行此大礼。"靖王支膝坐起,也是一副洒脱模样,"正是瞧见你在楼下行走,邀你上来喝一杯。"

靖王此人,真是随和亲切。

太子杨征微笑着踱步过来:"我未曾与你见过,你是如何认得我?"

"正月殿下率百官在明德门祭天,学生在城下遥望过殿下丰仪。"段瑾珂作揖道,"再者,殿下自有侧目威仪,非常人可比拟。"

"这倒有些肖似你兄长。"太子微微一笑,眉目舒展,"听靖王说,你甫从陇右回来,一路见闻甚是有趣。我虽然兼了个河西大总管的位子,向往边塞风情,却从来没踏出过长安城。心生好奇,想听听你的所见所闻。"

靖王亲自动手,替太子倒酒,挑几份下酒菜,又遣了歌姬在帘外弹琴:"就挑些风土人情让太子殿下过过瘾。"

段瑾珂点点头,将从长安到碎叶城的一路见闻娓娓道来。这里头有些同靖王讲过,靖王便点点头,在旁多说上几句,太子听得认真,问得也仔细,物品交易税目,何处设税卡,沿路烽燧驿站,路上商人数目,驮包大小,都是些小而微的问题,许多段瑾珂也不尽知。至于其中的风吹草动,太子自有消息,也不必问段瑾珂。

最后提及红崖沟一事,段瑾珂前几日又收到河西回信,信是李渭写的。大致说了春天当日说辞,带着长刀、说胡语的牧民,关中口音的商人和香气浓郁的茶叶等,于是在太子面前又把前后详情细说了一番。

太子的脸色有些不好看,靖王道:"别的不提,物品被截,数月里商队无一人去报官,沿路州衙也早已查过,没有留下这支商队的过关记录,好生蹊跷。"

"怕是商队里的人心中有鬼,不敢与官府打交道。"太子笑道,"马匪的铁蹄印很是奇怪,不是中原工匠的技艺,倒像铁赫人锻造的。"

铁赫人是北宛国的一支部落,人口不多,但世代生活安稳,他们最擅长锻铁,铁赫人用所造的兵器、盔甲、马具,卖给草原上的其他部族换牛羊草场,在草原上始终占有一席之地。

太子从袖中掏出一张白描纸,递给段瑾珂:"段公子,是不是这样的蹄印?"

段瑾珂接下一瞧，脸色收敛，正色道："正是。"

太子又道："我听说凉州有几户人家以种大黄为生，今年报给官府共产出大黄五千担，官府收了一千担，其余的分批销往中原各地药商药局，层层贩下去，却有五百多担大黄不知所终。无独有偶，河州、四川的大黄亦有此种情况，这些大黄最后都卖去了哪里？"

"殿下的意思是……有商队偷贩大黄出关，卖给了胡人？"

东西商路最鼎盛之时，只在玉门关走出的驮队，每一千个驮包里，就有近乎三分之一装的是中原的大黄。在西方，这是一种比茶叶还要贵重的中国药材，西域诸番，昭武九胡，乃至波国、大蒲，甚至远至极西处，都需要大黄。

盖因胡地风日燥烈，当地人终日以牛羊肉干粮为食，肠胃火旺，要用大黄做通肠健脾之药，在疫病时期，大黄也能治疗瘟疫。此外，这种药材宜干燥储存，若用海船运输，多半要腐烂在半路，所以所有运至胡地的大黄，都走玉门关、敦煌一带出去。

几年前朝廷和北宛一场大战，收回了伊吾道，但说到底，还未伤北宛根本，只是给了些微的震慑。这一两年，河西北庭一带频频有报北宛骚扰村庄商队，想必这几年里，一场大战不可避免。

朝廷缺钱，河西北庭的兵力总是不够抵御。朝廷严管大黄运出，借此切断供往北宛的大黄，既然两方必有一场大战，若这战事拖延得久一点，在势头上，中原也多几分胜算。凡所经玉门阳关的大黄，贩至何处何城，皆要记录在案，一路有军士盘查，又苛以重税，由此下来，一则商人们不愿多贩，胡人怨声载道，二则重利之下必有勇夫，民间偷贩大黄者屡禁不绝。

"若是，一支改装易容潜伏在河西的北宛人……盯上了一支偷运大黄的商队呢？"

"是北宛人，还是西陀人，珂罗人？"靖王看向窗外腾空升起的璀璨烟火，"不管是谁，都是个麻烦……"

这两年国库空虚得厉害，河西与北庭的养兵费用，多半是讨的官中体己钱，如果又要开战，一会儿上哪儿筹那么多军资粮饷去？

几千里外的甘州府，大概没这么多是非问题。城外黑黢黢的焉支山沉睡在冰凌积雪之下，城中千家万户灯明如昼，笑语沉浸。

河西胡汉杂居，民风更粗犷些，沿路山棚多有胡戏胡舞，也多射箭赌博之类的游戏。小孩子们多爱看胸口碎大石、吞剑吐火的把戏，女子们羡慕台上跳着胡旋舞的曼妙胡姬，大爷们都聚作一团，饮酒作乐，聚众豪赌。

陆明月精神恹恹，在家卧床数日，今日实在被嘉言闹得无法，带着他出门看灯。嘉言嫌人多看不着热闹，又觉得几日来他娘都没训过他，笑嘻嘻地朝着赫连广一扑，蹿上了他叔叔的后背。

"广叔，前头有耍百戏，我们去瞧着。"

"你可趴稳当。"赫连广一手托着他的臀，一手擎着冰灯，冷峻的脸上是难得的温柔。嘉言爱玩爱闹，一会儿给台上大声喝彩，一会儿冲着人群吹口哨，一会儿跳下来射箭扑钱，一会儿蹿进人群里。

往日里陆明月如何能容他如此放纵，只不过自己整日浑浑噩噩，不知所以，连东西南北、吃饭穿衣都忘记了。赫连广带着嘉言在前头走，时不时回头望一眼她。

他的眼睛里时时刻刻映着她，横也是她，竖也是她，光也是她，影也是她，那双浅色的眸，那张异族的脸，突然就这样冲入心底，也不知是恨，是憎，是怨，是苦。

但夜里他强悍地揉碎她的身体和灵魂的时候，在血腥气里尝到那痉挛到濒死，而后升至极致的快乐后，她反倒不记得那痛了。刻骨的前尘往事，好像被拨开一条狭小的缝隙，透出一线让她得以喘息的光芒。

嘉言疯玩许久，最后伏在赫连广背上睡去，他拎着一大堆小玩意儿，跟她一前一后走在回家的路上。

离得远了，他会停下来等她，她冷着眼，不肯挨得太近，他便默不作声地等。手上的冰晶灯笼还在烧着，巴掌大的光晕将两人的身影模模糊糊地投在地上，被寒风一吹，纠缠在一起。她失去对峙的耐心，迫不及待地离开他沉默的目光，他又不紧不慢地跟上。

"你想我死。"他的声音很轻很轻，怕惊醒孩子，"但我不能死——我想和你在一起。"

因李娘子这日有了出门兴致，李渭这日特意租了辆马车，车厢内安了炭炉，铺满软枕卧垫，带着李娘子和长留出门看烟火。

长留这日过得也极开心，爹和娘一起陪着他骑了小矮马，扑中一个砚台、一盏走马灯，最后一家人坐在满是冰灯的摊子下，一起喝了一碗桂花团子。

李娘子也是累了，抱着熟睡的长留倚在车内，李渭坐在车外，马蹄声叮叮当当地敲在石砖上，声音分外悠扬。

春天和赵大娘、仙仙未跟李家出行，三人只在瞎子巷附近转了转，赏完花灯回家，见李渭租的马车已然在庭中，李渭抱着长留送回卧室安睡。

"娘子也累了一夜，早些休息。"赵大娘扶着李娘子，"我去打水给娘子洗漱。"

没有人注意到李娘子的脸色已有些不好，虚汗一茬儿一茬儿地出在头发里，被冷风一吹，又冷又热。李娘子抓住赵大娘的手，刚要开口说话，哇的一声呕出晚间吃的一颗团子，带出一口赤黑赤黑的血。这时还不觉得有什么不舒服，而后她心头一痛，猩红的血一口一口从喉间涌上来。

"娘子！"

李渭匆匆过来，见地上一摊血腥，心急火燎，连声道："快去请大夫！"

春天拔足狂奔。

长留被家中动静吵醒，穿着单薄中衣站在李娘子床头，一脸慌张地看着自己母亲。

晚上还对自己款言软语、言笑晏晏的娘亲，此刻双目紧闭，面如金纸，憔悴得好似一片枯叶，寒风一吹即要化成齑粉随风散去。

胡大夫从内室出来，朝李渭摆摆手："先煎碗药让娘子喝下，好好睡一觉，明早再看看。"

两人走至暗处，胡大夫悄声道："李兄，你也不是不知，夫人是气滞血瘀的体征，这么多年亏损许多，行至如今，血瘀五脏，心阳虚，肝肺损……老朽医术不精，怕是无能为力。"他摇摇头，"说什么医者救死扶伤、妙手回春，不过是尽人事、听天命罢了。"

李渭面色凝重，谢过大夫，在庭中伫立片刻，仰头见寒天如墨，苍穹浩瀚，星子如冻，微光邈远，只觉自己如浮尘芥子，渺小无力。

李娘子自此夜起一病不起，汤水难进，李渭连日请了不少大夫，汉医胡医皆有，接到家里来看过病人，都是摇摇头，说法也与胡大夫大同小异。李娘子这些年吃过不少珍贵药材，然而补不如耗，走到这一步，也是无药可通。

长留素来乖巧懂事，自从李娘子病倒后，寸步不离家中，端茶递水，唯恐李娘子有半点不好。娘亲的病，虽然李渭从未对他说过什么，但自小看着娘亲如此，他心内也是明白的。

李娘子有时从昏睡中醒来，见长留守着自己，怯怯地叫一声"娘"，心中酸涩难当。

陆明月听说李娘子上元夜之事，匆匆赶来，一进李家门，见人人面色不佳。赵大娘见陆明月，偷偷将手中痰盂给陆明月看，陆明月瞧见痰盂内一片血红，心中一惊，竟不料这回病得如此严重。

进屋见李娘子卧在床中，模样异常虚弱，当下十分难受，眼眶湿润："不过几日，怎么病得这样厉害？"

李娘子从被内颤巍巍地伸出一只手，勉力笑了笑，嘶声道："这么多年，我都没见你掉过一滴泪，这会儿连你都哭起来……"

陆明月擦擦眼角，扑哧一笑："我哪里是哭，就是听说你病了，一路急哄哄过来，一不留神撞上你家门框，被风扬了一脸灰罢了。"

她握着李娘子的手："是不是过个大年，把你操劳坏了？我每每劝你，你也不听，家里里外外这些事都有人去做，你还非得操心。虽说是做主母的，也好歹对自己放宽些，何必事事都要体面，到头来也累了自己。"

"哪里是这样了……"两人稍稍说了一番话，陆明月看李娘子脸色有些撑不住，千叮咛万嘱咐，最后从屋里出来，看见门外嘉言揽着长留的肩膀，两人垂着头倚门站立。陆明月上前去把长留搂在怀里，好生一顿抚慰。

街坊邻里，远亲近朋，但闻李娘子不太好，纷纷前来探望。都是淳朴人家，送不起什么珍贵药材、丰厚礼品，但凡家中好的，有益于病人的补物、偏方，驱邪避祟、开过光的法器，都一一送来。家中不养鸡鸭，却鸡鸭满笼，补血补气的药食堆了满桌，甚至还有乡下牧民牵来一只产奶的母羊。

春天伤病已愈，她原打算在上元灯节之后告辞李家，自己前往玉门关至伊吾。岂料李娘子一病不起，李家深恩难报，她又敬仰李娘子为人，想在李娘子病中尽一分绵薄之力，故把行程耽搁下来，衣不解带地照顾李娘子。

家中赵大娘手脚麻利，做事却稍有粗糙，仙仙和长留又都是孩子，若论体贴心细、察言观色，大概谁也不如她。

年节已过，春回大地，河西依旧寒风凛冽，滴水成冰，天公又洋洋洒洒撒下一场大雪，李娘子刚喝完药，沉沉睡去。

春天和长留守着煎药的小炭炉，长留望着窗外大雪，自言自语说了声："阿爹什么时候回来？"

春天温柔地揉揉他的头："大爷出门前不是说好，三四日就回来了吗？再等等吧。"

李渭出门几日未归，甘州东北一百九十里有居延海，居延海外有一片白盐池，海子与盐池之间生有一种叫剥地筋的草药。这种草药长于地下，生根不长叶，根茎洁白细长，有止血护心的奇效。一年只有在盐滩冻土未化，居延海冰层稍融的初春时候才能找到它的身影，等到天气稍暖，冰雪一融，整片滩涂都变成寸草不生的盐碱地，因此这种草药也极为难得。李渭正在寻它。

夜深人静，春天守着李娘子未眠，屋里药气熏人，李娘子总觉得有满腔满

腹的苦。春天去药铺买了几钱冰片，与明矾、灯芯草、黄檗、青木合成，细细研磨成粉末，和水捏成丸样，搁在炭炉上微火熏烤，香气飘逸，能有安神镇魂的功效。冰片丝丝缕缕的冷香，也能将屋里的药气冲淡不少。

她正坐在灯下磨药，听见阿黄的吠声，门扉的吱呀声，李渭的马嘶声随即传来。心念一动，她突然想起了"柴门闻犬吠，风雪夜归人"这样的诗句。

大概寻常夫妻，能做到李渭和李娘子这样，已是极少。少小相识，一生扶持，他能与她平淡相守，也能为她往来奔波。春天心里对李渭是有敬重的，除去自己的父亲，大概她十六年里所见过的那些男人，除去身份地位、才华富贵，为人为事，对家对妻，可能都不如他。

就算寻遍世间名医奇药，大抵也比不过天命。李娘子好一阵、坏一阵，每日里半昏半睡，有时意识清醒些，见丈夫儿子都在身旁，一家三口难得清净厮守，她心中牵挂长留更多些，趁着自己神志清明，一点一滴都要嘱咐妥当。

"天气凉要添衣裳，天热也别急着脱下来，容易见风着凉……饭要多吃些，不可挑食……在学堂要听夫子的教训，在家里要依着你爹行事……"

李娘子巨细靡遗，旁人不曾想到做到的，她都考虑周全。以后几年、十几年的光景，但凡她能想到的画面，都要好好叮嘱长留，就怕他行差踏错，误入歧途。可怜天下慈母心，做母亲的，哪个不为自己孩子考虑，哪个不是爱之深、情之切。

春天有时听见李娘子叮嘱长留，心中难过。睹物思情，她也经常会想起自己的母亲薛夫人，柔弱、善良、多愁善感。

她听见长留含泪窝在李娘子怀中哭泣，一迭声地叫"娘亲"，自己也禁不住眼眶酸涩。

她已有很多年没有喊过薛夫人母亲，为了避嫌，每次见薛夫人，舅母都要把其他几位姐妹带上，闹哄哄的时候，连一句话也说不上，只有离别时，薛夫人递过来的那只手攥住她的时候，会在手底下偷偷塞给她东西。有时是一支漂亮的头钗，有时是她亲手织的如意环，提醒着自己和别的姐姐是不一样的，这是自己的娘亲。

算起来，她竟有一年多不曾见过薛夫人的面，连离开长安时都不曾告别。

二月十五，民间放鞭炮迎春雷，这天亦是百花节，南方春暖，花事开始，北方仍是天寒地冻。城外的冰河犹未冰融，院内的老枣树还没有苏醒的迹象，李娘子在几天昏睡中被鞭炮声惊醒，迷迷糊糊问床前守着的众人："今日初几了？"

"娘子，今天已经二月十五啦。"

李娘子点了点头,挣扎着咳嗽几声,道:"该去庙里给佛祖上香了,长留身上的长命锁也该去换一个。"

长留握着她的手,极难过地喊了声"娘"。她没听见,又昏昏沉沉地睡过去。

二月末,天稍稍暖,屋檐下的冰凌开始滴滴化水。卧床月余,几日滴水未进的李娘子这日突然神思清醒,自己挣扎着从床上坐了起来。她瘦骨嶙峋,身体极为虚弱,蜡黄的脸色失去油光,委顿得不似三旬妇人,只有一双眼,仍然是温柔的、年轻的,带着活的生机。

"蓬头垢面的,让大家看笑话了。"她自己下床来,"劳烦大爷把我的妆奁搬来,我梳洗一番。"

李渭凝视着她,微笑道:"明月手艺最巧,我把她叫来替你梳头。"

李渭劳烦春天请陆明月来,他神色如常,声音压抑又疲惫:"去请陆娘子来,怕是见一面少一面了……"

陆明月听见消息,身子歪了歪,一把被赫连广举住。她知道李娘子终有不好的一天,然而一天天熬过去,熬了这么些年,想着或许李娘子能熬过这个春天,熬过这一年,甚至再两三年。

李娘子倚在炕上搂着长留说话,虽是久病之相,面上却发红。李娘子见陆明月进来,甚至还能起身打个招呼。

这日李娘子喝过几盏茶,吃了几块糖糕,长话短话都和众人说过一番,入夜方才回屋躺下。

"天暖了,屋里炭炉子烧得太旺,早些撤了吧。"她如是说,"我累了,要好好歇一歇。"

这天夜里,人心惶惶,谁也没敢睡下。夜最深的时候,李娘子陷入昏迷中,喃喃呓语,颠三倒四,听不清她在说些什么,只觉得呼吸乍长乍短,面色是反常的潮红,长留不知回光返照,白日里觉得娘亲病好了,现在又突然不好。李渭端过汤药,灌进李娘子嘴里,长留紧紧握着她的手:"娘,娘,娘,你醒醒……"

她挣扎许久,恍然睁开眼,看着长留,低低发出一声长叹:"娘怕是看不到你长大了。"她又找李渭,拉着他的手落下几滴泪,"渭儿,你保重……"

"替我照顾好长留……"她的语气越来越弱,渐渐有出无进,嘴唇、眼皮轻颤,一丝话也说不出来。

李渭见过许多生死,明白这一日始终会来临,语气很平静:"我会的。"

李娘子喉间发出几声模糊粗嘎的声响,赵大娘手忙脚乱地把长留推出门外,连声喊陆明月。长留塌着肩膀在门旁站了会儿,屋里大人急切地走动着,灌汤灌药,找拭血的干净帕子。长留听着,嘴唇抖了又抖,眼神迷茫,像一只羽翼未丰、从树上掉下来的雏鸟。春天与他比肩而站,紧紧握住他颤抖的手。许久,也许并没有那么久,也许只是一炷香、半炷香的时间,赵大娘的一串长哭在午夜里响起来。

长留的一声呜咽落下来。

报丧的梆子声很快在瞎子巷响起。

人来得很快,白烛燎照,雪一样的惨白。屋里女人的哭声连成一片,哭声之余,无须谁来发号施令,婆叔们往来忙碌,设燎置衣,各自准备丧礼所需的一切。

生老病死,不过和世间其他事一样平常。

李渭捧着李娘子生前最常穿的衣裳,站在院子西北角,仰头大声呼喊李娘子的名字。他喊得很大声,尾音甚至都带着些嘶哑,这是在招魂,希望亡者听见喊声,魂魄能归来。

春天注视着男人的背影,他穿着一身很旧的黑衣裳,白戚戚的光影从魁梧的肩头倾下来,颇有些凄凉的意味。他喊得她心底发酸发麻,希望李娘子就此醒来,这样的仪式可以结束,她的人生里没有人离开,没有人死去,再也不要有什么痛来敲击她柔弱敏感的内心。

李娘子仍是静悄悄躺着,屋里哭声如浪,听得人心焦,久了身心都化成一团酸涩。灵堂布置得很快,大娘大婶七手八脚地拉过长留、春天和仙仙,给他们穿上粗麻丧服,屋内陆明月和赵大娘在替李娘子小殓,屋外长留哭得不能自抑,没有人阻止他,替他抹抹眼泪,或柔声安抚他,他正为这世上最心疼他哭的人号啕哭一场。

吊唁的人陆陆续续来,不甚宽敞的院子里挤满了人,仪式冗长又庄重,李渭和长留一一跪拜答谢,迎送如礼。

长留哭得久,跪得又重,夜里在灵堂下发起高烧来,脸颊通红,一双泪眼肿得跟桃核一样大小。他不肯离开灵堂,谁劝也不听,嘉言着急,咚地双膝跪地:"你娘就是我娘,我娘也是你娘,我也是李娘娘的儿子,夜里我守在这里,也是儿子守着娘亲,和你守着是一样的。"

陆明月心中酸涩又欣慰,她一直觉得嘉言顽劣,未曾料想他能说出如此一番贴心话,当下也抱住长留,泪眼婆娑,对着长留又哄又劝。最后李渭请了胡大夫过来,强行抱着长留回屋休息。

长留高烧不退，夜里迷迷糊糊地喊"娘"，春天为他换水喂药，也是一夜未眠。夜里长留魇住，伸出一双颤抖的手，在虚空中无助摸寻，好似扯着李娘子的衣角，叫喊着："娘，娘，你别走。"

他闭着眼呜咽呜咽地哭，泪水浸湿枕头，春天无法，只得攥住他的双手，抱在怀中，一下下轻拍哄着他："长留，姐姐在，别哭，别哭……姐姐在。"而后是低声哼唱的小曲，模模糊糊，听不清词曲，只觉得语调婉转，声音温柔，他被这歌声哄住，逐渐安定。

天未亮时，守夜的人都累了乏了，丧乐哭声俱停，春天端着水盆去厨房换水，瞧见李渭犹跪在灵堂，橘红火舌静静舔舐纸钱，她在外头略站了会儿，也不知要如何安慰，最后静悄悄地离去。

长留醒来，见春天紧锁长睫，困倚床眠，柔荑还攥着自己一只手，不敢惊动，只是静静躺着仰望帐顶。

她亦有梦，从梦里惊起，映入眼帘的是长留望过来的红肿双眸，素白的帐子和陌生的陈设，这才清醒自己在李家，门外的哀乐为李娘子而吹，并不是她父亲的灵堂。

"醒了？"春天伸出手在长留额头抚摸，"还烧着呢，难受吗？"

长留吸吸鼻子，摇摇头，声音有些哑："不难受。"

他要起身，被春天从腰间环抱住，抱下床来："我给你穿衣裳。"

长留闻着春天身上的馨香，脸色绯红。十二岁的男孩儿，还没有抽条长个，足足比春天矮了一个头，他性子安静内向，鲜少与同龄的女孩儿说过话，大概不明白什么是男女之情，只是面对女孩子觉得有些害羞。但他是喜欢春天的，这个比他略大些的姐姐有学问有胆识，美丽又温柔，忧郁又可怜，他看着春天眼睛的时候，禁不住会有想保护她的冲动。

李娘子下葬那日，天色阴沉，半路渐渐沥沥下起雨来，河西的春天姗姗来迟，这时候的雨退了寒气，风也软绵绵的，冰河化冻，城外新芽遍地，雪洗山峦，娟然妩媚。

挽郎跟随在队伍末端，喑哑哀哀地唱着挽歌："薤上露，何易晞……"闻者落泪，亲者悲痛。

陆明月随行在送葬人群里，看着李渭牵着长留走在前，感慨万千。一抔黄土一杯酒，新垒坟茔如满月，死去的人就此一了百了，活着的人继续煎熬，等着年年清明再来烧香送酒，祭扫亡灵。

赫连广面色平静，在衣袖遮掩中捉住了她的手，任凭她如何甩都甩不开。他在想，她是他兄长的未亡人，当年是不是也是如此，披麻戴孝，唢呐呜咽，牵着嘉言走在这样的凄风苦雨里，想一分，他心里就要疼上十分。

春天心内盘算许多日，这天独自一人出了坊门，去了甘州城的开源楼。

开源楼并不太起眼，做的却是日进斗金的营生，是段家开在河西的局面，主事人是曹得宁——他已从长安回来，今日有批江淮香茶要到，已经约好人来看看货色，要贩到西边去。

前庭的徒儿跑来三四趟，道是有个脸生的小娘子要见他。曹得宁心内嘀咕，趁得空出来瞧一眼，看着是个眼生的女郎，再定睛一看，却是上回李渭在红崖沟救下的那个少女。

曹得宁倒是有些疑惑："小娘子，你的伤可好全啦？"

春天点点头，行礼谢过他："多谢当日老伯搭救之恩。"她顿了顿，抿唇问道，"请问，段公子回甘州了吗？"

曹得宁以为她是来寻段瑾珂道谢的，摇摇头："我家二公子这半年怕是不来了，女郎找二公子可有何事？"

春天斟酌再三，不知如何开口，犹豫之下，问："段公子是不是与当今靖王相熟？"

曹得宁未料她说出这句话，心内石头投井般咯噔一跳："小娘子说的是哪个靖王？"

春天愣了愣，接着道："普天下只有一个靖王爷，府邸在长安永安坊，曾经掌管上原军，如今命管工部任事的靖王爷……段公子救我的时候，我依稀记得，段公子有跟旁人提到过靖王府的王太妃。"

她记得，那时候有人说，靖王府的王太妃要做寿，靖王府正等着一批海西布裁衣做样子。她在半昏半醒中听见，一时心急，以为又回到了长安，一口血吐了出来。

段家和靖王府这几年关系走得近不假，这位女郎倒是有些蹊跷，曹得宁心想。珂哥儿曾吩咐过他问问李渭，当日救起的那位女郎状况如何，李渭回他，只道是个普通人家的孩子，并未提任何旁的。

曹得宁心底疑惑越来越大，语气缓下来："请问小娘子是……"

"我和靖王，有一些渊源……"春天垂下眼，极轻地道，"我有位亲人是靖王府里的人，只是路远闭塞，许久不曾联系，若是段公子与王府相熟，可否为我带句话……"

她婉然咬了咬唇，鞠躬道："我知这样十分冒昧，不情之请，万毋见怪。"

"请问……小娘子贵姓？"曹得宁笑道，"贵亲如何称呼？"

"我姓薛。"春天答道，"是我的一位姑母，我这个姑母，是靖王的一位如夫人，府里头唤她薛夫人……她有位兄长，是户部司门员外郎……"

"可是那位薛夫人？"曹得宁捻捻长须，长安城谁人不知，靖王喜获麟儿，正月末为长子做满月酒，大宴宾客，连圣人、太后都有赏赐，也听说这位薛夫人才貌双绝，靖王爱若珠宝。

"可是去年为王府添丁，出自户部薛侍郎家的那位薛娘子？"

春天脸色大变，半晌讷讷道："确是……"

曹得宁笑道："原来竟是。" 他唤人沏茶上糖果，"还不知小娘子名讳，请上座，我这就修书给我家二公子。"

春天只顾问："我姑母……如何为王府添丁，我竟然不知……"

"薛娘子去岁末为靖王诞下王府长子，正是除夕夜里出生的宁馨儿。"

春天只觉脑中一片空白，怔住半晌，脸色苍白："是吗？我竟然一点也不知。"

她勉力笑笑，径直站起来往外走，曹得宁追着她说些什么，她倒是都听不见，甩开袖子往外走，曹得宁跟着她道："小娘子，小娘子，你慢行，你想带句什么话……"她急匆匆地往外走，又不知要往何处，只觉胸臆如压重石，舒展不得。

三年前皇上下旨查抄韦家，韦少宗自尽而亡，她恳求舅舅把娘亲带回家，舅舅那时心有惶惶，不敢与韦家搭上半分联系，对她的请求置之不理。一年后，娘亲成了华贵的薛夫人，靖王府送来许多好东西，随后舅舅官运亨通，只是她的娘亲却变成了她的姑母，她成为舅舅的女儿，喊舅舅、舅母为爹娘。

她理解大人们的难处，那里是靖王府，她的娘亲很得宠，所以家世背景更要清白。

在靖王府的最初，姑母总是闷闷不乐，常常在看见她的时候才显露笑意。后来时间长了，姑母提起靖王的次数越来越多，姑母开始给靖王做衣裳鞋袜，姑母见她的次数越来越少。

她想，大概姑母早已经忘记爹爹了吧。

去年年初，她已决心西行，屡次和舅母提起要去王府探望姑母，次次被拒绝回来，说夫人身子不适，不宜见客，想必，姑母就是从那时候有孕的。

最后，姑母真的成了她的姑母，变成别人的妻子，别人的母亲。

春天在熙熙攘攘的街头略站了会儿，陌路街衢，他乡音容，拂面是春清冷的气息，不是她所熟悉的小楼春雨，深巷杏花。

她知自己任性而执拗。然而目睹李娘子的拳拳苦心，她也会想起娘亲对待自己的温情，她的娘亲会不会焦灼地担心那个不知所终的女儿，会不会盼着她回家……但或许，她已经是个可有可无的存在了吧……春天无奈地笑了笑。

这日正是市集，不远处就是互市，胡汉商贩往来络绎，天一点点暖和起来，正是销卖绫罗丝缎的好时候。

路边正有家卖珠宝首饰的胡店，门口揽客的小二是个棕眼阔鼻的胡人，笑眯眯地朝着春天招手，操着流利的汉话："小娘子，上好的于阗玉、瑟瑟珠、水晶玛瑙、犀玉夜明珠，您进来瞧瞧哟。"

春天踌躇片刻走进去，从袖中掏出一块白帕，握在手心里对店主人道："店主人，我要卖玉。"

店主人是个白胡子绿眼睛的波国人，看她衣裳素净，全无钗环，笑脸道："小娘子，我们这儿不做典当买卖，您沿着此路一直走到底，有家长安老字号的傤柜……"

她衣里原挂着块碧澄澄的玉坠子，早已取下来，展开帕子给店主人看："店主，您看这值多少？"

店主人瞥了眼她手中的坠子，接在手中仔细斟酌，坠子有婴儿巴掌大小，色如春水，凝如冰晶，是顶好的于阗碧玉，这样的大小，亦是不多见。店主人瞭着她的神色，翻来覆去，半晌慢悠悠地伸出手指头比画："十张茶券。"

春天敛眉，佯装要走，店主人忙拉住："女郎，女郎，有话好说，我再加十张，二十张茶券，可成？"

"两百张。"

店主人倒抽一口气，跌脚叫道："我的姑奶奶，两百张，官中还要抽税，这是要把我的老命都搭进去。小娘子，您这玉成色不太好，看样子也是旧物，已经卖不出什么好价钱，哪儿就值两百张？"波国店主抖着白胡子，气得便便大腹一鼓一鼓，"五十张。"

她并不懂玉，但知道这玉是靖王府里出来的，定然是好东西。薛夫人遣人把玉送到家中，说是靖王送她的生辰礼，试探她的意图，她记得那时舅家姐妹对这块玉爱不释手，被舅妈一顿训责，赶着送到她屋里来。

店主人有心想要，春天绷着脸分文不让，最后倒是以两百张茶券成交，可怜一块价值千两白银的好玉，最后低价物易他主。

曹得宁自是蹊跷，自春天去后，心内越想越奇，靖王府的薛娘子他自是没见过，年前靖王府王太妃做寿，他跟着珂哥儿送去王府的礼单里，靖王爷看中件出自西域金棘城的夹羽毛织金五彩氅衣，特意挑出来送去后院。听王府管家的意思，道是府里有位薛夫人快要生产了，王爷心疼至极，日日里都挑着好东西往薛夫人屋里送。

当日在红崖沟遇见的那位小女郎，却如何成了薛夫人的亲眷，这天高地远的，哪里有这样凑巧的事？说是侄女儿和姑母，这又是哪门子亲眷？没听说薛大人还有什么兄弟，怕是这女郎诓人不成。

曹得宁思前想后，磨墨挥笔写了此事，用信鸽传去长安。

春天收了茶券，在市集晃荡大半日，归得便有些晚，日暮夜黑，在坊里走着走着，迎面遇见李渭。

李娘子头七已过，李渭脱了齐衰丧服，腰上束着白麻，上下打量她两眼，问道："你去哪儿了？"

"出去走了走。"她低声答，又问，"大爷怎么在此？"

李渭没回她，领着她深一脚、浅一脚走在瞎子巷里。春来树叶抽芽，新绿悄悄探出墙头，因李家新丧，巷里一路挂了白灯笼，影影绰绰的单薄枝叶在晚风中轻轻摇曳墙头。

她被四月的春风吹着，突然就被这柔软的风吹醒，李渭在前她在后，两人不声不响地走，春天摸着墙，看着他在前头的背影，突然道："大爷，我今天去开源楼，本来打算找段公子的，请他帮我捎句话。"

"段公子不在。"他声音沉稳，"你若有事，找曹大爷也是一样的。"

她低声回："我知道。"

她无端有些落寞，垂着头跟在李渭身后磨蹭，李渭回过头来，见她戚戚然垂着眼，想了想，还是顿住脚步，问她："你找段公子，想说些什么？"

她深吸一口气，摇摇头。

"不想说吗？"李渭转过身来，漆黑的眼眸带笑看着她。倒不是去年初见时一口尖尖细牙咬住他的脆弱模样，晚风拂动她的衣袖，正是青葱年少的好光景。

春天小声回道："我不知从何说起。"

他道："你该回长安去。几日后有支商队回长安，我托熟人照顾你，你跟着回家去吧。"

他终于说："你孤身一人，又是未经世事的女子，北庭不是你该去的地方，有些事情也不该你来做。"

她不肯："我既然已经走到这里……除非死，否则也没有回去的道理。"

李渭摇头："北庭怕是要打仗，就连河西也要不太平了，你要去的地方又是胡地陌土，一路的情况并不是你能想象的。"

她看过许多关于北庭西域一带的前人笔记和官中记载，冬夏有雪，毒风烈日,飞沙砾石,骸骨遍地。在上路的那一刻也曾心生动摇,从锦绣闺阁里走出的无知少女,如何面对那个荒凉广袤的世界?然而时至如今,她早已不惧这些。

她良久不出声。

他轻轻一叹,亦是良久不语,最终还是说出心里话:"小春都尉泉下有知,知你要来,怕也是不安心。"

她猛然抬起头,身体颤抖,盯着他看,却只见他的脸隐在昏暗夜色里,只模模糊糊露出刀削般的轮廓,手指摸在粗粝的砖墙上,刺刺生痛,她咬住下唇:"大爷知道我?认识我爹?"

他回:"我和小春都尉缘悭一面,但有幸听过他的事迹……"

李渭的声音低沉,又有些疲惫:"小春都尉那时任伊吾军骁骑尉,驻在伊吾甘露川,那是景元六年冬,天气奇寒无比,牧民冻死不少牛羊,北宛结营南下骚扰,小春都尉带着一支两百人的精甲骑兵,不领军令,擅自攻入敌营。虽然折损不少北宛骑兵,但甘露川的骑兵也损失甚重,此后伊吾军联合驻守瓜州的墨离军两下夹击攻打北宛,一举将北宛逼退至牙海之线。这两百骑兵虽有立功,但因违抗军令,军中不予抚恤,亦不追封烈户。"

她盯着他说话的唇,听他一字一字念出当年之事,心头绞痛,吞泪道:"我爹爹是被冤枉的,他是听令行事,他做前锋,后有援军,但一路攻入敌营,说好的援军迟迟未到,他领着两百骑兵,强撑苦等,最后浴血战死。军中却说他独断专行,折损精锐,连尸骨都未替他收回来。"

景元六年,李渭所在的墨离军也参与了这次战役。那时李渭还是一名小小的士卒,他去时,小春都尉已经身死,后随军队借着势头,一举将北宛赶回了牙海之线。

收到军中旧友关于陈中信下落的那刻,李渭已笃定了春天的身份。

起先是那把匕首,匕首是军中之物,刀身漆黑沉重,削铁如泥,是沉铁打造,这铁似非中原出产,像是出自极北部落,专供于北宛之物。但李渭知道极北部落也暗自供给北庭军部,锻造兵器和北宛对抗,他在伊吾甘露川,也见过这种匕首。

李渭归家,春天报出姓名那一刻,她说她姓春,就叫春天。春姓极少,不知怎么的,他蓦然想到当年的小春都尉。虽然缘悭一面,但听说小春都尉有个女儿,若按年岁,如今也是个妙龄少女。陈中信有个同乡同窗,军中挚友,恰是小春都尉。

所以,小春都尉的女儿带着亡父之物,孤身一人,千里迢迢要去北庭,是要去祭她爹爹，还是要去收回爹爹的骸骨？

无论如何，他要拦住她。

李渭始终不忍告知她，当年小春都尉追击北宛沙萨多一部，一直追击到了北宛境土的曳咥河，最后全军覆亡在此处。如今去寻战场，怕是盔甲埋土，白骨缠草，哪里能分清是谁的尸骨，况且边境风吹草动，对军中都是如临大敌，她又哪里能过得去烽燧一线。

他看着她瘦弱的肩膀在颤抖，给她指条明路："若有人肯在军中通融，请伊吾刺史遣使前往北宛国收亡将骸骨，不过是一桩小事，必能如愿。"

他指的是她的舅家和靖王府，不过是轻飘飘在军中托付一句话，何须她千里迢迢舍身前往。

她摇摇头："没有人愿意这样做。我没有兄弟叔伯，这世上除了我，大概没有人还惦记我爹爹，我想把他带回家。"李渭长久地盯着屋檐角的白灯笼："我替你想法子，你不可再西行，太危险了。"

"谢谢大爷……"春天咬咬唇，等胸膛内的酸涩渐渐退去，揉揉眼睛，蒙头往前走去。

长留还咳着，连日下来瘦得脸庞削尖，越发衬得一双眼睛又大又孤单，见春天回来："春天姐姐，你去哪儿了，一日都不见。"

长留怯弱，连日多赖春天照顾，渐渐对她有些依赖，挨着她身旁道："你饿不饿？厨房给你留了夜饭。"

春天的手掌在长留额头试了试，倒是不烧了，声音还有些沙哑："我不饿，你喝药了吗？"她一日滴水未进，尚不自觉饿，反倒去端长留的药碗。

隔日李渭带长留去弱水镇报丧，弱水镇西山村是李娘子本家，虽然同支亲眷皆已亡故，但仍有同宗同脉的远亲在。李渭是李老爹捡的遗孤，无亲无族，但遵从李老爹的意思，等李家人皆亡后，把长留作为李家血脉载入族谱。

李渭叮嘱春天："晚上即回，你在家中好好休息。"

弱水草场绵延数十里，也是甘州有名的养马场。春季马驹初生，小马驹只有半人高，嘶声清脆，生龙活虎地缠着母马在原野上奔驰，长留坐在李渭身前，望着不远处的马群，双眼熠熠生辉。

"赫连叔叔也给嘉言买了匹小黑马。"

"去挑个喜欢的。"李渭摸摸长留发顶，素来李娘子担心长留磕磕碰碰，只愿他规规矩矩，鲜少肯让长留骑马玩耍。如今李娘子去了，李渭怕长留久坐久思伤神，思想着要带他多动动。

长留欣喜不已，左挑右选，看上匹四蹄乌黑、全身雪白，正撒着蹄追随马群的小马驹。马倌赶着马驹出栏，正要上马套，后头奔出匹大眼长睫的小枣马，马尾高扬，隔栏挨着小马驹脖颈厮磨，十分亲热，轰也轰不开，拿马鞭也赶不开。

"好漂亮的小枣马。"长留伸手去摸两匹小马驹，"爹，不如我们给春天姐姐也买一匹吧。"

马倌在一旁笑："一匹六百文，两匹马才一贯，大爷，不如两匹一起带回家，两个小家伙也好做个伴。"

李渭点头，付了一贯钱，带着两匹小马驹回城。

到瞎子巷已天黑，家中仍为李娘子点着长明灯，听见马嘶，赵大娘和仙仙跑出来迎人。

李渭心中隐然觉得有些不对，赵大娘迎上来，首一句话便是："大爷，春天走了。"

"走了？"他双眉紧皱，"什么时候走的？"

"大清早就走了，我带着仙仙前脚出门去买菜，那时不在家中……"赵大娘叹气，"我前脚刚走，后脚春天就出门了，临去前还和巷口黄婶儿道别，送了一盒子糕点，说要寻亲去，还说之前和大爷您商量过这事。我买菜进家门一瞧，西厢已经收拾得干干净净，春天留了几样东西在桌上……"

李渭头疼，深深地吐了口气。

长留回过头看着他爹，担忧问道："姐姐会不会有事？"

赵大娘捧过春天留下的东西。

她替长留做了套衣裳鞋袜，给仙仙和赵大娘买了头钗，给李渭留了一张纸条，娟秀字体写出寥寥一句话：若幸归，再报君恩。

陆 玉门关

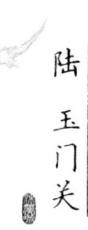

　　春天早在市肆买了毡毯马匹，又在车行雇了去肃州的骡车和车夫，河西女子出门行路多半穿胡服，尤爱珂罗国的服饰，故春天也换了一身胡装，梳起男子发髻，脸上涂抹了一番，让骡车载着她出甘州去。

　　春来诸事繁忙，出入城门者众多，亦有不少往返商队带领驮群叮当而行，春天就此混在人群中出城，往肃州而去。

　　车夫是个满面曲折皱纹的老哑人，一双挥鞭的手粗糙如树皮，咿呀呀地跟她打着手势，问她走哪条道。她唯恐再生上回红崖沟那样的事情，挑了条行人最多的官道，自己的匕首藏在袖底，跟着车夫一齐上路。

　　甘州距肃州大约四百里，普通骡马要行上六七日方到。商旅路人沿祁连山脚迤逦而行，这正是繁春时节，河西大地回暖，天幽蓝深远，山顶积雪晶莹，山中能望见一片新绿，杏花、梨花、柳花渐次开了，肥臀展翅的蜜蜂嗡嗡嗡追着香气忙碌，山下绿野如茵如毯，草丛中时不时扑哧一声，蹿出一只山鸡、野兔，官道上马蹄溅起的尘土飞扬，蚊蚋、马蝇在官道上飞舞，骡马、骆驼落得个不耐烦，尾鬃啪啪地扫开一片。

　　路途总是漫长又无聊，哑车夫在沿路脚店打的烧酒，颜色浑黄，一文钱一壶，车夫咿咿呀呀指着酒壶跟春天比画，春天点点头，他时不时掏出来抿一口，而后闭上眼打个盹。

老马识途，无须人驱赶，闷着头在路上不紧不慢地走，饿了自己停下来啃路边青草，天晚自觉往路边脚店一钻，这样晃晃悠悠地走，眼瞧着身旁的高头骏马蹿出去偌远，行程比别人慢了大半。

路上有个芒鞋蓑衣的枯瘦和尚，乐颠颠地骑匹花色小毛驴，毛驴有时一阵小跑，有时慢悠悠地跟在行人之后，走走停停全凭自己心意，和尚眯着眼不管不问。

每日里春天总能看见他一两回，和尚笑眯眯的，慈眉善目，虽然看着衣衫褴褛，春天却看见他吃肉食荤，有时近来跟哑车夫道一声"阿弥陀佛"，讨口酒喝。春天朝他作揖："请问师父的德号上下？在何寺住持？"

和尚哈哈大笑："老僧名曰我，号我我僧，法寺修禅，人间修佛。"

春天不解，复问："大师从何处来，又要往何处去？"

"从有处来，正要往无处去。"她不知何意，和尚笑呵呵地指着官道，"从后路来，要往前路去。"

大概是个疯疯癫癫的老和尚，不等春天说话，挥着鞭子赶着毛驴一路笑声远去。

骡车简陋，四壁漏洞，尚且不能遮风避雨，一天只需一百文钱。沿途有四驾马拉着华丽香车气势高昂地奔驰而过，也有光脚村夫满面风霜地走在驮群中，春天看见个木钗粗服的年轻妇人牵着个蹒跚走路的男孩儿跟在骡车后，伸手一招，把妇孺两人牵上骡车。

她头上戴着风帽，只露出一双眼睛在外，妇人看春天的着装，以为是个少年人，神情有些拘谨羞涩，直至听到春天开口说话，方知是个女郎，神色松懈下来。

"呀，多谢多谢。"妇人接过春天手中的水囊，"原来是个女郎。"

"嗯。"春天把风帽解下捏在手中，微笑道，"这样出门方便些。"

"是呢。"妇人看春天年纪不大，只比自己小几岁的模样，却生得眉目如画，坐姿端庄秀气，颇有些不好意思地摸摸头上散乱的发髻，"这路上人多眼杂的，一个人出门是有些不方便……"

妇人怀中的小儿有张胖乎乎的小脸，胖乎乎的小手捧着水囊咕噜咕噜喝过水，仰着头好奇地盯着春天。春天从包袱里摸出几颗糖，低下身捧给小团子："给。"

"糖。"小团子还不太会说话，两只小胖手扑进春天怀中，软绵绵的肉感让春天开怀笑。

"包子。"妇人抱过小儿，去夺他手上攥得紧紧的糖，满脸红霞地对春天道，"哎哟，我家这小馋鬼，让小娘子见笑了……"

春天眉眼弯弯："孩子很可爱，姐姐真有福气。"

两厢这下亲热起来，妇人是肃州高台镇人，前两年嫁在外村，听说家里母亲病了，家里男人又不在，村里也没有骡子毛驴可以租借，索性自己抱着孩子走回娘家去。听说春天孤身一人要去肃州郡时，她叮嘱再三："酒泉县里满街都是旬休来喝酒的兵士，你见了可要躲得远些。"

她压低声音："特别是那群番兵，都是原先归顺的胡人，野蛮得很，冲撞了人反倒要捉住人家赔银子，连官衙都不敢惹。"又道，"还有在城西做买卖开店的胡人，多半是黑店，什么坏事都做，你要打尖住店，往城东去，我有个兄弟就在邸店做活……"

春天一一牢记在心，连连点头，正要问话，几匹高头大马踏着嗒嗒嗒的马蹄声从远处来，奔驰如电，转眼就已奔到眼前。马蹄扬起的一股股干燥尘土扑入鼻中，来不及躲避的路人被马上人一鞭抽至路边，跌在灰土里"哎哟"叫喊。有商人的马车受了惊吓，一路窜入骡群中，一时牲畜嘶鸣，场面混乱不堪。

骡子被声惊吓，扬蹄奔跑，车厢跟着颠动起来，孩子正舔着糖，咿呀一声被颠得要撞在壁角上，春天眼明手快地拦住他扑倒在前，眼前一黑，额头哐地撞在板上。

待众人回过神来，人马皆已绝尘而去，妇人又哄孩子又扶春天，看她额角凸起，泛红一大片，着急又内疚："小娘子，疼不疼？"

"没事。"她自个儿倒镇定地摸了摸，只是有点肿了。

被撞倒在地的路人扑扑膝上灰土，叫苦道："什么人横冲直撞，就算是飞马驿使也没有这样霸道。"

"好像是军里的走马使……"有人道，"这阵子总有走马使往来，怕是军里有什么事……"

"不是听说军里要削兵吗？"有人窃窃私语，"这几年天下大安，河西还屯了几十万兵马，听说粮草俸禄开销太大，朝廷有撤并之意……"

"那军里那些将领能肯吗？"

"削兵，哪里能削兵，听说凉州府这阵子在训练精兵，甘州的司牧监在向民间征马……"

"这又是为何？难道又要开战了不成？最近这几年路上都甚是太平啊。"

103

"玉门关最近盘查也严,路引要一张张盘查,假若人货牲畜有一点对不上,就要送到军里去受审……"

春天顾不得疼,坐起来听旁人说话,难道真如李渭所说,北庭要打仗了?

肃州郡东接祁连戍,西收瓜州,郡内驻有酒泉军,郡府设在福禄县,行至郡内渐有村庄人家,河边浣衣的妇人,悠闲吃草的牧羊,扎着双鬟的伶俐小儿抱着竹篮向过路客商兜售货品,篮子里多是些草药瓜果,不知名的鸟蛋,山中河水冲下来的好看玉石,甚至还有卖一种红色胭脂花,捣碎了装在陶罐里,红艳艳的能染指甲,也能抹嘴唇。

妇人抱着孩子在半路下了骡车,挥手向春天道:"好妹妹,可记得我说的话,路上小心些。"

春天点点头。

肃州是河西四郡之一,但军政不如凉州,富庶不如甘州,文化昌明不如沙洲。这里原是胡人旧地,前朝时期终于纳入中原版图,风华正茂的翩翩勇将在此地受赏封侯,将皇帝御赐的美酒撒在泉水中与士兵共饮。

大概每一个士兵将领的心里,都有一座这样的城。金戈铁马,沙场点兵,了却君王事,而后葡萄美酒夜光杯,万里觅封侯。春天记得,当年爹爹走的时候就是如此,他对娘亲说,等我功成名就,衣锦还家,长安城里会有一位春樾将军,你会成为风光的将军夫人。

其实衣锦归乡者少之又少,更多的是白骨埋在无定河,埋在春风不度的玉门关外,没有人知道,没有人记得。

肃州城坐落于祁连山脚下,沿路青葱渐稀,生机远不如甘州。青黑山石沉甸甸地压在眼底,砾石满地随风滚动,一蓬蓬骆驼刺和芨芨草拢成半圆,东一簇西一簇,骆驼从远处抬起头来瞥一眼路人,又勤勤恳恳地低下头嚼着草料。再往肃州西面走,慢慢满眼皆是荒凉的砾漠和沙碛,黄沙遍地,荒野萧条,走上一日半日才有绿洲清泉,玉门关外新绿不及,刀刃雪亮。

肃州城不大,既不威严,也不阔丽,屋舍街道灰扑扑的,有些破旧,处处透露着粗犷又干燥的气息。城里纵横几条大街一目了然,饮食多半是羊肉汤饼之类,做得粗糙,城里沽酒铺子甚多,家家都卖一种汉武御的烧酒,此酒醇香柔和,听说是汉武帝赐给霍去病将军的那杯御酒。此外瓜果甚甜,冰冽的葡萄酒风味最佳,来往多有戴盔披甲的士兵拉着大桶来买酒,也有醉醺醺的大汉卧倒在路边酣睡,普天下大概没有一个地方能像酒泉这般,喝酒喝得如此理直气壮。

春天想了想,让哑车夫往城西投店去。城西房舍杂乱,污水满地,是贫民胡人和过路行商停居之所，有专卖出行之物的驮市，例如骡马骆驼、驮架粮草之类。她曾翻到过舅舅书阁里的一本藏书，是几十年前一位商人的西行记，说肃州驮市里有种鬼市，善渡沙碛者会收敛沙漠中死人的衣服兵器，随身所带的银钱佩饰，或者无主的货物牲畜，也有做路证的买卖，例如官衙通缉的犯人，没有路引出关的商人，可以由引路人偷偷带出边哨关卡。

她在驮市附近找了家胡店，哑车夫拉住她，咿咿呀呀地指指城东处，春天多付了车夫车资："我知道，我会小心的。"

店主是高鼻编发的胡人，只有夫妻两人在店中，店小屋破，难得有客上门，瞧见春天在门外，早已掸掸桌上灰尘，满脸堆笑地迎上前："这位小郎君，里头请。"

她跟着店主慢吞吞地走进店里，正近晌午，店主妇人切下好大一块白水煮羊肉装盆送来，一小碟粗盐，就着羊杂汤而食。

春天吃过这样的羊肉。在甘州，李渭领着她和长留、仙仙出去采买年货，在胡食店里，李渭用手撕肉，一层层裹上粗盐、葱薤、芫荽递给她。她那时还愣了愣，在他满是油腻的手里接过羊肉，皱着眉头，用手捧着咬下去，瞥见他黑睫遮住眼睛，露出个微不可见的笑容，一时自觉尴尬不已。

如今自己一人，却要生出一股豪气冲云、开怀大啖的骨气来，难免有些小小的挫气。她勉强吃完，又要了间临街客房，已做好被店主大宰一顿的准备，账算下来，比别家邸店贵了五十文钱而已。

她不由得叹了叹气，在这边陲之地，五十文钱就足够一人一日的吃喝温饱，多五十文就变成了黑店，在长安，拿五十文钱赏跑腿的使女都能换个白眼。这世上，凡百事，欲凭礼义总须财。

店主人收了钱，喜笑颜开，亲自送了茶水点心上楼，春天问他各种西行用具应去哪儿采买，店主人上下打量她道："小郎君要去何处？"

"我要去北庭。"伊吾道通畅之后，往来西州北庭者众，但孤身一人，还是个年轻女子的倒不多。

"所需用具、干粮清水、马匹毡毯，驮市都能买到。"店主人一一指点，这种时节该备何物，该备多少，巨细靡遗都说来，她索性跟随店主人去驮市相看。

一路所闻不假，河西良马紧俏，驮市马匹价值上涨许多，原先一贯钱能买一匹普通骡马，现在都涨至两贯，一匹草原健马，要卖到数十贯钱以上。又听说玉门关卡甚严，商旅颇有怨言，一些大驮群的粮食行客已不让出关，滞留在玉门关内。

春天心内焦急，又无可奈何，然而她在邸店住了六七日，并未见到什么鬼市，自然也是没有找到什么引路人。她费尽力气弄到的过关路引，跟着行李丢在了红崖沟，如果因此无法西出玉门……大概，她会一直在这里等下去……

北地葬俗从简，除富豪乡绅之家，并未有做百日道场、大兴斋醮的风气。春天去后几日，李娘子的灵堂已撤，家中只点了长明灯，主屋的门窗洞然，李渭和赵大娘正检点家中箱箧，多是些李娘子的衣裳首饰、日常用具，还有长留儿时的小衣小褂。

长留偎依在李渭身边，看着赵大娘将他娘亲病中的旧衣裳检点出来焚烧，心内百般难受，李渭拉着他的手："想留点什么，自己去拿。"

长留泪眼婆娑："都替娘留着吧。"

"你心里要惦记着你娘，但不能日日夜夜惦记。"他道，"人要为活人活，不为死人活。"

两天后，李渭揉揉长留的头发："阿爹去把你春天姐姐追回来。"

他把长留送去陆明月家暂住，只是说："只暂住几日，等我回来接他。"

他大概没有料到，他会走那么久，久到能改变自己一生的际遇。

陆明月揽着两个孩子："你放心，我把长留视为己出，绝不会亏待他。"

长留仰着圆溜溜的眼，看他爹即将上马："阿爹，早点回来。"

"好。"他拍拍自己儿子的脑瓜，"等阿爹回来，带你去书院拜师。"

赫连广站在门外，抡给他青皮包袱，李渭走过去，拍拍他的肩，笑道："一家妇孺幼小，俱交给你了，让我放心些。"

"你自然放心。"赫连广眼下乌黑，腮边犹有一道被指甲戳过的划痕，闷声闷气，"一屋子小祖宗，我都好好伺候着。"

"不要把人欺负得太厉害。"李渭爽朗大笑，"是你的，总归会到你手里。"

成衣铺子里，春天换好珂罗国男装出来，店里环佩叮当，露着雪白腰肢的胡姬瞧着她咯咯一笑，艳红的指尖在她软绵绵的胸脯上轻轻一戳，一条雪白的宽巾子扑在她两靥生红的脸上："不束胸，照样看出是个女儿家。"

春天在李家养了数月，只觉自己身量长了些，被胡姬这么一戳也有些后知后觉，捂着自己胸口满面羞涩。

珂罗国的衣裳重色，喜用红绿，色泽艳丽，对襟窄袖，长裤高靴，便于骑马。胡姬帮着春天装扮成少年郎，对镜一瞧，惨绿少年，英姿勃勃，胡姬笑道："这样才好看，走在路上也方便些。白日沙碛炎热，戴上风帽遮阳，夜里风大寒冷，裹上毡袭就好。"

春天连连道谢，购了衣物暖袭等物。店外此时响起一阵阵喧哗，原来是城门处打死两个平民百姓，有人说是潜逃的犯人，也有人说是装扮成寻常百姓的北宛人，一时满城戒严，人人自危。

等到春天在邸店住的第十日，店主人看她鞍马粮食俱备，却尚无一丝动身的打算。这日在马厩喂完草料，后院清净无人，店主人凑至她面前，笑问道："小郎君是不是要从玉门出关？"

"是。"

"那……要走路还是要过河？"

她眼睛瞬时放亮，问道："走路怎么走？过河怎么过？"

"嘿嘿，这个嘛……"店主人放低声音，比画道，"自己两腿走路，过河当然是有人帮着搭桥……"

春天了然于心，慢声问："店主人能帮我过河？"

"不不不，小的是本分生意人……"他佯装站起来要走，春天从怀里掏出一贯钱，塞入他手中："请店主人指条明路。"

是日店里来了个瘦小精悍、做商人打扮的黄脸中年汉子，店主人指指春天，两人私下说了一回话，中年汉子走过来，操着一口浓郁的关中口音道："要出关？"

春天点点头。

"一百两，我只管带你上路，能不能顺利出关，那看你的造化。"

她身上通通也只剩这么多钱，当下深深吸一口气，还未开口承应，店主人怕她嫌贵，忙道："现在玉门关不比以前松泛，盘查严得很，这营生可是冒着掉脑袋的风险，一百两，价钱再公道不过。"

春天应了，付了定金，又付了店主捐资。

隔日店主人带着春天出了城门，中年汉子已在城外等着，车上下来个跟春天身形相差无几、婢女装扮的少女，脱了自己衣裳与春天换装。

中年汉子原来是关中一个贩漆器的小行商，一人带着几匹骆驼，一仆二婢往北庭去。春天换了婢女的旧衣裳坐上马车，行李皆藏在车中，同车略年长的婢女指点她："一路上遇见官兵衙差盘查，不许说话，神色放松些，莫太紧张。"

她点头称是，婢女又觉得她面色过于白皙，拿了脂粉替她抹黄些，尽量显得不起眼。

驮马一路向西，路边景致越来越荒凉，触目空茫，远远望不到一丝绿色，眼底的芨芨草和沙草都是灰扑扑的色泽，高高的土岭孤单伫立，风在地面乱窜，呼啸着带出尖锐声响。

路过方盘城暂歇一夜，同车婢女大概是主人的一个侍妾，并不与春天同睡。邸店都是黄泥夯的屋子，窗门半夜被风吹得吱呀吱呀响，她听了一夜风声，次日上车，心中忐忑越来越强，恨不得一步蹿至玉门，早日到伊吾。

行了大半日，远远看见一座高耸夯城，矗在一望无垠的荒野中，连绵瞭楼隔挡着这里与那里——这里是春夏秋冬，那边是刀剑风雪。车马骆驼越来越多，人也越来越多，各色面庞语言混在一处，嘈嘈切切，四周都是骑马带枪、大声呵斥的士兵。

关卡过检尤其缓慢，前头队伍一点点挪动，身边的婢女一直低声同春天说话，指引着她什么该做什么不该做。她坐在车里，恍如心生双翼，跟风一道钻出那小小的、明亮的关门。

等了许久许久，马车停下又走动，走动又停下。从长安来，走走停停，她已走了三千里路了，走到那小小的关门时，多年的心愿总算触手可及了。

春天微微低着头，直视着马车上一片破旧的踏板，马儿扬着尾巴驱赶着身上的蚊虫，守城士兵慢条斯理地问话，几个人，从哪儿来，去哪里，多少货物，——都对上号，手一挥，让驮队过了关。

马车继续向前滚动，塞北的风从关口灌进来，鼻子里满是风和尘的气味。她松了口气，抬起头来，只见眼前夕阳如血，浩渺的、无边的、绵延的漠北像画卷一样在她眼前展开。

初从长安出发，她处处惊惶如惊弓之鸟，但一路咬牙含泪走下去，竟让她九死一生走到了河西，她从来没有想到自己会走得如此远。

马车后有脚步声，男人大步迈过来，突然一只大手扣住她的肩膀，把她整个人顺势一拉，从马车上拽到地上。她正沉浸在无边的幻想里，冷不丁被这么一夺，尖叫一声，天旋地转地落在平地上。

她的心紧张得都快跳出来，酸甜苦辣被男人一拽，顿时不知什么情绪。站稳一看，拧着她的青年男子一身灰衣，血色夕阳照在他侧脸上，衬得他眉目如墨，眼瞳如曜。

这人她是认识的。

春天看到男人的瞬间有些呆愣。

彼此离得太近，她第一次看清李渭有双深邃又沉静的眼，也看清他眼瞳中的自己，一脸且喜且莫名，又惊又吓的无措表情。

"我在此地等你好几日。"李渭松开她的胳膊，脸色终于松泛，抱手而立，嗓音有一丝收敛的愠怒，"你若是再不来，我当你又在半路出事了。"

李渭晚了五六日出门,哪有空晌一路搜找,掐算下时间,料想春天人生地不熟,没那么快能出玉门,索性策马直奔、日夜不停地赶到玉门关,企图赶在她出关前拦下她。哪知好几日也不见她的踪影,想要沿路去找,又怕中途擦身而过,正等得按捺不住的时候,偏偏瞧见了。

"大爷。"她心中五味杂陈,"大爷,你怎么来了……"

城门处一个身形枯瘦、满脸沧桑的兵将走来,喊了声:"是她吗?"

李渭转身,朝他颔首点头,指着带春天出城的那名商人:"那边就莫太声张。"

"我晓得,等盘查完了,打罚一顿就是。"

这是看守玉门关隘的火长严颂,他眯着细长双眼上下打量春天:"这就是小春都尉的闺女?"

"是。"李渭苦笑。

"可是让你一番好找。"严颂摇摇头,冲她道,"侄女儿,你这又是何苦呢,小春都尉都死了七八年啦,我也快忘记他的模样……"

这个人,这个人认识她爹爹!

"大爷,你认识我爹爹?"她睁大眼盯着严颂。

城门有人喊话,严颂回头一看,把话憋回,拍拍李渭肩膀:"你先带她回方盘城,你嫂子在家等着呢,明早我再回去。"

李渭点头,对着春天轻叹一口气:"回去吧。"

驮队连人带货被士兵押走,春天一时沮丧万分,她只有这么一个小小的心愿,将父亲的骨骸带回家中。明明已经走出来了,站在这塞外的土地上,终究要回去,回到哪里去?

她不肯走,步子钉在原地,声音又急又哽,在李渭背后冲他喊:"大爷,我不想回去呀!"

李渭吓她:"再不走,等守城镇将出来巡查拿你问话,没有路引私自出关,不仅你要掉脑袋,带你出来的商人也要被砍头,严大哥和我俱要治罪,你要不要回?"

她咬住唇,泄恨般跺脚,跟在他身后,城墙下有个小角门,士兵把门打开,李渭带着她进去,走过昏暗的通道,追雷看见主人出现,蹄声嗒嗒地跑过来。

春天骑上追雷,李渭牵着马缰走在前,夕阳半落,天色灰蓝,苍鹰展开羽翼在其中翱翔,他回头看了她一眼,春天神情委顿。

他慢声道:"你爹爹大概战死在曳咥河附近,那一带如今是北宛人的游牧之所,离甘露川犹有八百里,你要怎么过去?再者,边境形势紧张,近来两边摩擦不断,或早或晚,朝廷都要跟北宛打仗的,你这样出去就是去送死,知道吗?"

她无力道:"知道,多谢大爷提点。"

两人一路无言,李渭牵着马往方盘城走去。夕阳已被大地吞噬,夕光微弱,冷风渐起,天上苍鹰的清啸声和地上的马蹄声相随,李渭再看她,却见微弱暮光下,春天偷偷捏着衣袖在揾泪。她穿着身窄袖青衫裙,梳着婢女常见的双丫髻,哭得悄无声息,像哪家受了委屈、默默忍气吞声的小娘子。

湿漉漉的脸被泪水冲出一道道泪痕,把先前抹的黄粉都冲去了,他才惊觉她生得这样白,暮色里脸庞泛出羊脂白玉一样的光泽——这应该是个养在锦绣春闺、帷帐深处的娇女,如何出现在这黄沙狂风、四野荒漠的边塞之地?

男人见到女郎流泪,十有八九是要心软的。他琢磨着让她止住哭泣的法子,样样都不合身份,前头沙棘丛里蹿出一只灰色的野兔,他沉吟片刻道:"这个时候兔子刚抱窝,最是可爱,你喜不喜欢兔子,我给你逮一只玩?"

二十八九岁的成年男子和十六岁的少女之间,隔得太远,差得太多,大概也没什么能闲谈的话题,春天收住眼泪,好一阵才闷声回道:"大爷是特意出来寻我的吗?"

"是。"

"大爷是好人,怕我再有个三长两短……"她吸吸鼻子,"这回我不领大爷的情,你不该来的。"

李渭苦笑——他偏偏来了。

为什么要来?大概是第一次见她的时候太过诧异,怕她再死在路上。老实说,他没见过这么小的女孩儿在垂死的时候,还能有力气咬一口救她的人。

临近方盘城,春天方止住眼泪。严颂一家如今住在方盘城内,严娘子最是个爽朗人,家中女儿早已出嫁,剩下一个十七八岁的小子也在敦煌县里做事。屋里点着明灯,严娘子听见马声,拎着灯笼出来,瞧着李渭带着个少女回来,知道是男人们嘴里说的小春都尉的女儿,笑盈盈上前:"人这是找着了?"

她牵着春天进屋:"我的好女儿,你这一番孝心让人佩服,但如何能一个人跑到那胡地陌土去,又没有路引子又没有亲眷,你可不知其中凶险……"

春天伸出衣袖,揉揉被风吹硬的脸,声音沙哑着给严娘子行礼。严娘子收拾干净炕头,把春天推上去坐,自己风风火火地去厨房炒了几道热菜,又从地窖里抱出一坛酒给李渭:"论理说是弟媳的热孝,不当喝酒,但你来嫂子也不能怠慢,今日喝一杯就收了吧,剩下的等明儿你大哥回来,你俩好好喝一盏。"

李渭应诺，三人对案吃饭，李渭把严颂和严娘子都给春天介绍一番。严颂多年前在瓜州合河镇戍边，李渭入墨离军前，也曾在合河镇待过半载，那时正在严颂营队之中，因缘巧合，两人结下深厚情谊。

次日上午，严颂从兵营回到家中，还带回来了春天的马匹和行囊，连同那一百两银子折成的茶券子，一同还给了春天。

"带你出关那人是个携私的惯犯，打一顿轰回原籍了。"严颂对春天道，"庆幸你遇上的是个心肠不算坏的，若遇上别的，出了玉门关抢了你的钱物，直接把你扔在沙碛里自生自灭，那可是叫天天不应，叫地地不灵。"

他说起与小春都尉的始末："我在合河镇戍边十多年，原本和伊吾军没什么关系，小春都尉初去北庭，先去伊吾县，后来才调往甘露川。当年我去伊吾办事，不小心冲撞了伊吾的一位果毅将军，这位果毅将军是韦家的远房亲眷，仗着当时韦大都督的名号，骄横跋扈不可一世，捉着我要砍我脑袋。"他摇摇头，叹口气，"当时小春都尉任着个不起眼的小职，满堂人都噤若寒蝉，他却站出来替我释罪，救了我一命。"

"后来但凡有机会，我便请小春都尉喝几杯。"严颂算一算，"那几年间，统共也就和他见过三次，喝过两回酒。小春都尉面皮生得白净，越喝脸越白，醉了也看不出来，说话也是斯斯文文的，嘿，说家里夫人最是貌美贤惠，还有个千金宝贝的女儿，我们起哄说见不着弟媳，哪知貌美不貌美，小春都尉信誓旦旦说，下回旬假把娘俩接来，喝到最后，咚一声倒了。"

他看着春天，叹道："没想到，小春都尉的女儿都这么大了。"

"再后来，景元六年，甘露川迎战北宛，小春都尉就这么没了，尸骨埋在胡地，一直也没带回来，军里连个追封抚恤都没有。"他叹口气，"我们这些人跟着朝廷出生入死，又有什么用，总归是人微言轻，就算想替小春都尉抱不平，也什么都做不了。"

春天脸色沉沉，胸口起伏，不知悲喜，严颂喝一口酒，接着说道："今年年初，李渭托信于我，打听我与小春将军一事，我心里还诧异，从来不曾有人问过这些。"他看着春天，"小侄女，叔叔有一句，人死则死，活人的日子还是要过，你年纪尚小，能有这样一番心意已是难得，小春都尉在天之灵看你如此，也会觉得欣慰。走到玉门心意已到，你就跟着李渭回去吧。"

严娘子在一旁听了故事始末，搂着春天在怀中安慰："你离家这么久，家里人该多担心啊，你娘只你一个女儿，大半年不见，还不知怎么哭断肝肠呢。"

春天勉力笑道："是啊。"

李渭在旁饮着素酒，看她面色越来越差，眼里光芒越来越黯淡，不见一点泪光，却满装着执拗和坚强。

这日夜色如梦，月亮大而圆，星子繁又亮，春天未合眼，这样的夜晚，实在难以入眠。

夜深人静中，李渭敲开她住的屋门，月光和星光像银水一样泻进来。他站在其中，星子都落在他肩头，月色都在他眼中，他带着满身光芒，像月光一样走进这间低矮的寝房，抓着她的包袱抛在床上，同她道："夜里风冷，换身合适的衣裳走。"

她问："去哪儿？"

李渭道："我带你去你想去的地方。"

她急忙换好衣裳冲出来，李渭牵着两人的马等在外头，让她噤声，两人静悄悄出了严家，沿着条荒凉小径向北而去。

春天有点慌："我们要去哪儿？"

"往北走。有条葫芦河，我们要在天亮前过河，偷渡玉门关。"

"你走了，严大爷和严娘子怎么办？那长留要怎么办？"

李渭翻身上马："我留了书信给严家，请他们转交陆明月，让长留在她家多待一段时间，快的话，两三个月就能回来……"他停顿了下，默然道，"送你这趟后，以后我再也不走马了，在家安心陪着长留。"

她是他护送的最后一趟驮队，只有一人一马，却跟以往都不同。

春天满包袱乱翻，最后掏出她所有的银钱，递给他："这是我所有的钱。"

李渭仰头哈哈大笑。

两人骑在马上，月色是如此令人沉醉。她从来没有见过这样的夜晚，大地荒凉，冷风呼呼地刮着，天幕好似一片琉璃，灰得发蓝，月亮大如轮盘，嫦娥的宫殿、吴刚的桂树清晰可见，星子亮得惊人，一颗颗，一片片，伸手可摘。

从此她的梦里都有这样绚烂的夜色，日、月、年，乃至一生，永不磨灭。

李渭前脚离开甘州不过几日，后脚曹得宁就来瞎子巷敲门，只因收到段瑾珂来信，让他去寻春天问些消息。他带着家仆匆匆赶到李家，只见门扉紧闭，只有赵大娘在，一问才知，春天在数日前已离开甘州，李渭也追随而去了。

曹得宁一拍大腿，唉声叹气："这下糟了。"

长安靖王府。

岁官已经四个多月，长得白白胖胖，一双眼睛尤其灵动，滴溜溜地跟着人转，咿咿呀呀地挥着肉嘟嘟的拳头跟人打招呼。

王太妃只得这么一个长孙，心疼得跟什么似的，每日含饴弄孙，连靖王都冷落了。岁官长到现在都随王太妃住在天水阁里，三四个奶娘、七八个嬷嬷里里外外围着。

薛夫人怀胎生产吃尽苦头，这几月才渐渐调养好，脸色慢慢恢复从前。靖王年后想方设法为她求个侧妃的封号，她却丝毫不肯受，吃穿用度全依着以前的规矩来，也没挪屋子，仍住在荔嘉阁内。能下床走后，她照例每日低眉顺眼地去给王妃、王太妃请安，或者跟着乳母嬷嬷们去看顾岁官，此外一点闲事都不肯沾，偶尔外人使点绊子，也是忍气吞声不声张。

王太妃冷眼看这个薛夫人，虽然是个小门小户出身，妇德品行上有亏，好歹没什么坏心肠，也知安分守己，不招人厌烦，所以也渐渐默许她顶着这个侧妃的头号。

荔嘉阁建在水榭之上，原是与靖王书房相连的几间净室，虽然清净，却只得三间小阁子，当真是逼仄得紧，连仆婢守夜的值房都没有。奈何薛夫人不肯挪屋，靖王想想也罢，离自己的书房只有几步路，每日里过来也方便些。

海棠绯红罗帐最是应景，呵气轻扬，飞花如雨，将落不落，最是旖旎。荔嘉阁屋子小，又是水榭，一点声响都藏不住，罗帐上金钩随着帐子的起伏摆动轻轻颠簸，发出小小又清脆的声响，薛夫人的哭音颤又弱，像香猊上的含情香，袅袅娜娜，要断不断。

靖王对女子，偏爱那等娇弱柔媚、春水荡漾，小鸟似的依偎着他的。薛夫人就是如此，她太娇弱，太天真，娇弱得让人心生占有，天真得让人欲以呵护。

次日晨起，靖王神清气爽，薛夫人挣扎着起床替他穿戴衣物，怯怯地、又满怀希望地问他："王爷，有妞妞的消息吗？"

靖王正盯着她胸口的红痕，兀地回过神来："我外头还有事要办，你再睡一会儿，母亲那边，今日的请安就罢了吧。"

靖王站在屋外，呼出一口气，往书房走去。

书桌上搁着封信，他昨日读过，又拈起仔细看了遍——信出自段瑾珂之手。

靖王十分愕然，谁能想到，一个十五六岁的深闺少女，到底受了什么人的撺掇，跑到三千里外的河西去，还要出玉门关去北庭，这一路，她是怎么办到的？薛家是怎么教女儿的？

薛夫人小字淼淼，淼淼留在薛家的这个女儿，为了王府颜面，对外声称是薛广孝的幼女，薛夫人的侄女。这个女儿，靖王多半是回避不见的——霸占了一个女孩儿的娘亲，他靖王脸上，总觉得没甚光彩。

前年年末，薛夫人曾怀过一次胎，还不曾宣扬出去就小产了。靖王府多年无出，他心内总是有些凄然，又心疼薛夫人，所以将她安排在园子里静养。有回府里来了个术士，算了一卦，说他近年必有子，果然去年三月，薛夫人又怀上了，他一时欣喜若狂，小心翼翼安顿上下。

这边淼淼还躺着安胎，那边，四月里薛广孝结结巴巴上门来说，人丢了。

原是那日曹氏带着家中儿女去庙里烧香，半道春天身体不舒服，曹氏让家里老仆送回府里去休息，等一家人回到府里，人已经不见了。丫鬟婆子以为春天跟随主母出门烧香去，在外的人又以为春天已经回到家中，找了好几日都没寻着，这才慌忙到靖王府来问。

靖王一开始瞒着薛夫人，派人在长安城里里外外去找，长安城那么大，找了许久也没消息，后来不知谁走漏消息给了薛夫人，薛夫人一听女儿失踪，当场昏厥过去。

后来有了线索，说当年薛夫人曾住过的那间宅子，里头住的人家曾见过这么个少女，进来坐了会儿便走了——那是薛夫人出嫁后，跟当时的丈夫春樾赁租的屋子，也是春天出生的地方。

再后来，查到从靖王府送出给薛府的首饰流落到了当铺里，知道她私下换了银票，又买了马匹行囊等物，还买了一个老仆，但是没有路引，她是怎么出门去的？

后来找到那名曾被春天买下的老仆，老仆昏老，已然回了乡，只说在长安城跟着春天，有路引通行无畅，直至秦州，一日外出汲水，回来已不见主人身影，寻了两日无所获，懒于报官，索性逃回了乡。

秦州往前，就是连绵的陇山和奔腾的黄河，派人再去寻，有些消息，但似真似假，查来查去，最后也没查出个所以然来。但有一点可以断定，这孩子是自己走出门去的，不是受人胁迫。

薛夫人知道后，几日失神，失魂落魄地跟他说："我知道，我知道妞妞嫌我，嫌我扔下她不管，嫌我忘了她爹，嫌我苟活委身他人……"

当下不管不顾，非要寻死觅活，肚子里的孩子，差点又夭了。

那是他的孩子！

靖王气得七窍生烟，一肚子怒气也不知向谁发作，薛夫人是有身子的人，如何能禁得起这样的折腾。她这个女儿，就算他挖地三尺，也要把她找到，好好送到她面前去。

但会不会半路遭了什么横祸，遇了什么灾，不然如何一点消息都没有呢？就算死，怎么连尸首都没见到？

然而谁能想到，突然又在河西出现，长安离之三千里，她是怎么走过去的？这事，谁能干出来？

靖王心思一转，想起当年一件小事，有些哑然失笑。这小女郎，会不会是去北庭替她爹收尸了？

淼淼先头嫁的那个丈夫，他是知道的。两家是旧相识，淼淼爹是个颇有学问的腐儒，可惜人不知变通，一辈子都窝在长安县里抄录文书。男方是薛府的邻里，也在长安县衙里任个小小的文官，后来入了行伍，算起来死了七八年了，淼淼心里多半也是惦记的。

如今好不容易，淼淼的心思放在他身上了，又生下了孩子，若是这事又让淼淼勾起些旧日情分，要闹着做些什么，这就有些难看了。

段瑾珂信上所言，他要如何跟淼淼说呢？

方盘城西北十里有葫芦河，河水是祁连山中冰雪所融，暖春四月，河水犹且冰冽刺骨，两岸胡桐树盘根错节，蔚然成荫，翠杆白须的芦苇稠密成林，月下远远望去，好似一片轻薄霜雪，随风飘飘扬扬。

李渭带着春天踏马穿行其中，芦苇挺拔，人和马俱淹没其中，淡淡的草木清香混着河水冷冽又潮湿的气味扑面而来，酣睡中的沙鸡被马蹄惊扰，嘎的一声扑腾羽翼，掠过低矮河面蹿入芦荡深处。

"这里河岸紧窄，芦苇又密，可以驱马过河，也不易被人发现。过河之后，往西北五十里翻过常乐山，山岭后面就是常乐县。"

李渭掉转马头面对她，郑重道："常乐县驻有守军，我们不能进城，只能在村野过夜，再北行百里沙卤，就能看到往伊吾去的官道，沿着官道一路至伊吾后，再想办法进入甘露川。"

"没有路引，我们随时可能被沿路驻军追捕或者杖杀，此外路有匪徒、流沙、热风、疫病，我们要过大漠、枯河、荒原、雪山，前途叵测，艰辛万分，并不是你能想象的。你——想好了吗？"

她不觉有多可怕，月光照着她沉静的面容，笃定回："想好了。"

"那走吧。"李渭把自己的马鞭递给她，"河水湍急，你抓稳了。"

月色明亮，水流如银练，奔腾喧哗，身下马儿战战兢兢，他牵着她，她紧紧抓着鞭梢，跟着他一步一步往河的对岸行去。

这个季节，夜里有鸣虫缠绵，长长短短，高高低低，芦苇随风，波浪连绵,他们必须快走,在天亮前躲过烽燧上的烽子,藏入千仞万壁的常乐山。

马上驰骋,起初还有连绵芦苇,挺拔胡杨,婀娜红柳遮挡视线,越往后行,春色越凋敝,平原开阔,颇有"星垂平野阔,月涌大江流"之感,只是江水换成了脚下绵延无际的杂草矮木。

春天骑术自然不如李渭精湛,早已是汗流浃背,额发全湿,被裹风带沙的冷风一吹,额角全是灰土。李渭带着她走走停停一夜,总算在晨晓前钻入了山中。

常乐山连绵百里,寸草不生,山势陡峭,上无飞鸟,下无水泉,山中全是风化碎岩,一脚踩在坡上,脚下石块顷刻碎成齑石,滚滚而下。李渭寻了处隐蔽的山坳,找了块避风的斜沟拴马,对春天道:"在此暂且歇歇。"

春天约有数日未曾好眠,一夜奔波早已是筋疲力尽,精神全无。她哪有骑过一夜快马的时候,双腿坐在马上早已肿胀发麻,稍稍一动针刺似的疼,只是一直忍着没有发声,此时跟着李渭逞强,如何也下不得马来。

李渭看她眉尖若蹙,眉心一丝隐痛,迟迟不肯下来,心下有几分了然。本朝人久居平原,不比他族能久在马上驰骋,然而她既然下定决心要走,那这个苦头,早晚都是要吃的。

他伸手去扶她:"下来吧。"

春天嗫嚅着唇,紧皱眉头使劲儿摇摇头。

李渭明了,伸手执着道:"再痛也要下来,坐得越久,后头越疼。"

她咬着唇,颤颤巍巍地抓着马缰要往下跃,发红的脸庞蹙得皱巴巴的,李渭手中的马鞭腾空甩缠在她腰上,只轻轻一拉,她便往马下跌去。春天全身上下吃痛,轻呼了声,却也没跌在地,轻飘飘地被李渭攘住肩头,拧起。

李渭大步迈开,把她甩在毡毯里,两手一裹,把她包得严严实实。只见毡毯里的她一番挣扎翻滚,连连抽气,露出张灰扑扑的小脸,唇色青白干裂,他自是神色淡定,语气温和:"你好好歇着,我去弄点吃的。"

春天裹在温暖的毡毯里,哪里还管得了其他,眼皮黏胶,不过顷刻就已昏然睡去。李渭回来时,见她全须全尾地包在毡毯里,裹得严严实实,不留一丝缝隙,肩头起伏,正睡得天昏地暗,不禁摇头笑了笑,自去忙碌。

她不知睡了多久,一觉沉酣,再睁眼,天光大亮。明晃晃的阳光照在土黄暗红的石壁上,蓝天阔远,身旁纱纱青烟,一抔小小的火苗上架着只黑漆漆的小铜盂,盂内烧着热汤,里头沉浮着几根不知是什么植物的茎叶。

"是一种甘草,入汤微甜,能补益强身,对你应该有些好处。"李渭靠在石壁上削枝木,抛过来块胡麻饼,"撕碎了浸在汤里吃。"

胡饼虽然焦香，没有佐食，干嚼颇有些难以下咽，春天点点头，撕了半块胡饼递给李渭："大爷吃过了吗？"

李渭点点头，春天坐得笔直，伸手取食姿势柔美，拿放都有规矩，咀嚼静然无声，显然是受过良好教养。李渭以前不曾注意，今日看她吃饭，也觉赏心悦目。

火苗熄灭，他推开灰堆，从土里翻出三个小小的椭圆灰斑蛋，拨到春天面前："草丛里找到个巢，可惜沙鸡跑了，只留这几个蛋。"

"好小的鸟蛋。"她低眉顺眼地去捏鸡蛋，鸡蛋余温甚高，不留神指尖被烫，她"呀"的一声从毡毯里跳出来，在地上跺跺脚，哪有刚才仪态端庄的模样。李渭不觉自己笑了，春天这才发觉自己失态，把手藏在身后，讪讪地绷着脸。

吃完干粮，李渭把灰堆打散，两人往深山行去。追雷原先是祁连山中的一匹头马，甚通人性，不用牵引，自觉领着春天的坐骑跟在主人身后。

两人愈往山中行，路愈坎坷，风不知从哪个缺口灌进来，在山壁上刮出吱吱的摩擦声，满地碎石滚动，几丛沙棘缩头缩脑地钻在脚下，李渭带着她七拐八弯，转过一片山壁，眼前突然出现一条隐蔽狭小的幽长山口，烈风哧哧啦啦地蛇窜其中。

"这是北风钻出的山口，穿过这条山道，就到了常乐县。"李渭挡在她身前，"小心头上滚落的山石。"

两人在风沟中逆风行了半日，前路渐渐开阔，春天闷着头跟在李渭身后，在他的指引下抬眼，原来已经走出高峰陡峭的常乐南麓，眼前山丘连绵低缓，草木丛生，常乐县就在山丘之后。

常乐山南麓极旱，北麓却有一条祁连山冰雪消融流淌而下的季河，形成的一片绿洲。正是盛春，满地野草蔚然如毯，细小花朵藏于枝叶之下，风拂额面，苍穹辽阔。起初只觉闲适悦目，穿行半日，这才体会其中痛苦。天无朵云，地无庇荫，烈日颇炙，烤得人口干舌燥，汗流浃背，被暖风一路疾吹，只觉裸露在日头下的额面、手背火辣辣生疼。

春天在额头抹出一手黏腻灰汗，只觉后背如有虫噬，坐立不安，口齿生苦，皮囊里的水还有大半，自己却连动指头喝水的力气都没有。

李渭带她行走一日，却未发言提点她该如何应对，只不过微小辛劳，算不得什么，后头更是艰难——他有心让她吃点苦头，知难而退，谁知直到夕阳半落，她也未吭一声，紧紧跟随在自己身后。

眼瞧斜阳半落，李渭也不再强行赶路，翻身下马找地方露宿。春天精疲力竭，腿脚发软地跌在地上喘气，环顾四野，日头初落，晚风生凉，她连喘带呛地问道："大爷，今夜我们要宿在此地？"

李渭看她容颜憔悴，直言："此后多半要夜宿荒山野岭，山中常有猛兽、有毒虫蚁，你怕不怕？你若觉得怕，我们往常乐县投宿去。"

她皱皱鼻头，从袖间摸出那柄匕首："我有爹爹的刀，也曾在野外过夜，自然不怕。"她举着匕首，"我用这刀砍死过一条蛇。"李渭瞧着她羸弱纤细的手腕托着漆黑匕首，展颜一笑："那今夜有赖女郎宝刀坐镇，守护你我安全。"

山中鸟兽甚多，遍地生有苜蓿，开紫花和白花，马儿最喜食此草，两人的坐骑嘶鸣几声，自去挑肥嫩草地啃食。

李渭挑了处背风的岩坡安顿，解开包袱，问春天："晚上想吃什么？"

他语气轻松，神情自若，挽起袖子，一副好像要去下厨的模样。春天呆滞地瞧着包袱里鼓鼓囊囊的胡饼，伸出发红的手指戳戳，李渭粲然笑道："不吃饼子。"

他从衣内掏出个玄色牛皮小袋，里头是十颗磨得锃亮的箭头，套在白日削好的枝木上，手指拉着牛筋绳灵活地缠弄一圈，很快一张小弓就握在手中。春天瞧着他手中动作，愣了愣神，问："大爷要做什么？"

"去打猎。"李渭叮嘱她一番，往林间走去，刚迈出步伐又转身回来，从衣内拉出根细绳。绳端拴着枚小小的铜哨，黄澄澄的，还带着他热烫的体温，他十三岁就跟着李老爹走马，入驮队就有了这只铜哨，在他身挂了十多年。李渭把铜哨解下，塞进她手里："不要走远，有事吹哨子，我在附近，能听见。"

春天握着铜哨，忙不迭地点头。日暮天暗，蛇行林间的风凉得发冷，她也不敢走远，好在此地林燥地干，可燃柴火甚多，当下聚集了一堆枝木，打开火绒生堆明火，然后伸长脖子等李渭回来。

李渭回来得很快，手上拎着只肥硕野兔和几只初生鸟雀。山中无流水清洗，野兔被开膛破肚、放血剥皮后，用粗枝串好，架在火上炙烤，鸟雀直接用树叶包裹，埋入火堆下烘煨。

春天看着他动作十分麻利，手上滴血不沾，心生钦佩，突然想起当日在孙家杀野猪那一幕："大爷什么都会，厨艺好像也很好。"

李渭抬头睨她一眼，笑道："我当过一年的火头军，专给大军做饭那种。"

"火头军？"她突然来了兴致，挨近火堆帮李渭递柴，"陈叔叔带我爹爹去北庭的时候，我爹爹当的是军里文书。军里有那么多兵种，大爷为什么会去当火头军？"

她大概还未深刻意识到这世间的规则——门第和身份难以跨越。在军里，从来就没有什么从默默无闻到一战名满天下的故事，翻翻少年将领封侯拜将，那也多是明里暗里铺了无数台阶才到达的捷径。勋功十二转，要有多少运气和投机，才能让一个普通士兵一步步做到兵曹、别尉、校尉、都尉，甚至将军。

严颂在军中二十年，也只是戍守玉门关的一个小小火长；春天的父亲出身官中小吏，自然是从军中文书开始做起；富贵逼人的凉州段家花费无数，由几代人经营才走进朝堂，到现在还没有站稳脚跟。

墨离军向来以凶悍果敢著称，军里士兵有半数是归顺朝廷的彪悍胡人，将领们多是门第深厚的忠勇之后，军队每打赢一场仗，士兵赏钱两贯，火头赏钱八百文，所有人都想上阵杀敌，谋求富贵。但普通人一开始做的，都是火头等低微的军中小职，再一步步抓住机会往上走。

李渭微微一笑："军中伙食粗劣，火头做得又潦草，有人知道我会做饭，故把我举荐去做火头。"

他耐心地翻转着兔肉，焦香伴着油脂滴落在火堆里，李渭摘了把汁水丰沛的草叶，随身还带了一小袋粗盐，把草汁和粗盐抹在兔肉上，切下一块用匕首穿着，递给春天："尝尝。"

真的好香，她从没这样吃过肉，咸味和甜味跟着油脂在嘴中化开，更显肉汁香嫩。她被烫得连连呼气，李渭把水囊扔给她，柔声道："小心烫。"又把兔肉一点点从骨上剔下，分成两半，一半递给春天，春天口齿生香，当下朝他鞠躬道谢："大爷真的好厉害。"

两人吃完东西，李渭挖坑把沾血的灰土和残骸掩埋。火光之外，有虫鸣鸟叫，天上有繁星明月，夜风生寒，两人坐在火堆前，春天发呆半晌，问道："兵营是什么样子的？"

李渭没有回她，只是说："不早了，早些睡吧，明日很早就要赶路。"

她点点头，早已腹饱困倦，用帕子沾水拭净脸颊，躺在毡毯上昏然欲睡。火堆里又投了柴，发出噼啪的木柴焦裂声，她抬起头来看了眼李渭，他盘坐在自己身侧，身影笼罩住她，一条长腿放松支起，手里拿着酒囊一口口喝着，他凝望着火堆，火光在他脸上跳跃，忽明忽暗。

于是她闭眼睡去，只要他在，她就觉得心安。

次日醒来，春天迷迷糊糊地在毡毯内伸了个懒腰，只觉全身酸痛，手足俱散，睁眼一瞧，日轮高悬，显然不是清早的光景。

李渭正在余烬旁打磨箭矢，听见声响，瞧她忙乱地从毡毯内钻出来，满脸羞涩歉意,颇不好意思地对他道歉,嗫嚅道:"我、我睡过了……"

李渭知道她实在是累,眉尖一挑,指着火堆上的小铜盂:"汤快凉了。"

她急匆匆地点点头,背身整理衣冠发髻,漱洗过来,才看见小铜盂里煮着苜蓿汤。李渭从火堆里拨出昨夜埋烤的鸟雀,一夜炭火煨烤已经热熟,层层拨开,香气如钩,对比昨夜的兔肉有过之而无不及,让人垂涎三尺。

肚子咕噜噜地响起,春天塌下肩膀,颇有些沮丧地喊他,李渭垂眼"嗯"了声,她道:"我是不是很累赘?是不是很拖累人?"

李渭觑着她,唇边带笑:"从长安到河西,你是一个人走的?"

她点点头,又摇摇头。

李渭问:"这么远的路,你是怎么来的?"

春天眨了下眼,正色道:"我走了很久,一开始是跟着随亲的官员亲眷上路——那时候正值地方官员的迁调之际,路上有很多随行的亲眷,行李仆婢都很多,跟着马车走,出入州城都很安全。后来过了关中,路上城郭渐少,我自己走了一阵,在兰州一个尼姑庵里住了一个月,再跟着沿路的商队过黄河,入河西,一路走到肃州……后来,就到了红崖沟……"

其中种种奇闻逸事,说也说不尽。

"你既然能一人走上三千里,又怎么会是累赘。"李渭笑道,"这样的聪明和运气,可不是人人都有。"

两人吃过早饭,收拾包袱重新上路。常乐此地终年多晴少雨,风大日烈,素有"一年一场风,一风刮一年"的评价,不过一日,春天两颊已经被吹晒出血丝,一碰即痛。

她不知晓自己模样,李渭看在眼里,翻出面衣让她戴上。戴上面衣之后,春天全身上下只露出一双眼睛,他才知道春天生了一双好看的眸,眸眸流光,如明镜照人,清江映月。她攥着拳头给自己鼓气,翻身上马,隔着面衣对李渭笑:"大爷走吧。"

那双眼弯成新月,眸星闪耀。

两人依旧一前一后,晃晃悠悠地行在无人的荒山旷野中。这日终于听见哗然水声,看见清澈河水蜿蜒而下,两岸草色鲜碧,红花似火,土地湿润,退去了一路所见的灰焦之色。

春天犹满脸倦色,恹然地骑在马上,听见流水声,一声欢呼,雀跃地跳下马来,掬一捧清水洗手,雪水清凉入骨,她好似活过来。

河流下游有个小村落,名曰石槽村,属常乐县,因地处边陲,人口凋敝,村里也只得二十来户人家,以养羊放牧为生。两人就在此休憩一夜,再往前行，就是方圆百里的贫瘠沙卤，过了沙卤地，就是通往伊吾的官道。

投宿的主人家姓虎，中原没有此姓，大概是异族人，李渭一打听，颤颤巍巍的老大爷敲着旱烟袋，咧嘴笑道："我一家是胡人，先祖慕容氏还做过朝廷大将，后来官勋被削，流放到这边陲寒地。"

老大爷满脸皱纹，看不出相貌差异，家中回来个十八岁的幼子，这才看出异族人的容貌来，白肤、发色浅黄，凹眼挺鼻，肩宽腰窄，光着臂膀，衣服缠在腰间，湿汗淋漓，英武纠昂地骑马归来。

春天瞥开眼，忙不迭往李渭身后躲，李渭一手护住她，与主人家笑道："令郎果然一表人才，神武非凡，颇有祖上遗风。"

少年郎名叫虎向南，一笑咧出口洁白细牙，在白晃晃的阳光下闪着光芒，打量着李渭和春天："爹，家里有客？"

双方各报姓名，春天半藏在李渭身后敛衽行礼，虎向南打量她一番，咧嘴笑道："原来是个女儿家，是李兄的妹妹？"李渭含糊道："是"，虎向南见她螓首微垂，靥生飞霞，钻进内室用汗巾胡乱抹去身上的汗水，将衣裳穿上，这才出来同两人说话。

春天抬头，好一个剑眉星目的少年郎，高大俊朗，笑容如暖洋洋的冬阳，和李渭比肩站在一处，一点也不显青涩鲁莽。

虎大爷听说李渭曾在军里待过，笑指着自己儿子："这个小子，天天想着要去投军，那可是杀敌见血不要命的营生，怎么拦都拦不住。"

"好男儿志在四方，成日在家中放羊是什么道理。"虎向南辩驳，"爷爷给我起名，向南，不就是想我们再回南边去吗？"

虎大爷敲敲烟杆，吐出一口白烟："出去投军，你这小命都不保，还回南边？"

李渭打量着虎向南笑道："去军里历练历练也好，尊祖上原就是军功出身，后辈自然也有建功立业的气骨，令郎倒真是军里的一块好料。"

村里鲜少看见外人，更难得遇上一个李渭这样知武善箭的，少年郎早已拿了弓箭、刀具来到李渭面前，爽朗笑道："我箭术不精，想请李大哥指点一二。"

"切磋可以，指点那就不敢当了。"李渭笑回。

虎向南抡着一把巨大石弓，他臂力过人，那巨弓在手中如同柳枝一般轻巧，李渭握着前几日打猎时临时做的木弓，两人分立左右，双双对准院外十丈远的一棵红柳树。微风拂过，双箭如电，齐齐脱弦射入树中。

春天在甘州听人说过李渭箭术极好，却不知好到何种地步。汉李广百步穿杨、箭镞入石被称为神射手，李渭入过军队，箭术肯定不比虎向南差些。虎向南上去查看箭羽，双箭均已射入树干内，他的那根几要没入树中，只留一点尾翼在外，李渭那支还留寸许在外，用力抠拔下来，却见李渭那支，箭头一点已折在树内，头端却没有安箭镞，只是削尖而已。虎向南当下欣喜若狂，奔回院中，对李渭鞠躬道："求大哥赐教。"

家中大娘从田里归来，摘回几只甜瓜和一些野蔬，入厨做食招待来客，春天自去厨房协助，当夜一桌乡野菜肴十分丰盛，谈笑风生。

难能住在人家，春天几日都是拿湿帕沾水擦拭，此夜无论如何也要入浴梳洗。虎家没有专用浴室，只在厨房后建了间狭小暗室，用小盆装水，水瓢舀水洗浴。

北地的水尤为珍贵，洗澡水留在盆中洗衣，洗完衣后留着浇地。春天在里头折腾半晌，抱着自己的脏衣裳出来，大娘见她洗好，殷勤地要替她洗衣裳，春天不肯，虎向南从院里进来，见她娘拉着少女的一件雪白中衣在手，春天湿发漉漉地披在肩头，两靥绯红，宛如出水芙蓉。

他没念过什么书，也没见过出水芙蓉，但突然想起在城里听过说书人演的唐皇杨妃传奇："杨贵妃从那温泉里走出来，端的跟出水芙蓉一般标致……"又瞧瞧春天的红唇雪肌，心头轰的一声，不知什么东西在里头乱窜，他挠挠头，满脸通红，结结巴巴道："我去烧水……"

李渭骑马回来时，正见虎向南坐在门槛上，眼神犹犹豫豫，时不时往一侧瞟，顺势看去，春天和虎家娘子正一起坐在小杌上洗衣裳，月下佳人，素手素衣，端是清丽。

李渭的发也是湿的，男人自是粗犷，直接去河里用冷水洗的。

"回来啦。"春天跟李渭自然地打招呼，闲聊两句。

虎向南满脸欣羡，他们两人看起来总不太像兄妹。两人有点生疏，又很熟稔，模模糊糊说不上是什么关系。他又挠挠头，她若是看着他该多好啊。

出了石槽村，再往北就出了常乐县地界。常乐县与伊吾接壤，两地之间是一片沙卤地，沙卤地又叫沙碱地，土地疏薄，地表无水，经年无雨，常刮毒风，鲜少有人通行。

李渭在石槽村补足粮水盐，又购了两张轻暖羊裘，付了虎家饭资宿钱，虎大爷坚决不受，实在推托不过，赠了李渭一袋自制的肉脯干，李渭就此带着春天又踏上行程。

虎向南数十里相送，一路把两人送出常乐地界，李渭屡屡劝他回去，他只是不肯："此路极难行，我再陪大哥多走一程。"

一程又一程，李渭索性勒住马回头，做出相请动作："送君千里，终须一别。"

虎向南这才问道："大哥和春天妹妹若是回来，往哪条道走？我请你们喝酒……"

李渭微微一笑："或许会走敦煌回去。"

"这样啊……"少年郎皱皱浓眉，挠头转向春天，结结巴巴道，"我、我瞧着妹妹的马鞭有些细了，拿了家里的一支马鞭，我自己亲手做的，春天妹妹不要嫌弃。"

春天接过马鞭，双眼弯弯，粲然笑道："多谢向南哥哥。"

他瞧着春天的模样，结结巴巴，如何也说不出别的话，一张脸倒是涨得发红。李渭暗自笑着摇摇头，把瞎子巷名址报给他："若是有机会到甘州，请到舍下一坐，我家亦有薄酒粗饭相待。"

虎向南忙不迭点点头："一定，一定。"

李渭看着朝气蓬勃的少年，沉吟半晌："你若是真有从军的心愿，我倒认识一个人可以帮得上忙。"他驱马上前，仔细告诉虎向南，"你去肃州找一位叫陈英的将军，如果能见到他，就说是李渭引荐。"

"多谢大哥。"

虎向南走后，两人并肩走了许久，李渭才慢声说："慕容氏的相貌，果然在各族里都算拔尖的。"

春天亦是点点头："虎娘子年轻的时候，定然也是个美人。"

李渭问："那你觉得这位少年郎相貌如何？"

"丰神俊朗，英姿勃勃，一举一动都引人侧目。"她侧首回想，"必然很受女郎们的喜欢。"

"是吗？"李渭轻笑，"下回若能再见，他听到这话一定会很高兴。"

李渭与春天从方盘城走后，陆明月收到来信，一封寄给她，一封给长留，这才知两人已经往伊吾而去。

长留仔细把信纸折成方方正正的模样，向陆明月作揖道："以后有劳陆娘娘照顾。"

陆明月牵住他的手，极其温柔："好孩子，就把这儿当成自己家，陆娘娘和嘉言都是你的亲人。"嘉言在旁边低头做小弹弓，头也不抬："还有广叔叔，也是长留的亲叔叔嘞。"

陆明月抿唇，没有说话。

在陆明月收到李渭书信的次日，曹得宁带着一位白面美须、青绸长衫的中年男子登门拜访。男子自称王涪，是甘州的茶行掮客，寒暄后，首问李渭的消息，后问起去岁冬在李家养伤的女郎。

来人显然已去过瞎子巷，探问过李家邻里，李家门户紧闭，李渭追着春天离去，长留被陆明月接走，赵大娘和仙仙回了乡下。

"这位女郎，乃是在下一位故友的女儿，只是多年没有联系，断了音讯。此番得知消息往李家寻亲，却不想人去楼空，不知所终。"

陆明月道："很是不巧，他两人已一同出玉门关，李渭追寻春天往伊吾去寻人，说是两三个月就会回来的。"

王涪得了准信，拊掌叹息。传书禀明靖王后，追着两人踪迹，往玉门而去。

待来客离去，长留从屋内出来，问道："这位伯伯是来寻春天姐姐的吗？"

陆明月点点头："许是你春天姐姐的叔伯寻来了。"

她想着春天的身世不简单，刚来的这位王涪，衣物虽是简单，可都是上等料子，足下踩的是双绵软靴履，款式外边难寻，像是大内造办。

午间陆明月在厨房揉面做汤饼，南方喜食稻米，她能做一手好南菜，但嘉言和长留都喜面食，这汤饼手艺是来河西后才学的。李娘子去后，她对长留分外怜爱，这阵子为解长留忧思，变着法子哄他高兴，让他多吃些饭食。

前日赫连广在野外捕到几只野兔，起早已经处理干净，陆明月烧水扔入锅中煮熟，再捞起切块用香油爆炒。正烟熏火燎、面色红烫之际，身后水缸传来哗啦声响，身边闪过一个黑影，赫连广已坐于灶下，默默地撩动灶间柴火。

她顷刻间手一顿。

近日他早出晚归，在家时候很少，陆明月又故意躲避，虽同处一个屋檐下，但两人见面次数寥寥无几。这时锅中香气已扑面而来，陆明月来不及多想，入少许盐葱，原汤滚入沸煮，再撒入汤饼，沸后出锅。这个做法学自河西，祁连一脉城郭胡汉混居，居民皆爱食野味，不爱河鲜，嘉言和长留也很喜欢，每人都能吃两大碗。

赫连广起身去拿碗递她，她身高只到他肩头，默默低着头，知道他挨着她很近，烟气饭香中，犹能闻到他身上那股蓬勃的、莽撞的气息，让她心底发烫发抖。想逃，又无处可逃。

两人已然有了私情，却又仍隔着厚厚的一层冰，捅不破也敲不开。陆明月再如何厌烦也躲避不开他，这个家还靠他庇佑着。

这个世道，一个无亲无故的寡妇带着孩子，太难了。距她锦绣深闺的年岁已近二十载了，她已从一个江南闺阁少女变成个蓬头垢面的妇人，但奇怪的是，无论多卑微屈苦，总想着要活下去。

"过几日我去鹰窝沟，兴许要待上十天半月，你和两个孩子在家，我有些不放心。"他道，"你要不要随我……去山中住几日。我在那儿有个山棚，是我小时候住过的，虽然有些简陋，收拾出来倒也能住人。"

她内心一愣，顷刻摇摇头，不由自主地冷淡道："不去。"

赫连广将兔盘汤饼端上食盘，知晓她会这般说，慢声道："我和李渭已商量好，先把西行的营生停了。打算去鹰窝沟开造马场，前阵子牧监司批文已经下来。往后选购良驹，开山造场就要忙碌起来了，在家待的日子也要少了。"

"你若抵触我们白兰人的传统，那我按照你们汉人的习俗来，纳采下聘，明媒正娶把你迎进门，明月，你愿不愿意嫁给我？"他要去捉她的手，还未触及，陆明月的双手宛若被烫，缩回袖中，院里传来孩子们的嬉笑声，她连忙出去，慌乱喊道："嘉言、长留，吃饭了。"

次日天未亮，陆明月辗转难眠，欲披衣而起，听见院中有极轻的脚步和马嘶。良久起身，院中已空无一人，晨光熹微，熏风软绵。

很多年前，她听丈夫赫连伯说，他有一个相依为命的弟弟。兄弟两人辗转被卖过很多次，后来被一个贩绸布的汉人买下，新主人以虐奴为乐，因一点小错，常将兄弟两人吊挂在梁上抽打，他们奋起将主人杀害，哥哥赫连伯进了垦荒营，弟弟赫连广连夜逃走，自此失去联系。赫连伯说起自家弟弟，神色自豪，常赞赫连广聪明厉害，骑行射猎都十分出色。

嘉言晨起后，听闻赫连广出门而去，怏怏不乐，站在门前抱怨说："广叔叔每次都这样，临行前都悄悄离去，都不带上我。"

"昨日功课温习了吗？你怎么成天就知道出门玩耍，不能放点心思在课业上吗？"陆明月屈指敲他的小脑瓜子，"跟长留一起念书去。"

赫连广这次走得颇久，周怀远和驮队的几个年轻后生来送过几回柴米，被经常上门来取绣品的一个老妈妈撞见，问道："陆娘子，怎许久不见你家叔叔，是又出去走商了吗？"

陆明月倒了盏菊花茶，将近日的绣品都拾掇出来，回道："蒋妈妈喝茶。"又道，"他出门去了。"

蒋妈妈有门道，消息广，走街串巷揽些绣活外，还兼帮人牵线搭桥，赚些保媒钱。此次见人不在，咂嘴道："娘子这个叔叔，倒是生得魁梧英武，我看年岁不小，可有什么中意的小娘子不曾？"

"这个我就不晓得了,蒋妈妈若认识好的女郎,也可帮着撮合撮合。"

蒋妈妈呵呵一笑:"好说,好说。"

河西一带胡汉杂居,虽是汉尊胡卑,但汉化的胡人不少,有些腰缠万贯的胡商也喜欢找汉人做亲,但民间替胡人做媒的倒不多见。

蒋妈妈又将陆明月的绣品抖开细看,啧啧称赞:"上次央你绣的那几条汗巾,主家看了连连说好,另说要做几身袍子。我心想这也不是什么难事,当下索了身量尺寸,谁想着,这是要做见贵客的大衣裳,急着用,主家的意思,竟是要请绣娘上门细细量尺寸,拣着合身的做。"又赔笑道,"茶水钱和软轿钱,主家这些都给赏,你看……"

陆明月停下针线,瞥了眼蒋婆子,笑道:"蒋妈妈跟我相熟这许久,您是知道的,我是向来不出门,也不见外男的,这些您老人家是忘了吗?"

蒋妈妈有些讪讪的:"这倒是桩好买卖,老身实在推脱不过。"

"家中事情多,我又带着两个孩子,实在是脱不开身出门。若是真看中我的绣活,烦请妈妈去央说央说,直接将尺寸样式写明,我照着做也是一样的。"

蒋妈妈见她推脱,只得打住这个心思:"那我再去问问主家的意思,但这主家出手阔绰,实在是个难得的好买卖。"

陆明月微微一笑,不置一词。隔日蒋妈妈又上门,总归是不死心,送来了几匹缎子和身量尺寸,是个高瘦男子的身量,订金颇丰。陆明月虽有些无奈,但这种事情常有,寡妇门前事情总是要多些,避无可避,只得小心应对,日夜不歇连着做了七八日,将衣裳做好,唤蒋婆子上门来取走。

蒋妈妈坐下喝了一盏茶,走前再三问陆明月:"陆娘子,这么好的人,你就不考虑考虑?这真是难能遇上的,你去打听打听人品、相貌,真是不可多得的人物……"

"不瞒蒋妈妈,我非土生土长的河西人,近来有打算回南边老家去的打算。怕是在这甘州城也住不了多少时日,不是我不晓好赖,拂您的一番美意,实乃是不凑巧,没这缘分……"

赫连广回来那日,正撞上了蒋妈妈过来结算工钱,陆明月正送人出门,赫连广从巷口背着褡裢归来,冷不防两人一撞见,陆明月失了言语,泛红的脸颊当下变了颜色,退回了屋内。

蒋妈妈一见赫连广衣裳落拓,满腮浓胡,甚是吓人,佯装咳嗽,侧身躲过。

长留和嘉言见广叔叔回来,俱是乐不可支,嘉言解开包袱,是一包紫艳艳的野果子和生肉，当下大喊："广叔，你去山里玩又不带上我。"

赫连广把嘉言从腿上扯开："带你去山里，你还回得来吗？早跟一匹野马一样跑没影。"

一大两小热热闹闹地往马厩走去，赫连广抬眼见陆明月在耳房收拾茶具，窗下泼着菊花茶，低声问两个孩子："这个蒋婆子，无事来家闲聊？"

"好像是给娘送做衣裳的钱来的。从早起就来了，说了一大箩筐的话。"嘉言不甚在意地撇撇嘴。

"他们都说什么了？"赫连广蹙眉问。

"不就是那些，做衣裳、绣花、料子啥的，听得我耳朵都起茧子了。"

"蒋婆婆给陆娘娘做媒，被陆娘娘拒绝了。"长留摆摆手，一板一眼道。

"什么？！"嘉言吓一大跳，嗓子都吓破了。

赫连广眼神瞬间阴沉。

长留看着眼前一大一小俩叔侄，不知当讲不当讲，见两人几乎要吃人的目光，捋了捋两个女人弯弯绕绕的话语："城北有个开铺子的商人前几年妻子死了，想再娶个贤惠持家的新妇，看中了陆娘娘的绣活，托蒋婆婆来说媒，蒋婆婆说了许多话，陆娘娘推辞说要回南边老家去，拒了蒋婆婆。蒋婆婆没法子，只能走了。"

"回去？"

赫连广握紧拳头，面色都凝固起来。

夜里陆明月从浴房沐浴出来，甫开房门，见赫连广抱胸立于一侧，脸色很是冷淡。

她脚步一滞，就要往房里缩去，急急闭门，却被赫连广一手推门而入，反手锁于浴房内。

浴房内水雾犹且蒸腾，她身体发烫，强自镇定："赫连广，你疯了。"

他的眼神十分热烈尖锐，淡声道："孩子们都睡了，他们听不见。"

此夜夜色寂静，弯月如钩，星子暗淡，浴桶里水雾氤氲，有男子的声音凌驾于这之上："下次那个蒋婆子再敢登门，我让她不知道自己是怎么死的……"又说，"你什么时候起了回姑苏的念头……是躲我吗？"

柒 伊吾道

    李渭和春天两人渐往前路，连那些沙地里常见的沙棘、芨芨草、胡杨也不见踪影，渐渐走入一片白茫茫的不毛之地，寸草不生，砾石滚地，地色发白——当地人把这片沙卤叫作白海子，百年前这处是片草木丰茂的绿洲，后来水源枯竭，慢慢旱成了盐碱地。

    李渭十年前曾路过一次，景致如旧，时光好似在此处停滞，地上的灰白岩石好像从亘古以来就一直躺在那里，外面世事如何变换，都不能撼动它们半分。

    追雷打了个响鼻，李渭好生一顿安抚，对春天道："走吧，此地风沙俱毒，非久留之地。"

    土石中的盐粒因经年累月沉积，都带着毒气，春夏风大日烈，受炙烤的沙土扑在脸上极易燎起毒疹。若是进入伤口，不消多久，伤处皮肤就会发红生痒，皮肉都要溃烂。

    两匹马都套了木橛子，嗒嗒踩在卵石上，声音清脆悠长。两人都戴了面衣，看不出彼此的脸色，说话的声音也显得微弱。李渭话不多，一路能偶尔说几句，大部分时间，两人都是沉默又沉默地走着。

越往白海子里行，风越燥烈，面衣下的唇干裂得皱起白纹，春天润了润嘴唇，只觉一股苦涩气味。行至正午，又听得一阵阵哧哧啦啦的低沉啸声从风里挟裹而过，像人的低声哭泣，或是呻吟挣扎，断断续续，长长短短。

她听得汗毛竖起，小声道："前面好像有人在哭。"

"只是风声而已。"李渭安慰她，"前面有片枯林，这是风从树梢刮过的声音。"

马跃上沙坡，眼前是一片枯死的胡桐林，灰白的死亡之色绵延，望不到尽头。林中树木已被风化，或颓或立姿势诡异，枝木虬结延展，凝固在半空中，好似痛苦无声的挣扎。走近只觉有森然之气，那些尖啸声，就是风穿梭在枝干间摩擦发出的声响。

春天默默跟着李渭走了许久，忍不住问："它们死了多久？"

"或许有百年吧，就算是最年老的牧人，也不知道它们何时生，何时死。"李渭指着脚下凝固成壳的沙层，"几百年前，这里大概有泓地泉形成的湖泊，湖边草木丰茂，胡桐蔚然成林，后来地泉干涸，地面的水蒸干后，它们经年累月等不到水的滋养，只能活活渴死。"

她第一次看见这样的死亡，心内震撼不已。春水连天的江南，恢宏奇巧的长安城，富饶肥沃的关中，所有景象都在这片胡桐林里黯然失色，老天造物，究竟是怎样的春秋笔法啊？

"死的时候，这些树肯定都很痛苦。"她讷讷道，那些枯树有的匍匐在地呻吟，有的怒指苍穹呐喊，风擦过的每一段枝干都在叫喊：水，水，水。

"大爷十年前来的时候，它们也是这样吗？"

李渭回想起十年前的冬天，他们追着一队北宛骑兵从此地经过，这片沙卤下过一场雪，雪花干燥，随风纷飞，四野白茫茫，分不清哪里是天，哪里是地，胡桐林风声凄切，同行的人说，这是那些惨死的鬼魂被锁在树干里的哭泣声——那时候，这片胡桐林里的确死过很多人，如今白骨刀剑都已不在，不知是埋在沙里，还是被狼鹰拖去啃食，只剩这片胡桐林，依旧伫立在风中。

"这样的死林在大漠里有很多。"他喊住她要往前行的步伐，"林中怕有毒虫，莫往前走。"

她分明看见前面土里半埋着块泛微光的铜片，想要走近细观，被李渭的马鞭卷住手腕："别去。"

她觉得有些奇怪："前面有东西。"

"林里晦气重，怕是什么不好的东西。"他只怕她年纪小，看到吓人的东西害怕，"走吧。"

两人上马，李渭带着她一路急策，胡桐林过后又是一望无边的砂砾地，风更大了些，地上砾石随风滚动，发出嗒嗒的声响，马身上裹了一层黏腻的白沙，沾着汗水拂之不去，追雷尚且矫健，春天的坐骑已是不堪受苦，不断哧着热气。

半道停下来歇息，坐在沙地里，春天的腿都在打战。李渭递给她的清水和干粮，被她咬了两口又塞回包袱里，短短几日下来，整个人都干瘦了一圈。

一直走到日暮天黑，灰蓝天色一点点退至天边，黑色幕布顺势披撒而下，月亮和星辰逐一登台，白茫茫的碱地逐渐发黄发干，几团白草羸弱地趴在地表瑟瑟发抖，渐渐有了荒丘矮坡，风中也没了那种发苦的味道——这算是出了白海子。

春天身上的汗湿了又干，干了又湿，面衣取下来，额发已是湿淋淋如水中捞出，面颊被熏得发红，晚风一吹，倒有些冷，李渭把羊裘给她："晚上风冷，当心着凉。"

她早已累得挺不直腰杆，顺从地裹在羊裘里，一副气喘吁吁、半死不活的颓废模样，李渭看着她喘息间后背隆起的肩胛骨，牵着她的马："还剩几十里路，你若是累了，闭上眼歇歇，我带着你走。"

她摇摇头："我不累。"

此夜并没有停下露宿，春天裹在羊裘里也不觉冷，只觉四肢僵硬无力，李渭有一句没一句地和她搭话，讲讲沿路的状况。她知道从玉门到伊吾之间共有八百里，大概要行半个月，除了途中十个筑在绿洲上的驿站有水泊，其他都是荒漠黄沙，每个驿站都设有烽燧护管，道上的商队几乎都沿着这十个驿站行走，一来补充粮水草秣，二来受烽燧驻军的庇护，免遭匪徒骚扰。

天高远，星子却低悬，她模模糊糊听着，记在脑海里，城高几许，水泊在何处，要躲避何人的盘问。男人低沉醇厚的声音随着风传入耳中，她渐渐颓下身体，趴伏在马背上，面容沉静又安详。

睡前迷迷糊糊睁过一次眼，看见李渭的背影也微微松懈，头上发束已乱，几缕黑发随风纷飞在鬓角，坚毅侧脸呈现出极少见的桀骜和落拓，有点羁旅天涯江湖客的味道。

江湖，江湖即四海，她也在江湖中呢。

李渭放缓缰绳让马儿慢行，等马上少女睡一会儿，再睡一会儿，他沉默地在夜风中守着她。

夜还很长，路也很长，他有足够的时间等她。

因为月色太亮，塞北的夜晚比中原的要淡薄些，遥远的旷野好像传来断断续续的叮当声,她猛然惊醒,竖起耳朵,在马上眺望,什么也看不见。李渭灌了口烈酒,挥鞭道:"走吧,前面就是伊吾道了。"

伊吾道此前被北宛盘踞,商队一直从敦煌绕行,畅通也不过是这三四年的时间。可就在这三四年的时间里,朝廷边关赋税多收了两成,北庭的屯粮供于边军,朝廷少了十万石粟米的输出,河西道多了一道抵御外侮的屏障,这算得上是件大快人心的好事。

走到天际泛白,她终于看到一队缓缓移动的人马出现在遥远处,有光火、有骆驼、有骡子、有牛车,还有肤色、服装各异的人,慢腾腾地走在道上,逶迤不绝,踢踏作响。

春天终于松了口气。

这支队伍很长,零零散散怕是有百人之多,起头是一辆红厢阔马车,辐辏结实,雕花绣锦,其后跟着近百头骡驴,再后拉拉杂杂跟着许多旅人,也有数十位女眷和幼童,都坐在后面的高车内。

李渭跃下马,上前去说话,红厢马车旁有个窄袖提刀的胡人男子拨马出来。

李渭抱拳:"这位兄台,我两人要往伊吾去,有幸在此遇见贵人,可否捎带一程,跟随行走?"

浓眉鹰鼻、双目深凹的壮年男子上下打量李渭,随后目光落在李渭身侧的刀箭上,挑了挑眉,再见其身后跟着个妙龄少女,用汉话道:"兄台稍等。"

男子折回马车旁,朝车厢内低声说了句,而后至李渭身边回:"萨宝应肯,后有高车,兄台自便。"

萨宝是商队的领袖,原来这驮队的主人是康离国一户大胡商,从凉州来,带了百驮丝帛香茶,并二十多个仆从部曲要往西州而去。余者同是西域的商人,依附萨宝一路同行,也有半路见此队护卫周全、人马兴旺,有心依附同行的胡汉商人。

"多谢。"

李渭带着春天,把她送至后面可坐人的高车,把羊裘和水囊塞入她怀中:"好好睡一觉,后面的路就没那么累了。"

春天"嗯"了声,点点头,揉揉眼,见他拨马往前走,喊住他:"大爷,你要去哪儿?"

"我不走远。"他回过头来道,"就在前面,你若有事唤我就是。"

春天探头望着他与驮队并肩而行的身影,或许是在外行走惯了,他对驮队有一种自然而然的守护。身边有个穿汉衣的中年妇人被吵醒,拨开毡毯揉揉眼,同春天道:"小娘子,天还没亮,快睡吧。"

"叨扰娘子。"春天往旁挪了挪,这时却有些睡不着了。身边的妇人索性也坐起来,与她话起家常:"小娘子,那是你家夫君吧?瞧着这股体贴细致,可真是羡煞旁人,小娘子真是有福气的。"

春天听到这声"夫君",如同被火燎一般,脸色瞬间涨红,摇头摆手,慌乱道:"娘子你看错了,我们并非……他是我的表兄。"

妇人哎呀一声,再一看春天还是个未开脸的少女,心生尴尬:"我眼拙说错话,真是对不住。"她有心想与春天说些话解解闷,笑道,"你兄妹两人要去哪儿?"

"伊吾。"春天蜷在羊裘里,"娘子你呢?"

"我们一家去西州,孩子他爹在那儿开了家店……"妇人絮絮叨叨地说着,春天在那连绵声音里,渐渐撑不住,双眼一合,闭目睡去。

起先那名出来迎李渭的男子,是萨宝老爷的部曲守卫,常年伴着主人行走西域,名叫弥施年。弥施年见李渭默不作声地守着后头的高车骡马,骑马过来搭讪,两方寒暄,得知李渭亦是行走大漠护送商队的护卫,拍着李渭的肩爽朗大笑:"原来是同行,倒是失敬。"

"这一路还需兄台照料一二。"李渭和弥施年一路相聊,李渭通胡语,解人情,两人说起奇闻逸事,风土人情,相聊甚欢。弥施年心下喜欢,拉着李渭要和部曲们一道上前头喝酒。

李渭应声,回来看两眼,见少女蜷着身体沉沉睡去,夜风拂过她额头凌乱的发丝,他不由得微微一笑。

这支驮队从双井驿来,正要往冷泉驿去补充水粮。

伊吾道一路的十个驿站,短者相距三四十里,长者间距百里,双井驿为玉门外的第一个驿站,从双井驿到冷泉驿,快则一日,慢则两日即到。

冷泉驿在十驿中最大,城下有地泉形成的莫子湖,湖边芦苇茂密,沙枣成林,城中设有驿馆、粮店、酒铺和诸色杂店,此站也是东西往来必经之所。

康离国为昭武九姓之首,是其他八国的宗主,城中居民擅商贾,男子一经成年就要送出国土去经商做买卖。这支驮队的萨宝名叫康多逯,仆从多称之为银沙老爷,带着一个十四岁的小奴多哥驾着马车,还有个十二岁的小婢女婆甸罗服侍起居。

坐在高车上的妇人们此时也都醒了,哄着几个睡眼惺忪的孩子玩耍,女人扎堆的地方话题永远不变,今年时兴什么衣裳头花,邻里有什么龃龉传闻,家里丈夫如何体贴或者粗鲁,婆婆小姑子如何使绊子给气受,家里家外要如何打点谋划……

春天多年来由舅母曹氏照料，薛夫人无依无靠之时，舅母对她常常不耐烦，薛夫人得宠之时，舅母对她千依百顺，比亲女儿还亲。她抵触这样的生活——女人们永远都围在家里后宅打转，妯娌姑舅寸寸计较，官宦富贵之家如此，平民百姓亦如此，好似战胜了这一亩三分地的满地鸡毛，便获得了人生极大的成功和愉悦。

她裹着羊裘在角落，正眺望着极远处的景色——太阳慢腾腾地从沙丘后腾挪而上，其色如橙，朝霞若彩，沙丘柔软又明艳，像大地温柔又静谧的呼吸。

李渭见后头妇人笑声喧哗，从部曲里抽身来看春天，高车上的妇人瞧着他身材高大，容貌英武，禁不住捂着笑上下打量，李渭略微朝众人行了个礼，在春天身畔问："饿不饿？"

她将下颔沿枕在自己膝上，犹沉浸在如梦如幻的日出中，等明橙色的旭日完完全全从沙丘后钻出，绚烂的光芒照耀大地，才轻呀一口气，侧过脸来看他："大爷说什么？"

李渭一愣，递过水囊与她："喝点水。"

她摇摇头："我要下地走一走。"

李渭正要扶她下高车，她却摇摇头，有些不肯的模样，自己抓着围栏从高车上跳了下去，略一趔趄，被李渭抓住胳膊站稳在平地上。两人就此落在车后。

车上妇人们窃窃私语："这小娘子在车上一声不吭，看起来一团稚气，倒嫁了个好夫君，瞧着甚是温柔体贴。"

"哪里是夫君。"那与春天说过话的妇人解释，"那小娘子额头上还生着绒发，明显是未开过脸的闺女，她说是她兄长，并不是什么夫妻。"

驮队绵延数里，一眼望不见头尾，春天牵着自己的马走在驮队后，不管路面深浅，埋头踩在结块的土坷里，一双胡靴溅得灰扑扑，李渭见她突然流露出几分……大约是孩子的气恼劲儿，心中生奇，想问又不知道问些什么——他常年在外，在家与长留相处的时间并不太多，哪里知道小孩子的心思是怎么长的。

春天心中的闷气，不过是因为夜里身边妇人的那句夫妻之说。李渭与李娘子向来琴瑟和鸣，李娘子的热孝又刚过，她心中虽然坦荡，但听旁人误以为两人是夫妻，只觉分外难堪。要知她因为薛夫人的事情，不知受过多少闲言闲语和奚落讽刺，在男女之事上，哪里肯让人误解她半分。

李渭到底是摸不着头脑，春天抬起眼来瞟了他一眼，秀眉微敛："也不知道长留在陆娘子那儿习不习惯，走的时候我都没和他说上几句话，心里觉得甚

是对不住他。"

"他买了匹小枣马,说是要送给他的春天姐姐,回去时才知道你已经走了。"李渭道,"等回去后,怕是马儿也长大了。"

"我走得是太急了,应和他道个别。"她道,"等我找到了陈叔叔,大爷就可以回甘州了。"

她眉宇间有孤寂的神色,嘴角抿得有些倔强。粗犷的男人哪里知晓她这番低落从何而来,权当路途遥远、车马劳顿有感,想了片刻,李渭在包袱里摸索良久,掏出一块油纸包的糖霜来,是年节里仙仙常吃的那种,甘甜如纯蜜,李渭掰下一点糖屑给她:"喏。"

她呆愣片刻,见糖简直如见鬼一般,结结巴巴:"大爷,你为何会有糖?"

李渭把油纸包好,复放入包袱内,挑眉道:"嗯,心里不痛快的时候可以吃一点。"

春天把糖噙入舌尖,饴糖味美,浓郁的甜化在唇中,回甘良久。也不知怎么,她眉眼弯弯,暗藏笑意。

太阳越升越高,长空无云,烈日正炙,天气渐热,婆甸罗跪在车厢一角摇着扇子,见卧在软裘中的主人眯着眼要起身,沾湿帕子趋膝上前为主人净手。

康多逯四旬有五,蓄着两撇浓胡,深目高鼻,却身着汉服汉帽,除了信袄神外,已然完全汉化——外人称他银沙老爷,说的是他家银子如沙海一般。年初他带了一袋夜明珠去了凉州,换了丝绸茶叶回来,打算转手贩卖到西域各国去。

"多哥,多哥,老爷要用饭,把车停了吧。"婆甸罗掀开帘子,用胡语朝着赶马的蓝眼少年道。

"好嘞。"多哥挥挥马鞭,朝部曲们喊,"弥施年,老爷说歇了。"

众人走到现在,马骡已是哼哧喘气,人人烤得汗流浃背,驮队就此停下歇息。多数人吃的是清水就胡饼,好一些的有肉脯、酱菜佐食。多哥跳下马来,就地生火,架起一只小瓮煮羊肉,那羊肉不用水烹,却倒了一坛子葡萄酒去煮,一时肉香酒香随着热风席卷而来,异常馋人。

煮好羊肉,婆甸罗将肉装在金盘里,送到马车上伺候主人,剩余的肉酒则招呼部曲们享用。有个七八岁的男童坐在不远处,闻着馋人的肉香深深地吸了口气,扯着妇人的袖子:"娘,我想吃肉。"

"大能乖,我们吃饼子。"

"不吃饼子,要吃肉。"男童噘着嘴委屈道,"吃了好多好多天的饼子,我不爱吃饼子。"

孩子的爹倒竖眉头，扯着孩子坐下，凶斥道："吃吃吃，就晓得吃，有饼子吃不行，还要挑三拣四，没饿死你就不错了。"

孩子受了训斥，眼泪汪汪地哭了几声，被喝止住，可怜巴巴地跟着娘坐在沙丘上，一口口嚼着发硬的胡饼。

婆甸罗端着只银碗跳下马车，笑嘻嘻地走过来，捧在男孩儿面前，汉话生涩："老爷说，饼子硬，吃羊肉。"

银碗里有几块羊肉，男童爹娘不敢接手，连连起身推辞，婆甸罗碧眼带笑，将银碗推到男童面前，一溜烟地跑回马车里。

"谢谢姐姐。"男童喜笑颜开，捧着银碗狼吞虎咽，众人不看羊肉，却见那银碗花纹繁复，一看就价值不菲。

孩子的母亲正是在高车上和春天搭讪的妇人，见儿子捧着碗，颇有些不好意思，对身边一众妇孺道："这孩子，真是让大家见笑……这银沙老爷，阔气且不说，还是这样个好心人。"

"连吃饭都是用银碗金盘，这样阔奢，怪不得要请那么多护卫随行。"有妇人艳羡，"带着那么多驮子的货物，售值千金，一辈子都不用愁。"

"听说他一颗明珠就卖了五万贯，在长安、凉州、甘州各处都有宅子……"

春天嚼着胡饼，听见众人窃窃私语的讨论声，目光落在马车上。车窗被婆甸罗撩开，露出中年胡商搭在窗上的一只手，戴着三四只玉戒指，穿着上好的绸衣。这样的大胡商，沿路城镇、驿站、守捉关系都打点得很好，关文盘查很松泛，往往见面则放行。她看着李渭和弥施年攀谈的身影，酒囊往来，豪气冲云，想来他也是有心要依靠这支商队，将她一路送到伊吾去。

驮队中又有悠闲谈论时局的商人，说起月初金棘城遣使长安，金棘使者正在冷泉驿停留，听闻是好大的一次排场，进献贡品中有鸣盐枕、浣火布、阴牙角、氍毹这样的精妙之物，足足抬了十几个箱子要往长安去。若是驮队走得快，可能还能在驿站里一饱眼福，看看这些稀世少见的宝贝。

要知道，金棘城与北宛交好多年，一度和北宛配合侵扰西域，前几年朝廷大破北宛后，金棘城扭转态度，渐对长安显出亲近之意，近来更是遣使长安，两方热络，金棘献珍宝，长安送能工巧匠，两国关系一时非比寻常。

"圣人诞辰在即，金棘城这回赶着去长安祝寿。"有人道，"使节带的十方鸣盐枕，有明目清心、治疗偏头痛之效，这可是第一次入贡，听说圣人近些年头痛之症越发严重，送这枕正是时候。"

"金棘城和北宛亲近了几十年，北宛一被击溃，金棘城主就投靠王朝，实在是……"

"又听说折罗漫山下，有北宛骑兵沿路南下骚扰牧民村落，这开春的时候，牛马正兴，把那处闹得个乌烟瘴气。"

"北宛人不是已经西逃北窜到金山一带了吗？什么时候又南下折罗漫山了？"

"怕是散兵游勇，死灰复燃，不过咱们兵力雄厚，也是不怕的。"

"当年北宛王一死，北宛各部内讧得厉害，就此退出北庭，我看等各部统一后，又是一场硬仗要打。"有人摇摇头，"北宛人都是马背上长大的，反骨得很，啃又难啃，吞又难吞，将来有的好看了。"

众人休憩后，喂饱驮群，继续往西行。空气中渐渐能闻到一股淡淡的蜜香，起初不经意地随风而来，越往前走越浓郁，这香最后渗入五脏六腑，熏得人头脑发涨，春天从来没有闻过这么浓郁的香气："这是什么香？"

李渭答："是沙枣的花香，前头有一片沙枣林，眼下是开花的时候。"

时令已至四月末，若在南方，石榴花也过了盛景，正是要入夏的时节，沙碛里的沙枣树才刚刚开花。走了几里，无垠沙丘后是远远一片灰绿色沙枣林，几丛骆驼刺胡乱点缀在左右，这片沙枣树生得不高，模样却是怪难看的，树皮皲裂，颜色灰扑扑的，毫无生趣。半死半颓的枝干上长着些卷曲、干燥的树叶，那些小小的、细碎的金黄色花朵就藏在每一片枝叶下。

春天深深呼吸一口气，这香气霸道又浓烈，被沙碛中的热气一蒸腾，感觉天地间都是这股清甜的味道。

"再往前走上五六十里，就到了冷泉驿。那里也有一片沙枣树，开的花比这儿还多。"

驮队慢慢路过这片沙枣林，沾染一身沙枣花的香气，往更远处走去。

复行二十里，这时太阳已经半挂西天，天空有了积云，天色也稍稍暗沉了些，暑气也没有正午那么炎热，凉风吹得惬意，春天脱了外裳，穿着件单衣骑在马上，驮队里有人在吹笛，清越笛声如新柳，如清泉，飘飘荡荡伴着驼铃声，杳入天际。

李渭突然睁开双眼，"吁"的一声勒住灰马，向北处侧耳细听，春天顺着他的目光望去，只是一片苍茫又单调的沙丘，她问："怎么了？"

绵延沙丘起伏如同女人的胸脯，在咸重的风中温柔静谧地呼吸，灰青的骆驼刺在地上投出长长的身影。

李渭极目远眺，春天见他面色沉静如水，眉尖却微不可察地挑起，不明所以，复问："大爷？"

碧天黄沙穷目处，灰白云块后突然显现出一个墨点，又倏忽隐没在云层后。

李渭回头，目光极快地掠至驮队，温顺驮马绵延数里，蜂蝇一路嗡嗡围绕，商人们在退暑的风中蓄出一点精神气，三三两两聚在一起闲谈。他折回她身边，声音绷着："前路恐怕有变。"

　　春天见他的手握住腰部箭囊，心头惴惴不安，问语还未出口，一声尖锐辽远的隼唳破云而来。仰目眺望，只见蓝天间有一枚极快的黑点从云层后冲击而下，越逼越近，越来越急，半空中又咻地生出双翼——原来是一只鹰隼，振翅朝驮队策来。

　　众人望去，心内暗生惧意，待要看清俯射的苍鹰模样，只见鹰隼在半空中扇动双翼，尖唳一声，又飞腾而去。

　　李渭皱眉："我们要快走，西行三十里就是冷泉驿，入城要快。"

　　人群微有骚动。前头有个红颊白帽的部曲拨马出来，振臂高呼几声，旅人们神色由轻快转为恐慌，纷纷开始抽鞭驱赶骡马，高车上闲聊的妇孺疑惑地停下交谈，询问出了什么事情，却无人愿意回应。

　　车轮滚滚，不过走出片刻，一支斜箭从天际蹿出，右际沙丘后传来一阵马蹄声，沙雾滚滚，沙丘后爬上来一列高头大马，马上骑着一身材矮硕的男人，这时犹看不清敌我，就近的一个部曲正要喊话，一支灰羽鸣镝铮的一声迎面蹿来，闷声将人钉倒地上。

　　就近目睹此幕的众人，见部曲直直从马上倒下，慌乱散开："马匪，马匪来了！"

　　"快跑！快跑！"

　　春天听见前方弥施年纵马一路狂奔，高声朝商旅们喊："快走！快走！弃了辎重，骑马走！"

　　驮马走尘，前头驼群在长鞭的抽打下已是疾行狂走。部曲们策马行在道路两侧，神色肃穆，提刀拔箭，呵斥着众人急速快行。多哥赶马急匆匆地往前颠簸，小案几上的金叵罗、葡萄酒杯叮叮咚咚掉落在软毯上，康多逯闭眼假寐，被车外喧哗惊醒："弥施年，出什么事了？"

　　"萨宝，有马匪来袭。"护在车外的部曲急急道，"弥施年指令我等往冷泉驿躲避。"

　　康多逯匆匆起身，紧扣车窗，脸色凝重地朝窗外看，远处沙丘上转眼已站了黑压压的一群马匪，一字排开俯瞰驮队，为首马匪几声高声叱喊，马匪们抡刀纵马俯冲而下，杀气腾腾，朝驼群策来。他穿行西域几十载，见多识广，也经历过诸多的生死存亡之际，颠簸之际，镇定指挥："多哥，莫慌，安稳驾车。"婆甸罗正探帘偷看，瞧见高岗上飞来无数羽箭，人群中有人惨叫着被

钉落在地,不知生死,她吓坏了胆子,脸色惨白地缩在马车里:"老爷……贼……贼……"

李渭的马鞭抽在春天马背上,马儿吃痛朝前策去,春天紧抓着缰绳,一颗心被颠得几要跳出来。她犹记得红崖沟那拨凶神恶煞的马匪,惊慌失措地看着李渭,他护在她身侧,撞见她惊恐的目光,沉声道:"别怕,握好缰绳,往驿站跑。"

部曲们护着商队和骡子急匆匆往前赶,驼群慌乱,人人逃窜。

"喝——"马匪转瞬至驮群,为首匪人是异族人相貌,长辫金环,目光凶横,挥一柄大刀,刀刃雪白,直直朝商旅们劈下。首当其冲的一名胡商已吓得面如金纸,几欲软倒在地,被就近部曲一扬马鞭驱走,挥刀迎上去,叮的一声格开刀刃。

"是北宛人!"人群中不知谁一声颤声大喊,"北宛人来了!"

而后黄沙腾腾,驼群中尖叫声、哭喊声炸裂开来。春天捉紧缰绳,被李渭带着往前策驰,慌乱间瞥见眼前一个高颧杏眼的马匪挥动长刀,将一名商旅斩杀刀下,一蓬血雾在春天眼里四溅开来,她脑子发热发空,看着滚落在地的头颅几欲呕吐。

这群北宛人有百来众,除抢夺骡马、辎重外,还砍杀商旅,他们大概以此取乐,杀人并无什么章法,看见眼前胡乱逃窜的人群只顾抽刃砍杀,鲜血四溅,越发助兴,一时杀心迭起,连妇孺俱不放过。

敌强我弱,部曲们不敢应战,护着康多逯等一批商人急急前去。弥施年砍杀了几名北宛人,护着几名胡商策走,此时也照应不得高车上手无寸铁的妇孺。一个矮粗北宛人狰笑着朝高车上的妇孺挥刀而去,手无寸铁的妇人们在亮刀下抱着孩子,缩在角落瑟瑟发抖。

有个健壮妇人惊恐至极,尖叫一声,抱头往车下逃窜。北宛人在后高声呵斥一声,霍然扬起长刀往前劈去。

"叮——"

一声锐音,长刀被一支突如其来的飞羽弹开,高车旁侧,眉目清朗的灰衣男子足尖一点,自马上跃上高车,挥出腰刀,猱升向北宛人劈去。

"弥施年,你带着我妹妹走,我来断后。"

"大爷!"

"走。"弥施年挥鞭,见春天频频回首顾看李渭,呵斥道,"我们先走!"

春天咬咬牙,打马蹄出偌远,跟着弥施年和流散的商旅往冷泉驿的方向奔去。

冷泉驿是十驿中一处较大的据点，有一队驻兵和守尉，这几天还有金棘城进贡的使团停留，护军不少，北宛人必不敢进城，快一点，还能通知驻兵前来支援。

身旁俱是尖叫声和哭喊声，被听不懂的狞笑压住，春天的心突突地跳，只管纵马狂奔。

前方已是日落时分，落日如硕大金盘矗立在地平线之上，血色夕阳照着荒野，分外萧索的光景。

康多逯和一众商人见形势不妙，只抓了珍贵细软，在部曲的护送下往前奔去。骡马四散奔逃，扬起厚重土雾，半路不知谁家孩子跌下骡子，那孩子跌在灰土里瑟瑟发抖，扯着嗓子朝离去的人哭喊："爹，爹，娘……"

他爬起来，一路追着逃亡的人群狂奔："别抛下我，别抛下我，爹，娘……"

人人自顾不暇，哪里还有人来得及应他。孩子抹抹眼泪，惶恐地回头望着陷于北宛人刀刃下的驮队，看见弥施年带着一众人奔驰而来，眼前突地一亮，朝春天的马狂奔而来，伸长手臂大声嘶喊："姐姐，姐姐，带上我！"

春天在马上大吃一惊，措手不及，只得俯低身体，一手握缰，腾出一只手去拉他。马儿飞腾，却只摸到了孩子的半片衣角，两下错过，身下的马蹄出几丈开外。春天勉强回头，看见那孩子又跌在尘土里恸哭："爹，娘……救救我！"

晚风猎猎，她随马儿追着弥施年和人群奔走，不知怎的，咬咬牙，掉转马头，扬鞭策马往回去。弥施年见她策马回奔，卷起马鞭就要拦她，大惊失色："女郎！别回！"

"快，快！"商人们慌乱，"弥施年，北宛人追来了！"

春天纵身朝孩子奔去，探身伸长手臂，大声喊："快！抓紧我啊！"

七八岁的孩子眼里突然迸出亮光，从地上跌跌撞撞爬起，像鱼儿含住鱼饵，死死锁住春天递出的手。春天使出吃奶的力气把孩子拽上马，抱坐在自己身前，内心松了口气。

正要策走，迎面一个北宛人已追过来，原本只是胡乱砍杀，乍一看见春天，眼里寒光一闪而过，满面戾色，冷笑几声，朝春天喊了句什么，加快速度朝她抡刀砍来。

春天大惊，她甚至能看清来人明晃晃的刀身上，晃动着水一样的光泽，和她惶恐之至的面孔。

掉转马头已经来不及了！

春天使出这辈子最大的力气挥鞭，她冲着北宛人的刀狂奔而去，靴头有刺尖，她发狠地踢着马肚，马儿受痛，嘶声飞扬着一溜烟纵飞而去。两人越来越近，在北宛人挥刀而下的那一瞬，春天俯低身体贴在马上，从刀下飞蹿而过。北宛人未曾料到她这一招，愣了一瞬，居然让这年轻女子从刀下溜过。

许是引起了兴味，北宛人用寒白刀尖指着她，嘴里吐出一句急促的话语，驱马追赶。

春天心跳如擂，带着孩子狂奔不及，这一刻时间太过漫长，风像刀一样刮在脸上，沙土飞扬，将她的风帽吹得猎猎作响，她好似腋生双羽，飞翔在马背上。

"箭，箭，箭！"反身坐在她面前的孩子死死掐着她的肩膀，"姐姐！他在放箭！"

羽箭破风而来！

孩子尖叫一声，春天的冷汗早已浸透衣裳，急促的风声中，余光里有一支铁箭已从耳边飞过。两人就如同任人屠宰的羔羊，而猎人悠闲地在身后任她逃窜。

流矢在身边擦过，不知飞奔了多久，胯下的马跃上一个高丘，春天瞥见眼前是一道道横竖交纵、怪石乱滚、枯草杂生的深沟，双眼一闭，双手紧紧抱着孩子，俯身从马上滚落下去，跌入沟中。

这片深沟原是一道河谷，几十年前河水就已枯竭，徒剩些干芦苇错乱地生在沟地，庆幸土石松软，跌下去只有些剐蹭轻伤。春天脑子撞在碎石上，嗡嗡地响，却丝毫不敢停留，滚入枯草丛，寻了处隐蔽角落蹲藏起来。

那北宛士兵看到两人坠马，底下是一片纵横河床、木石凌乱，谷壑起伏难寻踪迹，咒骂一声，兴味索然，驱马离去。

春天捂着孩子一动不敢动，四野一片死寂，连风声也几乎消匿。不知多久以后，只觉面前灰蒙蒙不见天光，怀中的孩子颤声道："姐姐，没有人。"

两人小心翼翼地拨开枯草，这才见天已黑透，颤颤巍巍地爬起来，弯月低悬，望目丘土起伏，一片阒静。

春天脸色木然，马儿已不知去了何处，身边的孩子就是中午那个哭闹着要吃肉的赵大能。她站起来，却发觉自己腿软得连站都站不稳，一旁的孩子爬起来，哭丧着脸问："姐姐，怎么办？"

天色已暗，四野无人，这时候哪里知道冷泉驿在哪个方向？面前丘土是千篇一律的相似，连来路都已不记得。夜里风冷，呼啸着刮过大地，其音纷杂，泣声吼声如浪，好似又夹杂着野兽的咆哮声。

春天打了个寒战，看着昏暗月色，爬上跌落的高丘，环顾四周，拍去手上的沙土："我们往西去，去冷泉驿。"

"姐姐，哪边是西？"孩子带着哭腔问，"我们从哪儿来的？商队在哪里？"

她抬头看看天边星子，内心也不敢笃定自己的判断是否正确，她牵着孩子的手："天上有北辰星，指向北方，我们……"

她的手在虚空中比画，指了一个方向："我们去西。"

两人行走在一个个起伏的土丘之上，弯月逐渐上移，最后悬在头顶正空，但这片荒野好似永远也走不到尽头，孩子一边走一边抽泣，一边抽泣一边抹眼泪，他想放声哭，被春天喝住："别哭，荒漠里有狼，别把狼招来了。"

孩子浑身一抖，紧紧攥住春天的手，抹抹眼泪："姐姐，你若不救我，就不会被坏人追赶，呜呜，你现在一定已经到了驿站……呜呜，都怪我……我想我爹和我娘……"

"姐姐，我爹说狼会吃骡子，饿了也会吃人，我害怕被狼吃掉……"

这个聒噪的大能。

春天的头隐隐作痛，夜里风冷，发丝和灰土黏在额头，让人生痒，她安慰自己，也安慰孩子："不要怕，我们去冷泉驿看看，或许你爹娘在驿站里等你回去，也可能在路上寻你，我们快些走，马上就到了。"

旷野上没有路，冷风呜呜地吹，她穿得单薄，被冷风一吹冻得骨头发冷。春天疑心自己走错了方向，要死在这片荒野里，再三凭借星斗和地上的草木辨别方向，不断停下来环顾四周，想要找点什么来证明方向的对错。

正惶恐无措之间，大能突然指着前方："春天姐姐，前面地上有东西。"

两人奔上前去，沙地上散乱着几块布帛，再往前走，还有些骡马的蹄印和几块木片，应是今天逃走的商旅遗失的物品。一大一小对望一眼，面容上这才有了笑意："这里之前有人走过，我们没有走错路。"

两人一路沿着骡马蹄印往前走，约莫走了一个时辰，起初他们能看到天际处一点跳跃的微光，以为是星子。再往前走，只觉那是跳跃的火光，雀跃不已。越走越近，那光团越来越大，春天估摸着前方的亮光应就是冷泉驿，加快了脚步。

大能爬上最高的一座土丘，茫然回首："姐姐。"

高耸夯墙在夜色里浮现，熊熊的火光连成一线，静静地在黑夜里燃烧，烧得那片天空呈现出诡异的紫色。空荡荡的天幕下火苗无声地燃烧着，两人目瞪口呆，不知道何去何从。

冷泉驿，烧起来了。

"姐姐，怎么办？"大能带着哭腔，仓皇无助地望着她，"驿站烧起来了，我们怎么办？"

火势这么大，是走水了吗，还是有人在放火？出什么事情了？

春天望着远处的火光，抿抿干涩的唇："我也不知道。"

"阿爹、阿娘。"大能搂着她的肩膀呜呜大哭，"姐姐，我要爹娘。"

她摸摸孩子的头顶，一时也是心乱如麻。

两人走到此处已是精疲力竭，春天不敢带着孩子上前，怕是冷泉驿生变故，二人相互偎依着，坐在山丘上看眼前的火光。

大能不过是个七八岁的孩子，受了惊吓，又强撑着跟春天走了半夜，又累又饿，只哭了两声就躺在春天膝上睡了过去，眼角还挂着几颗泪珠，春天搂着他坐在冷风里，眼睁睁看着眼前。

深夜旷野里，火光跳跃，只在上空蒸腾出一片雾气，风中飘来隐隐的烧焦味，混着沙枣花淡淡的香气，还裹挟着烧焦的点点黑灰。

等到火光渐渐低沉，天色未亮，星月暗沉，天地间是朦朦胧胧的灰暗，春天摇醒大能："大能，趁着天没亮，我们去看看。"

两人牵着手，静悄悄又谨慎地朝着冷泉驿走去，尽量不发出一丁点声响。走至半道，借着昏暗天光，只见荒地上俱是浮于沙土的凌乱蹄印，还有掉落的布帛、鞋履等零星物品。

春天脸色凝重，大能见她的目光落在地上，只见是几片散落的木片和一堆脚印。

春天的脚尖在地上磨蹭，讷讷道："这个蹄印是朝外走的……"

是冷泉驿出了什么事情，驿馆里的人朝外奔逃了吗，还是那些已经抵达冷泉驿的商旅，又急匆匆地往外走？

远处突然响起急促的马蹄声，春天和大能对视一眼，惊慌地钻到土丘之后，马蹄声渐近，才看清是四五个披着褡裢的行商从冷泉驿方向朝外行去。见来者同是旅人，当真是惊喜万分，大能先从沙丘后蹿出来，连连招手，朝着几位面色仓皇的商人冲去："大爷，大爷……"

几人被这一叠呼唤一吓，定眼望去，只见是个七八岁的孩童，身边跟着个十五六岁的少女。

"几位大爷是从冷泉驿出来的吗？"春天连忙作揖，"我们昨日路上遇见匪徒，正要去驿站避祸，半路却见驿站失火，不知发生何事？"

"你们也是从银沙老爷的商队中逃出来的？"其中一圆脸短须的青衣人问道。

原来这一行人也是昨日在北宛人刀下逃生的商人，急急地往冷泉驿赶，亦见戍堡着火，在野外躲了半宿。好不容易等火熄灭之后近前探看，只见城下有戍卒尸体，戍堡城门大敞，门口守着几名北宛人，正在尸堆旁饮酒吃肉，划拳大笑。几人不敢停留，悄悄遁离冷泉驿，心惊胆战地往外奔走。

春天和大能听毕，面面相觑，大能忍不住大哭起来："那我爹娘……我爹娘去哪儿了？"

商队被抢，驿馆又被烧杀，那李渭呢？

几人让了一匹骡子出来给春天和大能共骑："我们先找个地方躲躲，我知道这附近几里外有片石滩，可以去那儿落脚。"

大能还是个孩童，忍不住埋在春天怀中抽泣，春天见他如此，也是心酸不已："别哭，等那帮北宛人走了，我陪你去找爹娘，他们一定没事的，别哭……"

冷泉驿五里外有片石滩，乱石耸立，土丘被风割裂成一个个坳，可藏人。一行人朝此行去，此时天光已亮，却不料在半路遇见了弥施年。

弥施年带着康多逯一行人，入夜奔到冷泉驿，跟驿站戍官说了被北宛人截杀之事，坐下不过半盏茶的工夫，戍官还未点兵支援，堡内突然大声喧哗。隔壁的驿馆猛然烧起了一阵大火，众人急急开门去莫子湖引水救火，谁料北宛人转瞬攻到了城门之下，杀入城门烧抢，城内人又哄然往外逃命。

这一队北宛人并非普通游牧民，刀矢精良，怕是军队，又有百人之多，怕是故意去冷泉驿作乱。只是不巧在道上遇见了商队，恰如一只肥羊正好送到了狼口，在冷泉驿烧杀一夜不够，这会儿还盘桓在尸堆之上饮酒作乐。

这一夜，可是多灾多难，商旅们陷入逃无可逃之境。

康多逯此刻也十分狼狈，在冷泉驿弃了马车，在部曲的护送下骑马到了石滩躲避。康多逯只携了马车内的一些细软出来，部曲们只护住了十之一二的骡子，商队损失惨重，不少商人跌足哀叹，不知如何是好。

饶是如此，康多逯的脸色仍是平静的，吩咐小仆："多哥，去看看弥施年回来了不曾。"

"萨宝，萨宝老爷，这可怎么办啊。"有商人愁眉苦脸地跟着康多逯诉苦，"萨宝老爷，唉，这下可怎么办啊，我的全部家当，一朝尽毁！"

"能捡回一条性命，就是上上大吉。"康多逯将祆神像供于石壁，面朝神像跪拜起来，"将我们的金银珠宝献给祆神，求祆神庇佑我们，平安无事，一路西归。"

康多逯一行人在石滩落脚，弥施年安顿好萨宝和众人，再出去探探消息，突然迎面看见春天和大能，弥施年松了口气："小娘子，谢天谢地，你还活着。"

他抹开额头灰土："我安顿好萨宝，本想回去寻你，谁料正撞见你大哥追来，你大哥知你丢了，脸色煞白，话都未说一句就回去寻你，我跟着找了一路也不见你的踪影，先回来探探消息。"

弥施年颇觉得对不住李渭，亦是忐忑了一夜，看见春天，千叮万嘱："你就在此地等他回来，切莫胡乱走动。"

李渭，李渭也在！

她几乎要落下泪来。

石滩聚集了不少商旅，有从商队逃出的，也有从驿馆里奔走而来的，人人精疲力竭，惶恐不安。

"烽驿外北宛人抢杀商队，驿城里又被北宛人抢了，还把一众金棘城使节都烧死了，哪有这么巧的事情，怕不是北宛人专为报复金棘城而来，恨金棘城主往日歃血为盟，今日见风使舵。"

"伊吾路重开没多久，不是说朝廷在和北宛谈和，怎么又要开始打仗了吗？"

"北宛人狼子野心，去岁冬冻死了不少骡马，必然又要南下侵扰抢掠。"

"我把全部家当都换了绸布，这下被北宛抢了去，这以后可怎么活啊。"

大能在人群钻来钻去，寻找自己爹娘，却仍不见爹娘踪迹，泪花一闪，撇撇嘴，在人堆里号啕大哭起来。

春天只觉心酸，抱着他不住安慰，人群里有认识大能的妇人，见他哭得凄惨，递过来一小块饼子："别哭了，孩子，兴许你爹娘正在来的路上，再等等。"

不多久之后，天光已大亮，春天听到远远一声马嘶，那嘶声有些耳熟，春天噌地站起来，只见远处又来了一群人，有一二十人之多，她急颠颠跑上前去。

只见人群中有一人策马朝她奔来。

她一见那身灰衣，不知怎的眼眶发热，酸胀得看不清来人，往前迈了两步，哽咽地唤他："李渭。"

李渭终于看见了她，心头巨石落地，真真喘了口气，他翻身下马，大步迈过来，上下打量她，柔声问道："还好吗？"

她的风帽掉了，黑发蓬乱，露出一张沾灰的脸庞，眼眶里有一闪一闪的亮光，对着他点点头，沙哑地"嗯"了一声。

这一夜险象环生，她根本不敢去想，只怕自己被脑海里的画面吓倒，此时见了他，才觉得自己精疲力竭，几欲虚脱。

李渭吐了口浊气，本欲说些什么，春天身边突然窜出个孩子，向着李渭身后大喊："爹！娘！"

丢了儿子的中年夫妻喜极而泣，朝着大能跑来，一家人呜咽团聚，劫后余生的哭声听着分外酸楚。钱财虽已丢失，不过都是身外之物，丢便丢了，命最重要，又听儿子说是春天相救，连连跪下来磕头。

追雷身后跟的是春天的马，李渭救下高车妇孺后，连忙去追赶春天，岂料直奔到冷泉驿都不见少女身影，又见戍堡失火，一群城内民众乱哄哄地往外逃去。他遇见弥施年，听说她为了救一个坠马的孩子，折回去救人了，心头一凛，回头去寻她，却只在半路上发现了春天的马匹，在附近寻了一夜都不见她，想着再回来看看。

万幸，她正在此。

他发觉自己紧绷了一夜，到此刻才放松下来。

春天看见自己的马，也松了口气，马上的包袱被箭矢射穿，丢了一串胡饼，所幸水囊衣物都在。一夜慌张，滴水未进，她先将水囊取下来喝水，寻了个僻静角落，沾水抹去脸上尘土。

李渭递过来一包肉干，她就着凉水囫囵吃在嘴里，听见他道："把手伸出来，我给你上点药。"

春天疑惑，见他的目光落在自己手上，这才察觉手指生疼，她的两片指甲都折断在了肉里，渗出的血迹已经干涸，糊住了指尖——应是救大能时太过用力，把指甲生生折断。

那时忙于逃生，倒感觉不到一丝的痛意。

她一手举着肉干，一手伸出递给他，被他短暂地牵放到他的膝头。

李渭倒出水囊里的水替她清洗血迹，见她轻轻蹙起眉头，寻出一柄毛笔似的小刷子，沾了清水，用软毫慢慢清理她指尖的泥灰。

他又在包袱里掏出一个黑色小药盒，沾了药膏，细细地抹在她的伤口处，她只觉绵绵微痛中有一股清凉之意，顺着指尖慢慢往上爬，一直爬到心头。

李渭将软布撕成布条，一圈圈缠绕着她的伤口，她一声不吭，坚忍的目光落在包扎的指上，于是他缓慢又坚定地说："你放心，此后我再不离你左右，一定护你周全。"

春天听见此言，鼻间一酸，低声嗫嚅："有个北宛人追我，还朝我射箭。"

他只觉这几个字蕴含无限委屈,抬头瞥了她一眼,见她长睫微颤,像灯下飞蛾扇动着翅膀。

"我的铜哨。"他将她在常乐山还给他的铜哨,再次递给她,"还是你收着,如果我走得远,吹哨把我喊回来。"

天已大亮,青冥浩荡,红日高悬。

石滩酷热,灰扑扑的杂草藏于石缝间,畏头畏尾地探出几点绿意,被避祸而来的骆驼嚼入嘴中。

仓皇出逃的商人未携水粮,奔走了一夜,到现在已是饥渴交加,在日头下晒得蔫巴巴,脸色都有些木然。

康多逯命婆甸罗拿了一挂胡饼给众人分食,商人们食物在手,神色仍是焦灼哀苦,相比食物,这时候更重要的是清水。

康多逯带的清水有限,舍出一半分给商旅,每人只分得一小口,权当润润嘴唇。

最近的一处水源是冷泉驿城下的莫子湖,现在最要紧的是回冷泉驿去。

临近晌午,弥施年有些狼狈地回来了。

冷泉驿的北宛人正在搬空驿城,将食肆驿馆里的酒水粮食、商旅们的驮包、金棘城使节进贡的稀宝扫荡一空,准备载往北宛领地。

"这是要撤了?"众人纷说,心下都松了口气,仿佛看到了一点希望的苗头,"肯走就好,只要这些北宛人不盘踞在戍堡,我们就没事了。"

"再不走,双井驿的援军也该来了,这些北宛人也不想和戍军正面应对,现在只盼着援军来,我们就能回冷泉驿去。"

春天一夜未睡,已是精疲力竭,早上和李渭重逢后,李渭带着她避开人群,寻了处背阴处让她休憩。春天也顾不上许多,这一夜过得实在胆战心惊,裹着毡毯倒头就睡,直至晌午方被众人的喧哗声吵醒。

醒后揉眼,见李渭不在身边,环顾人群,李渭正抱臂和弥施年说话,不时分神回望她一眼,两人目光相撞,春天见他脸色有些严肃,并无半分侥幸轻松之意。

她心头也有些忐忑,这驿馆的第一站就出了意外,后面的路程还能好吗?

未多久,李渭拔步向她走来,面容始露温和:"吃点东西?"

她摇摇头,李渭递过水囊,告诉她好消息:"北宛人要撤出戍堡,现下安全了,等会儿我们去冷泉驿看看。"

"不过冷泉驿被烧掠一空,怕是不能带你去驿馆里吃顿好的。驿馆里做的炙鱼味道很不错，辛苦走了这么多日，原想请你尝尝。"

没料想出了这么一遭事情。

短短几日，她的脸颊已消瘦一圈，尚不如他巴掌大小。

春天知道他有心逗自己开心，也暂放下愁思，眨眨眼："下一个驿馆是苦井驿，还可以吃炙鱼吗？"

李渭言语带笑意："冷泉驿城下的莫子湖才有鱼，苦井驿里只有几口井水，而且厨子手艺不算好，但烽子们自己种的寒瓜还不错，现在去兴许能吃上第一茬儿的寒瓜。"

春天闻言，松了口气："那也很不错，寒瓜可比炙鱼稀罕多了，在长安只有达官贵人吃得起，不算亏。"

知道北宛人要撤离冷泉驿，有胆大的商人沿路去寻自己的包袱骡子，也有哭泣着去收殓亲友尸首的。不过多时，有商人见荒丘之间有一队铁甲兵士打马纵驰，烟尘滚滚，急急往冷泉驿策去。

"是双井驿来的援兵吗？"石滩众人听闻消息，个个激动，"走走走，去冷泉驿看看，若是援兵已到，这下我们可安全了。"

躲避在石滩里的商旅纷纷现身，三三两两往冷泉驿走去。远远望见那队兵甲装扮，果然是从双井驿闻讯而来的援兵。

双井驿戍官王钊在"千里眼"里看到冷泉驿一片烈火，大吃一惊，亲自点兵来查看情况，又连忙送信给玉门关守军。一路驰策，见冷泉驿戍堡夯墙上被烧得焦黑如炭，倾颓了半边墙堡，城门大开，几具尸首卧倒在城下，不由得冷汗连连。

进城一看，城内空荡，已被洗劫一空，满地尸首，到处是破碎酒坛，残火还舔舐着各处檐角，金棘城驿使居住的驿馆已被烧得一塌糊涂，几具尸体在庭中摆得整整齐齐，全是路经此处的金棘城使节。

见有兵将前来，躲避在城内各处的幸存者瑟瑟发抖地钻出来，俱是如惊弓之鸟惶恐不安，拜见援将，口齿不清地说着这一日的遭遇。

"起初是驿馆突然走水，馆内有慌乱的喧嚣声传来，我等见火势太大，忙着去莫子湖取水救火，谁知这时突然有一队北宛人马朝戍堡策来……乱箭齐放，我们慌不择路，只得到处躲避，那些逃不及的，就做了刀剑下的亡魂。"

王钊不见冷泉驿的守官，连尸首也未寻见，只得命自己人去清点伤亡，录民众口供，又派烽子上戍堡燃火，镇守城门。

躲藏在附近的商旅见援军入驻，戍堡上重燃烽火，纷纷往冷泉驿行去。

冷泉驿的守官肩头中箭，昨夜见敌人气势汹汹，早已吓破胆子，匆匆带着几名亲随弃堡而去。此刻见了烽火，也一道回戍堡来，见好友王钊坐镇，戍堡内满目狼藉，死伤多人，不由得冷汗涔涔。

冷泉驿兵卒损失十之七八，最要紧的是使节身亡，朝贡尽失，这可是砍头大罪。

"你呀，你呀！你一个守将，怎么能弃戍堡逃走？兵将逃职，这可是死罪，出再大的乱子，你也要死守在此啊！"两驿守官熟识多年，王钊见同侪从外逃回来，颇是头疼，连声埋怨。

冷泉驿守官面如死灰，跌坐在椅上，喃喃自语："我也是一时吓得方寸大乱，王兄，王兄，你帮帮我……怎么办……"

冷泉驿戍堡下已聚集了数百商人，有近日歇在此的商人，也有昨日跟着康多逯商队来的。抬头见戍堡夯墙焦黑一片，满地凌乱，血迹斑斑，内心尚未镇定，又被这满目凄惨勾起几丝惶恐。又见戍堡门前镇守着诸多兵卒，面色冷凝，俱亮出兵刃，不让驿城内幸存的民众出来，也不让城下避难的商旅进去，连城下的莫子湖都被兵卒围住，不让众人近前半分。

诸人被折磨了一日，原想着北宛人撤离，可入冷泉驿歇息，谁知此时都被拒之门外，任凭众人如何费尽口舌，兵卒也不肯放半只苍蝇入内。兼之日头高照，天气渐渐热起来，旅人们又饿又渴又热，纷纷喧闹着拥挤在驿门前，要求守门兵卒让道。守门的兵将哗啦一声抽出长刀，对准众人喝道："尔等在此静等，休得喧哗！"

"兵爷，能否行个方便，让我们去湖边打点水喝，我们东躲西藏逃了一夜，又渴又饿，您行行好。"

兵将见众人俱是风尘仆仆、满面哀色，朝身后兵卒耳语一声，兵卒进城通报。不多久，两个兵卒抬来一桶清水，供众人饮用，这一点水，也就供众人每人一口，堪堪解渴。

冷泉驿不开，众人只得在城下过夜。部曲们搜罗了木片枯草，在城下生了火堆，暂歇一夜。

女眷孩子们都围坐在一处，大能对春天心生亲近，很是喜欢这个把自己救回来的姐姐，围着春天不停说话。

孩子母亲对春天也多番感激，殷勤照顾，甚至拿出身边仅有的一点食物分给春天。

李渭站在不远处，瞥见春天被大能逗得眉眼弯弯，唇角微翘，和甘州城那个忧郁的受伤少女判若两人。

弥施年走来找李渭说话，顺着他的目光望过去，摸着下巴上的胡须笑道："李渭，你这个妹妹生得漂亮又心善，一个弱不禁风的小娘子，救了个孩子，居然还能从北宛人刀下逃亡，可真是个顶厉害的女郎，很不一般啊。"

李渭收回目光，叹气："她肖父。"

弥施年见他脸上有惋惜之色，挑了挑眉，笑问道："这不是你妹子吧？我瞧着可不像。"

　　李渭摇头讪笑："兄妹不过是方便行路之词，我只是护送她一路。走，喝酒去。"

等到次日正午，冷泉驿内各项已清点明了，王钊登上戍堡，见墙下商人乌泱泱一大群，朗声道："城下各位行客，冷泉驿遭北宛人侵扰，死伤者众，为防贼人再乔装入城烧掠，尔等入城者，需鞫勘路引文书，若有一处一项不符者，不可入城。"

路引由各州县司门郎签发，上记有各人体貌年岁，来去地址，所携骡马物品，所带仆从和保人姓名，难以作假。商队有大半骡马已被北宛人抢去，若是一一苛察起来，有大半路引都勘对不上，有些人的路引甚至都已丢失。

商人们在城下喊："大人，如若还要鞫勘路引，我们昨日遭难时，连身家都丢了，哪里还寻得到路引？纵然有人还带着路引，但上头的牲畜或丢或被抢，都和路引上记载的不符。您这是把我们往外赶，这荒野黄沙，无水无粮，要我们往何处走、难不成要死在路上吗？"

王钊早有对策："如若路引丢失或不符者，我派兵护送你们回玉门关。玉门关有文书记载每日出入人畜，你们向玉门关戍官指明何日何人，丢失何物，记载在案，若能和当初出关档记一致，便可自证身份，可从玉门关重补一份路引，自可畅行。"

众人一思量，这才点头："如此甚可，甚可，不过多费几日工夫，这样还稳妥些。"

春天听完这些话，偷偷地瞥了眼李渭，恰见李渭的目光也投过来，两人都是偷渡玉门关而来，哪里有什么路引，若是再回玉门关，也补不出一份路引来。

她秀眉皱起，无声询问李渭："怎么办？"

李渭抱胸沉吟片刻，低声道："我们在此再等等看。"

而后王钊向众人问起昨日商队被劫之事。

"昨日劫杀你们的是不是北宛人，服饰音容如何？"

众人七嘴八舌，康多逯的几名部曲斩杀过北宛人，回道："这群人大概有百来众，身材粗壮，头留束发，阔脸高颧，耳垂穿孔，腰间挂着长刀和兽牙，说北宛胡语。看容貌和衣着打扮，的确是北宛人无疑，看他们的刀具，应该是北宛军，不是寻常北宛牧民。"

王钊询问一圈，众人纷纷如此回应，留了数份口供，才令人开成堡大门，仔细核对入城商旅路引，放人入城。

康多逯的路引上有驮骡数量众多，现今大半都被抢去，此番盘对不上，入驿馆也被拒之门外。

康多逯和王钊相熟，王钊慎重，到底不肯放他入城，也不敢得罪，令人送去毡帐热水，食具美酒，特意让康多逯在城下多留几日。

弥施年原想帮李渭，岂料连萨宝也进不去冷泉驿，对着李渭连连苦笑："这王守官往日里一团和气，最好说话不过，今日真是奇了，怎么这么严苛？"

李渭只得说："你看城下莫子湖围了多少士兵，不许行人近前取水，路引不对者都要押往玉门关盘查。怕是你们这支商队里混入了什么奸细，借着入城避难之际，帮北宛人烧了把火，和北宛人里应外合。我想这奸细应还混在众人之中，王守官掐着水源，就等那奸细露出马脚。"

弥施年倒抽了一口气："如若这般，那岂不是出了大祸？那你怎么办，要不然绕过冷泉驿，先往苦井驿去？"

李渭慢悠悠道："冷泉驿一乱，别的烽驿还能好吗？这几日伊吾道肯定不得安宁，往日各路人马被十烽压倒，现在岂不是趁机作乱的好时机？"

西行之路，行走的都是丝绸、香料、茶叶、大黄、珠宝这样的贵重货品，一路不知藏有多少马匪盗贼，真如驮骡身上的蚊蝇，赶之不尽，驱之不绝。甚至有些沿路商人觊觎他人财富，也会杀人掠货，吞取不义之财。

太平了几年的伊吾道，因有十烽的护管，近年来安分了许多。但冷泉驿被这么一烧，难保藏于附近的马匪贼窝、牧民邪商，会否借着各种名号兴风作浪。

正如李渭所言，次日天初亮，又有一队疲于奔命的商旅朝冷泉驿奔来，来者二三十人，俱是汉商，满脸血土，慌慌乱乱，跌倒在冷泉驿下喊救命。

滞留在城下的商人见又有商队被劫，心头一惊，颇有天下要大乱之感。

王钊命人将此队商旅提携上前，这群汉商们想是逃奔了一夜，身上还带着伤，自称是结伴从北庭返回河西，从苦井驿出来的商队，却不料半夜遭了劫。

"是几个北宛人。北宛人抢了我们的驮子，还杀了商队不少人，我们好不容易逃出来。"

冷泉驿的商旅又被这一番搅得心惊胆战："那群天杀的北宛人又往苦井驿去掠杀了吗？这是要跟朝廷开战不成？"

王钊招人说话："袭击你们的北宛人长什么样？有多少人？"

"他们大概有十多人众，我们一行人原想趁着入夜多赶会儿路，谁知沙丘后突然冲下一队人，当时没看清容貌，只是见他们骑着高头大马，束发，穿着铁甲，抡大刀，说胡语，他们那铁衣，就是北宛人的铁甲啊。"

这拨北宛人和洗劫冷泉驿的北宛人全然不一样。

王钊依前例，将路引无虞的商人收入城中，余者纳入城下，供给清水，等着将众人送至玉门。城上站着戍兵，暗地里盯着底下商人，是否有滋事或偷水、暗自逃奔之人。

捌 鬼魅碛

夜里弥施年和部曲们聚坐一起喝酒，见李渭有些心不在焉地捏着酒囊，拍拍他的肩膀："明日萨宝就要返回玉门关，这群蛮人，搅得到处鸡飞狗跳，还白白折损了我们几个兄弟。"

弥施年叹气，仰头灌了一口酒，看着夜空也有几分低落。这群部曲以弥施年为首，跟着康多逯出入西域多年，过的也是刀尖舔血的营生，虽见惯了生死，此番路上出事，心头也是不痛快。

"尸首都抬回来了？"李渭问，"带回去好好安葬吧。"

"烧了。"弥施年肩膀一耸，云淡风轻，"肚肠都被狼掏空了，不忍细看，索性烧成灰，大家心里也好受些。"

李渭理解："给家里多送点银两，也算尽心。"

一轮酒散去，李渭正要告辞，弥施年喊住他，在暗处将两个水囊塞到他手中："一路小心。"

李渭亦是微笑："后会有期，保重。"

"有缘再会。"

商旅们都已睡下，夜色暗沉，星子暗淡，李渭也是临时起意，唤醒春天：

"我们走吧。"

"去哪儿？"她一骨碌从毡毯里爬起来。

追雷早已带着春天的马一路啃着地草，不知去了何处。李渭让她噤声，带着她悄悄绕过城上烽子，走入灰暗的苍茫旷野。

"我们不能再沿着烽驿走下去，伊吾路现在不太平，在玉门关派兵来之前，各路匪寇会借着冷泉驿此番闹事，哄抢商旅，关卡盘查也会越来越严苛。"

春天蹙眉，盯着李渭："大爷肯定有办法的，对不对？"

"一路拖拖拉拉也不知要等到何时，麻利点。"李渭下定决心，"我们横穿莫贺延碛，绕过剩余八烽，直抵伊吾。"

"莫贺延碛？是书上提过的'上无飞鸟，下无走兽，复无水草，鬼魅沙海'的那个莫贺延碛？听说这片沙碛有八百里之阔，都是流沙，夜里还有鬼火。"春天吃惊地问。

"你居然知道。"他唇角带笑，偏过头来问她，"你敢不敢？"

她动了动唇。

他眺望寂静荒野："莫贺延碛又称鬼魅碛，热、风、沙、冤、亡五鬼横行。比之这几天的遭遇更为可怕，我们随时可能丧生于此地。"

她眼里燃起光亮，甚至有几分雀跃："我当然敢。而且，有大爷在，没什么可怕的。"

李渭有些无奈地笑笑，这也算是个不知天高地厚的小丫头。

追雷带着春天的马在不远处等他们，见主人前来，嘶鸣一声，踢踏上前。

她觉得自己的心咚咚地跳："大爷，我们要往哪儿走？"

"莫贺延碛中也藏着一条道路，是玉门到伊吾最快的一条道，我们称之为大海道，寻常商旅不走，也鲜为人知，但军里传令常用。"他骑在马上招呼她，"你跟我来。"

春天翻身上马，李渭分给她一个水囊："莫贺延碛极旱，我们走个六七日方有补给水源，现在天气渐热，沙地烈日炙烤，很是煎熬。尽量晚上行路，白天歇息。沙碛里喝水要小口抿，不可一次喝足，尽量让水在嘴里多留一会儿，定时、定量。另外食不要过饱，三分饱腹即可。明白吗？"

她重重点头。

天泛鱼肚白，春天回首，才发觉已离冷泉驿十几里远。

不知自己身处何处，只见荒丘连绵，黄坷碎石，远远望去，恰如途经黄河时的景致。那时正是黄河汛期，汪洋瀚海，翻滚着绵延不绝的黄浪，坡上冷硬的芨芨草正是漂浮在浑黄上的水草浮木。

翻过一片破碎岩地，登上黄土累积的高台，眼前又是一望无际的荒丘，几株灰绿的瑟瑟草僵硬地点缀其中，到处是骡马、骆驼的骨头，已被日头暴晒得发白变灰，满是荒凉，满是死寂。

马蹄踩在白骨上砼砼作响，几只枯瘦黑蝎从碎骨下仓皇爬出，在尾后拖出一线痕迹，须臾又不知钻向何处，风几乎要停滞，李渭扬起马鞭："这些都是过去死于此处的人畜，我们沿着这些尸骨走。"

春天缓缓吐出一口气，看着他镇定的眉眼，点了点头，小心翼翼地驱使着马避开碎骨，跟着李渭往前行去。

爹爹信上说过一次，和军友过莫贺延碛，见海市蜃楼，城郭耸立，乡民往来，热闹非凡。

她那时好奇，还请舅舅指点过何为海市蜃楼，后来浏览群书，才知道莫贺延碛这几个字的分量。

八百里瀚海，流沙食人，鬼魅穿行，是最可怕的地方。她不过是当猎奇来看，何曾想到，如今她居然也踏足其中。

如今沿着爹爹的足迹前行，她心里也生出几分激动。

爹爹，我离您又近了一步啦。

两人行了一二时辰，见不远处有几个黑点在缓缓行动，有驼铃叮当声传来。

一名白胡蓝眼、满面皱纹的老胡人为向导，带着七八个胡人，十几匹骆驼、骡子行来。这几人容貌有异，高矮胖瘦不均，非一族之人，骆驼上驮着圆鼓鼓的大白软包和草料，风中犹能闻见这包袱的味道，是香茶的清香。

这一队商旅见前方伫立两人，不由得大吃一惊。上前一看，原来是一青年男子带着名少年，两人黑发黑眼，是汉人容貌，内心更是惴惴，却也只得笑迎上去。

两方寒暄，原来都是要绕行十烽，从大海道穿行往伊吾去。

那几名胡商满脸堆笑："正巧，我们几人刚从玉门关出来，因家中有急事，不得已绕行十烽冒险走此捷径。听说这大海道凶险异常，我等心中忧虑，还不知道怎么办是好，这下遇上了同伴，太好了。"

李渭也据实相告："我们原在冷泉驿，谁料遇见北宛人骚扰，丢了路引，正想经此道去伊吾。"

"那不如结伴而行，也能相互照顾一二。"

两方虽语言热络，但胡商们的笑容都微有僵硬，见李渭目光温和，言语委婉，不多问诸人来历，悬着的心也微微放下来。

胡人向导身后有个蓝眼白肤少年人，十七八岁的年龄，面容极其俊美，不辨雌雄，只有露出两颗尖尖小虎牙时，才流露出少年郎的英姿，此时正笑嘻嘻地打量着李渭身边人。

春天穿一身珂罗国男装，披着风帽，露出半张面靥。那衣裳青底团花，颜色有些暗沉，却衬得她脸儿白白，又是紧腰窄袖、长裤皮靴，将她的窈窕身形勒得一览无余，眼尖人一见便知是名青葱少女。

春天见异族少年不住地打量自己，有心避开他的注目。李渭见少年的目光一直落在春天脸庞上，内心禁不住一声叹息，将春天的身形挡住，挑眉去看这少年。

"哎哟。"这蓝眼少年冷不防被自己爷爷的一杆烟枪爆头，吓了一跳，"爷爷，你敲我做甚？"

"没脸没皮，有你这么盯着人看的吗？还不去跟小女郎道歉。"

"真是个小娘子。"那少年神色狡黠，撇撇嘴，"我以为是个小兄弟，还想上前热络一番。"

"小叩延，你这个毛病可要好好改改，前几天在玉门关把小兄弟认成女郎，现下又把女郎认成兄弟，哈哈哈。"几人笑话蓝眼少年，"你这眼看着虽漂亮，眼神可不太好使。"

少年嘿嘿一笑，上前向春天鞠躬，嗓音清脆若泉："小娘子，对不住，方才我多有冒犯之意，无心之过，请多包涵。"

他又道："在下叩延英，请教小娘子芳名。"

春天知道边塞民风更开化，自己这身装扮也有些异常，不以为意，当下报了姓名。

两方都通了姓名，这才略解冷意，相伴往前行走。

这名胡人向导名曰叩延天富，是道上极厉害的老向导，行走大漠近五十载，此番被商队雇佣行路，也顺便带着自己孙儿叩延英出来历练。

"是星弥城的叩延家吗？"李渭听毕，恭敬问向导，"'上天入地，叩延问路'的叩延家？"

老叩延笑眯眯地点头："正是，老朽是天字辈的叩延子孙。"

星弥城有姓叩延，蓝眼白肤，家中男子懂天文地理，擅洇沙渡碛，是西域一带的活地图，常被商队雇佣做向导穿行西域流沙，或是探迹荒凉古城。

李渭抱拳行礼，肃然下马，施与敬意："没想到能遇到恩公家族，我年幼时曾被海舟老爷救过性命，几年前我路过星弥城拜见他老人家，他带商队去了沙海秘境，不得一见，不知恩公如今身子骨可好？"

叩延天富没承想在这儿遇上有缘人，捻须道："原来是海舟叔公的小友，叔公自沙海秘境回来后，就一直在家颐养天年，前年作古，享年八十，走时安乐。"

李渭听闻此消息，难免吃惊，心内唏嘘，寥寥数语，说起和叩延家的渊源。

他八九岁时，陪同李老爹取径敦煌往西域，不慎走失在敦煌界内的马迷兔滩。马迷兔滩又被称为魔鬼城，城内风岩耸立，曲折迷惑，是马贼和山匪的藏身之地。年幼的李渭在此地逡巡了七八日，奄奄一息之际，被叩延海舟带出魔鬼城，交还给李老爹。

此后每逢路过星弥城，他都要去叩延府拜访恩人，可惜叩延海舟常年在外，二十年间缘悭一面。

叩延天富听着这段往事，连连感慨："叩延子孙常年漂泊在外，莫说友邻，就算自己家人，老妻不识、子孙陌路也是常事。"

春天一言不发，静静听着两人说话，叩延英不想听自家爷爷说古，纵马走到她身侧，露出尖尖虎牙，满脸堆笑："春天妹妹，你这根马鞭又神气又漂亮，能给我瞧瞧吗？"

这马鞭还是虎向南所赠。不过短短几日，经历过冷泉驿的刀光剑影，生离死别，世外桃源般的石槽村恍惚得如同梦境。

春天将马鞭递给他，叩延英握在手中，凌空甩了一鞭子："这马鞭梢软尾实，缠得紧实，手艺很不错，妹妹在哪儿买的？"

"这是常乐山一个村子里，一个虎姓哥哥赠我的。"

"哦。"叩延英把玩在手，"我还想买根和妹妹一样的鞭子，这下可不能了，原来是他人亲手做给妹妹的。"

两方不过走出半里路，此时沙碛已是酷热难当，众人正想找个地方歇息，不料想后头马蹄凌乱，追上两个汉人男子。一胖一瘦，胖者面色和蔼，瘦者斯文清俊，两人汗流浃背，衣裳凌乱，冲着李渭一行人扬首："诸位，诸位等等。"

原来这两位也是在冷泉驿遭北宛抢掠的商旅，胖者名黄三丁，瘦者郭潘，这两人都是晋中商客，在北宛人刀下逃命，丢了路引，又不想回玉门关。听闻莫贺延碛有大海道，试探往前，正是幸运，恰恰遇见李渭和胡商一行人，当下欢喜不已，连连揖请，愿跟商队同行。

行路上的规矩，既然遇上，岂有不肯之理。但众人见此两人行色匆匆，连粮秣水囊也未多带,这一路所经又是干旱凶险之地,犹豫着不肯应声。

正踌躇间,黄三丁从衣内掏出一颗瑟瑟珠,苦笑着递给胡商们:"我兄弟两人原料想沿驿补充水粮,谁知陷于此境,只是男儿气壮,万不肯走回头路。听闻这莫贺延碛要走上十天,我两人粮秣紧张,还望诸位兄台照拂一二。"

胡商们见那颗珠子有拇指大,托在手心碧色莹润,价值不菲,犹豫片刻,和老叩延用胡语低声商议一番。

胡商们商量了一通,让出一个水囊和几个胡饼,并两件毡毯,只道:"非我等小气,只是这鬼魅碛中,水比黄金还贵重,我们人多又有驮马,实在让不出更多清水。这一袋清水,可补充贵兄两三日水源。等走到第六日,到野马泉就会有水源补给。"

两人连声道谢,几人因此结伴共行,两人又知李渭和春天同从冷泉驿出来,同病相怜,连声向李渭抱怨:"我两人十几头骡子都折在北宛人手里,可谓是倾家荡产。想着去北庭闯荡一番,兴许能谋一番富贵。"

李渭目不斜视,应声道:"兄台此等胆略,皇天不负,定能如愿。不过也要小心,北庭城邦诸立,各族抗衡,贼匪流窜,要小心了。"

这片人迹罕至的沙碛接二连三地迎来过路人。

天高路邈,驼铃悠扬,这时已至立夏,天穹如同蒸笼盖,炙烤着荒野,将每一角落都涂抹上焦色,热风横蹿,所经之处带起一片窒息。

起初还有低矮的梭梭木和灰扑扑的芨芨草,也能见一两株麻黄和油蒿,沙地里虫蝎咻咻穿行,甚至还能见到远远处站着一只土狼,谨慎地盯着行人。

越往莫贺延碛深处走,越是高阔澄蓝的天、雪白孤单的云、浅灰色的荒野,只剩无穷无尽的黄土、砾石、散乱颓朽的枯枝和森森白骨。日头毒辣,热风缠身,人人裹着风帽、面衣,只留一双眼睛在外,仍是汗流浃背,苦不堪言。

白日要寻找可避荫的石壁沟壑休憩,纵然停下休息,但热风缠绕,依然汗出如浆。春天已被焖煮得如同一尾红虾,满脸通红之色,她只觉浑身酸臭,好似有虫蚁蜇咬全身,实在热得受不住时,她忍不住想抱着水囊咕咚饮尽,但李渭看得很严,不许她大口喝水,甚至没收了她的水囊。

众人夜里赶路,黄沙寂静,月色如水,银河浩瀚,满地都是波光粼粼,沙海漫漫,只觉身陷汪洋大海,恍然不辨青冥黄土。冷风呼啸,裹挟着沙土铮鸣,时如管弦声乐,时如山谷轰鸣,时如惊雷滚滚,沙丘间虫蚁蛇蝎出行,在沙尘之间来去穿梭,也毫不畏人,沿着驮马蹄往上攀爬,甚至沿着人的双足爬入衣裳,站上肩头。

春天起初还会惊慌失色，两日之后，已经能面不改色地挥去衣裳上爬行的蜘蛛。

日与夜切换之间，是朝霞和落日。

这时候云是汹涌的，一片片，一叠叠，像积雪，如涌浪，近若伸手可摘，身姿婀娜或雄伟，千姿百态，迥然不同。晨起天边朝霞绚烂，云蒸霞蔚，晚间金光万丈，裂云穿透。孤星明月伴着温柔圆日共守天际，为这片荒野添了几分温柔之色。

入莫贺延碛已然第三日。

所有马骡的蹄掌上都绑了厚厚毛皮，以防流沙。饶是如此，还是有几匹骡子被高热流沙炙伤，有一匹老骡前蹄被骆驼刺割伤，伤口渗入盐碱地的毒沙，待主人发现时，前蹄已化脓溃烂。

没有伤药，连日行路不得休息，又缺水草，老骡这几日已然受不住疼痛，瘸着前蹄行路，不断高昂哀叫。

骡子主人知这老骡走不出莫贺延碛，已给它断了水粮，有心要将老骡抛弃在这沙碛中。骡子前蹄已然流出脓血，一步一个血渍地印在沙地上，招惹了一群蚊虫绕飞，但这老骡通人性，一边步履蹒跚地行路，一边痛苦嘶鸣，掌下再痛也要尾随着商队前行。

众人在碛中行走已经很吃力，再日日夜夜听着老骡哀鸣，实在不堪其扰。主人抽出尖刀，双目通红地走近它，抚摸老骡："老骡啊老骡，非我狠心，实在是自顾不暇，只得对不住你，送你上路吧。"

老骡好似能听懂人言，嘶嘶哀叫，摩挲着主人手心，跪地向主人磕头求饶。这样热的天，几日都未喝过清水，骡子哪能出泪，双目中竟然滚出几滴血泪来，滴答滴答砸在沙地里。

主人见此情景，虽不免心中酸软，但心知骡子不可救，叹了叹气，放了它一条生路，脱了它的嚼头，任它自生自灭。

老骡见众人要走，挣扎着从地上起来，仍是亦步亦趋地跟着商队。

到最后，这匹骡子终于走不动了，前蹄一折，瘫倒在沙地里。

它在商队身后不住地哀鸣叫唤，一声声，紧促又惨痛，其声尖锐若孩啼，椎心泣血，那哀鸣之声撕裂众人双耳，后来越来越远，越来越淡，渐渐飘散在璀璨的夜空。

年长者早已见惯世间百态，不过一声唏嘘，年少者只觉心肠痛彻，恨自己麻木冷血。

春天早已捂住了双耳，双目酸涩，面衣濡湿，紧紧地贴在脸颊上。她也刚经历过北宛人刀下的惨烈，鲜血四溅，尸体遍地，那时无能为力，只能眼睁睁看着同伴陷入被屠戮的命运，但如今只是给骡子一口清水、一口粮秣都做不到。李渭无论如何都不肯。

李渭并肩和她驱行，也很沉默，良久方道："这满地的白骨，都是渴死的人畜，你救了它一日，救不了两日，最后还可能祸及自己。"

"嗯。"春天扭头不看他。

她知道李渭说的确是如此，只是这沙碛里日复一日的煎熬和焦灼，老骡的哀鸣，像沙丘一般沉甸甸地压在心头，压得她喘不过气来。咬牙生受了几日，几乎已到她能承受的极致。

李渭见她神色恹恹，不由得摇头苦笑。

他撞见她趁人不备时给老骡喂清水，见过她眼里一闪而逝的惊慌，她并不是不知道沙碛里水粮的珍贵，也知道没有人会赞同她这么做。但这是孩子的天性，心软又脆弱，极富同情心，并且不计后果。

驮马比行人更辛苦，沙碛极旱，除骆驼外，骡马都要负重自己的草料。牲畜的草料都是由豆类、苜蓿、粟米混凝而成的麸饼，很是珍贵。前路那么长，老骡的命运早已注定。

李渭没有多做解释，默默扣住她所有的食物水囊。

商队停下来休息。

叩延英从马上跳下来，身体摊成一个"大"字，躺在绵软的沙丘上看繁星万点。

他们已进入了莫贺延碛的腹地，脚下不再是铅灰色的细沙砾石，而是橙黄色的、波浪般扭动的、高高低低的沙丘，沿着细瘦如刀的沙脊一路攀爬，走一步陷一步，很是耗费体力。

春天坐下他身旁，解下面衣风帽，面无表情地接受着冷风刮过脸颊。

无论有多劳累，内心有多崩溃，在看到星空的那一瞬间，灵魂还是会被击碎。

这世上，有什么能比得上苍穹的深邃，土地的广袤，岁月的无情呢？

昔年在长安的繁花万千，在这浩瀚砂砾面前，渺小得不堪一击。

"春天，你去伊吾做什么？"叩延英伸了个懒腰，眯起澄蓝双眼，"这路上，可没几个像你一样的小女郎。"

"去找我的一位叔叔。"春天沉静回答，见他脸庞上洒着星辉，眉眼秾艳，被这罕见的美貌晃神，"你以后也要跟叩延爷爷一般，带着商队穿行在大漠里吗?"

"嗯。"他双手枕于脑后,"我们叩延家族是西域的活地图,我爷爷老了,他要传衣钵啦,上头几个哥哥都娶了嫂嫂,不愿意干这个苦差事,早早地就跑了,只剩我一个啦。"

你这样的容貌,终年抛洒在这大漠里,岂不是可惜。春天心想着,问他:"你愿意吗?"

"愿意啊。不做这个,就要去耕田行商。耕田要赋税,要看老天爷的脸色,累死也只能吃个半饱。行商呢,东奔西跑,又要担心天灾人祸。想来想去,还是做向导轻松些,只要领着人指东指西,不用干活,赚的银子也多。"叩延英眉眼带笑,"天天出门在外,免于娶妻生子,这样多好。"

她托腮问他:"雇你们一趟很贵?从玉门关到伊吾,要付你们多少银子?"

他悄悄俯过身来:"你说这趟吗?五百张茶券……如果要去挖宝掘坟什么的,这样有损阴德的事,那就双倍。"

春天轻轻叹口气,目光在人群里巡睃一圈,喃喃道:"那我可没有这么多银子给他。"

"给谁?"叩延英好奇,瞄了瞄不远处的李渭,笑得神神道道,"李大哥真是你表兄吗?我听你可不是叫他兄长,他带着箭囊又带刀,是不是也是你雇的向导,还是部曲?"

"他……"春天语塞,不知如何形容和李渭的关系,只得道,"他救过我的性命,对我有恩。"

"他这一路处处照顾你。"叩延英捏着下颌,眉眼弯弯,"而且,他长得很俊朗。"

"是吗?"春天扭头,顺着他的目光去看李渭,他正和黄三丁、郭潘一处说话,神情有些淡淡的。

叩延英兴起,一骨碌从沙地上坐起,眼里兴致勃勃:"像锅里的肉,闻着香,吃起来应该更香。李大哥成亲了吗?"

"他很早就成亲了,有妻有子。"

"可惜。"叩延英意兴阑珊地躺回沙地,"已经有家室了啊……"

春天一愣,有些悚然地看着叩延英,这个少年郎眼中的诡异光彩,太奇怪了。

银河如玉练,星云如少女肩头的披帛,商旅们坐于沙丘之上,羁旅落拓,人人都是狼狈模样,密集星光绵绵织在肩头,天边陆续划过一线流星,放眼望去，那星丛接二连三，陨落如雨。

"贼星。"黄三丁从地上爬起，指着流星逝去的方向，"这天下要不太平了。"

胡商们常年行走于大漠，对此景色很是平常："这大漠陨星常有，运气好还能在路上捡到陨石，拿到市集上去卖，换几个钱呢。"

"当真如此？"黄三丁回道，"可是某孤陋寡闻了。"

"当真。这陨石色黑如铁，但比铁还要重些，拳头大小就沉得抱不动，珠宝行当里有人专要这种陨石，要价不低，当稀罕物献给官府大人，还能得一份赏赐。"

"这可真是个无本万利的买卖。"黄三丁笑道，"这个营生好，适合某这样的懒人。"

"这大漠广袤千里，能捡到一块也需要缘分，可不是人人都有这样的机缘。别说捡陨石，这天下富贵，男女姻缘都要机缘。"胡商们慢悠悠说道，"你们听说不曾，西州一家极穷的农户，屋门下有块黑漆漆的石头，这石头是祖父辈建房时放的入门石，原是从荒外捡的一块没人要的石头，经年累月踩进踩出，把这石头踩得斑驳。有一日，他家门口来了个讨水喝的货郎，在屋檐下站了会儿，看上了这块踏脚石，花了几钱铜板把石头讨走了。"

"好家伙，一年之后，西州城里突然出了个大富人，又正巧，这家农户近来家里犯了事，正在鬻儿卖女，人牙子把这户几个孩子俱卖入了这富人家，你们猜怎么着？"

胡商伸伸腿，卖了个关子。

黄三丁身旁的郭潘向来寡言少语，这时悠然道："我猜，这富人就是当年讨水喝的货郎，认出了几个孩子，这家农户最后也认出了这个货郎，这块踏脚石肯定不一般，怕是个了不得的宝贝。"

胡商竖起大拇指，点点头："兄台说得是。这块踏脚石原来是一块玉璧，被这识货的货郎看中，转手卖了几万贯，置了宅子、田地、商铺，摇身成了一方大户。这农户知晓货郎的发迹，原来自家门前那块看不上的破石头是一方至宝。后悔不迭，要求货郎归还赀财，货郎不肯，农户气愤不过，上衙门求县老爷公道，可当初买卖这块石头是两方情愿的，县官只判了几十两银子的安慰钱。第二日，这农户一家人全数吊死在屋檐下。"

"可怜。"也不知谁说了一声，"家门前踩了几十年的破石头，一朝翻身成无瑕美玉，可不得恨自己有眼无珠。"

郭潘慢悠悠说话："最可恨的难道不是那个货郎吗？这玉若是被什么王公

贵族拿去，赏下几十两银子，够一家几年用度，这农户也能心满意足。错就错在，原本都是穷人命，凭什么货郎一朝翻身得了富贵，这一家人还要在泥潭里打滚呢。"

春天和叩延英听着众人说话，眺望着流星，叩延英被冷风吹得打了个哆嗦，摇摇头："这种鬼地方，怎么会有这么漂亮的星空？"

众人歇过一会儿，又继续赶路，要在日出时候，找到一片可以庇荫歇息的石滩。

春天的双眼下已经有了淡淡的青色阴影，夜里行路急切，很是耗费体力，莫贺延碛的夜晚犹是冷风凛冽，又要裹着毡毯御寒。但太阳一出来，热如蒸笼，辗转反侧，很难休息。

李渭时常暗暗惊叹她的毅力和体力，即使春天在马上摇摇欲坠，也未曾吐露过半分痛和累，他也时常疑惑，在玉门关时，他是如何鬼迷心窍地答应她，要把她带出来。

朝霞渲染天空之际，众人终于看见一片乱石滚动的戈壁滩，驱马赶入，见地上还有丛丛杂草，松了口气，先放出骡马、骆驼吃草。

这时的沙碛还有些凉意，正是补觉的好时候，胡商们择地倒头就睡。春天也找了个隐蔽阴凉地，铺了毡毯，见石堆下慢慢爬过虫蝎，脚步顿了顿。

沙碛地里的虫蚁，都生得异常……庞大而凶猛，她已然不怕黑蚁、蜘蛛这类，但对这双螯蝎子，虽见多了，镇静之余，仍觉得头皮发麻。

李渭见她站着不动，过去一看，见一只黑蝎摇摆着尾躲入石洞之中，她垂着眼，一声不吭。

他将腰间箭囊搁在地上："这是沙蝎，没有毒，况且它们昼伏夜出，白日里多半在歇息，不会到处乱爬。"

他倚坐在风岩上，拍了拍地上的毡毯："我守着你，快睡吧，等会儿天就热了。"

"好。"春天点点头，一夜行路，眼睛已是酸涩不堪，胡乱用风帽垫着睡下。

这一觉不知睡了多久，春天醒来只觉浑身沉重，喉间干涩，腹内饥饿，再一看日头高照，几朵白云被风牵拉着往东飘去。

一扭头，见李渭倚靠在石壁上假寐，面容沉静，腮边垂落几缕乱发，腮下是淡淡的青色，衣裳落拓，风尘仆仆。

他也很辛苦吧。

若不是因为她，他此刻应在甘州城陪着长留，享受父子亲情。

莫贺延碛走起来实在辛苦，但若能早日到伊吾，也是值得。

她移开目光,见四周安静,胡商们还未醒来,不远处的驮马悉卧在阴处,轻轻吁了口气。

一路为了行路方便,她都穿男装,头发只在头顶拢成一束,盘成光髻,不着钗环,只用发绳缚住。

此时见众人酣睡,春天跪坐在毡毯上,背对李渭,伸手将头上的发髻拆下来,用一柄小梳,缓缓梳理一头半长不短的发。

玉门之后,梳洗不便,这蓬黑发已然脏乱,干涩枯槁。春天自袖间掏出父亲留下的匕首,摩挲片刻,掐着青丝在手间比量,将青丝削去了几寸,只留齐肩长短,堪堪能扎住一个矮髻。

她姿势柔美,背脊笔挺,宛若对镜装扮。整理完头发后,将毡毯上削下的缕缕青丝拢在手中,扎成一束,在沙地上挖了个小坑,将头发埋进土里。

这一番弄完,春天扭头去穿戴风帽,却瞥见李渭已然醒了,支起一双长腿,握着酒囊,闲散搁在膝上,点漆双眸,目光清明地望着她。

也不过一眼,电光石火的一瞬,两人俱瞥开目光。

春天双颊微烫,抿唇,声如蚊蚋:"大爷。"

他递过水囊肉干:"吃点东西,这两天你吃得太少了,还是要多吃几口,攒点力气,不然会把身体累坏。"

她双手接过食物,放在膝上,低着螓首,不言不语。

这两日两人生分不少。

李渭起身,掸去衣上沙土,整理护腕,背起箭囊,正要去喂马,眼风扫过春天,她正低着头,翻来覆去地揉捏着自己的一片衣角。

他身形顿住,足尖挪转,面对着她蹲下身,问:"怎么了?"

春天抬眼轻轻瞥了他一眼,欲言又止,摇了摇头。

李渭寻思片刻,问她:"哪儿不舒服吗?"

春天摇摇头,贝齿咬着柔软唇壁:"没有。"

他觉得她似有羞涩之意,不解其意:"想解手?"

她突然双颊涨得通红,耳珠泛粉,有些愤懑地回他:"不想。"

"那到底怎么了?"这回是哄孩子的声调。

她皱皱眉心,唇线抿起,嘴角浮现个小小的旋涡,鬓边湿汗闪动,嗫嚅道:"李渭,对不起……"

他扬眉,目光沉浮,唇边浮现明朗笑意:"没大没小,之前是怎么称呼我的?"

春天心生别扭,含含糊糊:"李渭,你别生气。"

李渭谋划有度，两人的水粮完全足够走出莫贺延碛，但春天把自己的食物分给老骡后，便自虐般减了自己的份额，李渭不许，反倒逼着她比往常吃得更多一些。

　　他倒不凶，只是用沉静的目光压迫她，那双漆黑平和的眼里，隐隐有慑人的魄力。

　　春天只觉在这样的目光下无所遁形。

　　"是我太为难你了。"他看着她消瘦的面孔，像一尾脱水的鱼，轻轻叹了口气，"我不生气，我知道这几日很辛苦，这莫贺延碛走得久了，会让人心生绝望，连男子都尚且忍受不了，何况是你。"

　　她抱住双膝，心中清楚这段路程的耗时，仍是忍不住问他："还要走多久才能出去？"

　　"还有两三日才到野马泉，野马泉有绿洲清泉，景色甚美，我们可以在那儿休整一两日，过后还有三天的沙碛，再往后，可见牧民的牧场，这就到了伊吾地界，可见人烟。"

　　春天动动嘴皮子，松了口气，点点头。

　　李渭在她身旁坐下，把酒囊递给她："碛路难熬，要不要来一口酒？"

　　李渭的酒囊不大，看得出是多年旧物，出玉门关后，春天时不时能看见他抿上一口。

　　她在家也喝过一两次果子酒，味淡酸甜，几下犹豫，接过李渭的酒囊，手心拢聚成窝，浅浅倒了几滴在手心里，送至唇边。

　　浓郁酒气扑鼻，微浊，春天敛眉闻了闻，颤颤伸出舌尖，小心翼翼地在掌心沾了沾，在嘴中品咂，只觉有点辣。将剩余酒液吮吸入嘴，顿时一股辛辣火热沿着舌尖，火烧似的传入喉间。

　　她被酒气蒸呛，双眼生潮，望着李渭，只见他目光阒黑，收走酒囊抿了一口，喉头滚动，淡声道："这可是我的不对了，忘了这酒太烈，不适合你喝。"

　　小雨轻风落楝花，荔嘉阁的侍女推开窗槅，有婴孩的咯咯笑声从水面传来。

　　靖王昨夜歇在王妃处，起早便去书房，半途听见荔嘉阁里岁官的嬉笑声，心中喜悦。进屋一看，侍女们在地上铺了柔软白毡毯，岁官胖嘟嘟的手上套着两只金镯，穿一件大红肚兜，憨态可掬，恰似年画上的观音童子，此刻正在毡毯上抓着只佛手瓜摆弄，见靖王来，"呀呀"挥舞着双手。

薛夫人发髻倾乱，只披了一身轻罗晨衣，慵懒地歪在榻上守着岁官嬉闹，眼神直愣愣地出神，见靖王来，满怀希冀地瞥着靖王。

靖王抱起岁官，亲昵地摩挲孩子的脸蛋，见薛夫人的脸色带忧："乖岁官，一大早就起了，昨夜里是不是闹娘亲了？"

薛夫人默然不语，心思全不在岁官身上。

靖王袖兜间还搁着一封信，是前几日王涪从甘州送来的急信，上说李渭已经带着春天出了玉门关，往伊吾而去。春天的消息，他一直瞒着薛夫人，到现今已有纸包不住火之趋势，靖王躲了薛夫人数日，想着再如何也躲不下去了。

思及此，靖王将孩子递给奶妈，让带去外头玩耍，自己进了内室，牵了牵薛夫人的袖子："来，我替淼淼梳头。"

薛夫人动了动红唇："不敢劳烦王爷，还是我伺候王爷吧。"

她婀娜起身，松垮晨袍掉在手肘上，露出一截凝脂般的玉臂，十指纤纤，堪堪将黑发绾成一个松髻，将靖王引入榻上，铺开白玉凭几，抱来双联珠绣枕，莲盏点茗茶，猊炉试新香，自己拿了一柄象牙玉搔头，跪坐在靖王身旁，慢腾腾地捶着靖王肩膀。

茶香熨帖，缓缓入腹，私室唯有两人，一番亲昵之后，靖王看着薛夫人含忧带怨的面容，缓声道："年前段家二郎出西域，返程在河西肃州府遇到一人，是个女扮男装的小女郎，十五六岁，自长安来，还称自己和你有些渊源……"

薛夫人听靖王这话，心头不啻狂喜，霍然站起来，双目含泪，身体颤抖地抓住靖王衣袍："王爷，你的意思是……妞妞，找到妞妞了是吗？"

靖王见她神色，内心暗叹一口气，从袖间将王涪的急信取出，递给薛夫人："你自个儿看看吧。"

薛夫人脸色惊喜不已，急急接过王涪书信，匆匆看完，脸上的喜悦之色突然僵住。

雪白柔黄捻着薄薄的黄麻纸，薛夫人的眼光久久落在墨迹结尾处，又慢慢挪至开头，一字一句细读上头的内容。

信上字数不多，薛夫人却看了极久，久到目光可以将薄纸穿透，她抬头问："她……在甘州养伤数月，前几日，出了玉门关，要往伊吾去寻人？"

靖王点头，目不转睛地瞧着薛夫人。

"她为什么要去伊吾？"她问他，也问自己，半是疑惑，半是悲伤，半是了然，半是倾颓，红唇颤抖，"为什么要离家千里，去伊吾？去寻谁？"

薛夫人全身抖瑟，心内翻江倒海，不知是喜是悲："她一声不吭，瞒着我们所有人，换了银钱，买马买仆，去了旧舍，又过了黄河，到了河西，走这么远的路，原来是要去伊吾。这孩子……疯了吗？"

"这不可能。"

靖王见她喃喃自语，莹白面色越来越惨淡，瘦弱身体颤抖着，长睫一抖，滚泪如珠，簌簌地砸在衣上。

她的目光又急急忙忙回到信上，通读一遍又一遍，而后盯着靖王，神色萧瑟又凄惶，声如泣血，痛道："伊吾有她爹爹！"

薛夫人的过去，是连她自己都无论如何跨不过去的鸿沟。靖王当年虽然从韦家轻而易举地拿捏了她，但后来花费无数心力，都无法赛过她的亡夫。

一个微不足道的军中都尉，如何和他这样的天潢贵胄相比？但在薛夫人心中，这位亡夫的分量比他还要高些。

薛夫人恍恍惚惚，一日哭肿了眼，后来几乎泣不成声，靖王如何劝说都不曾理睬。

"我已令王涪追着两人足迹，往玉门去拦截两人，不过几日工夫，定将你女儿带回来，你就歇歇吧，别哭坏了身子。"

薛夫人攥着绣帕道："你说段二公子见过妞妞，还一路照料过她，你将他唤来……我要亲自问问，她一个人，怎么可能……怎么可能走了几千里路，去了那么远的地方？"

唐三省去段家请段瑾珂入府。段瑾珂见靖王身边的亲信急匆匆来请他，心下诧异，以为有何大事，匆匆而去。

唐三省带着他穿过重重内院，进了王府后苑，段瑾珂心下疑惑，向三省作揖："三省公公，王爷不在外书房召我吗？如何要去后院？"

"公子一去便知，王爷大约是要问些话，也不是什么大事。"

唐三省带段瑾珂去了临湖水榭，荔嘉阁门窗紧闭，帷幔低垂，段瑾珂见靖王站在正房内踱步，紧敛浓眉，见段瑾珂来，连唤着唐三省上茶。

段瑾珂瞥见荔嘉阁这三个字，松了口气，知道这是靖王嬖宠、薛夫人住的阁子。

正房一旁有耳房，门口挂着九瓣重莲珍珠帘，香气浮动，珠帘后有女子身影，心下旋即了然。

"瑾珂，你将去年自红崖沟救人的见闻，仔细讲来。"

他知靖王要问什么，也早已探听清楚薛夫人与当日红崖沟少女的渊源。

段瑾珂早已有所准备，当下将那日情景娓娓道来，讲春天受伤，容貌穿着，靴间匕首，只听见帘后有女子黄莺啼啭般的泣声传来："二公子，你说她靴间藏着匕首,黑沉如铁,可否画予妾身看看,是如何样的?"

当下唐三省送来笔墨,段瑾珂将那匕首样式描绘在纸上,他一路收着这匕首至长安,后又转给李渭带回甘州,看过几次,熟知形貌,画在纸上。

唐三省将匕首图传给珠帘后的薛夫人,薛夫人一见,正是亡夫遗物,妙目瞪圆,已是心肝俱裂,说不出话来。

段瑾珂见珠帘后传来"嘤嘤"泣声,其音若珠落玉盘,往后事情不知当说不当说。靖王无奈坐在案前,皱眉吩咐段瑾珂:"你继续说。"

段瑾珂便一路讲至后来甘州李渭救人,以及年后春天病愈后,去找曹得宁问薛夫人之事。还有春天在甘州城的度日,甚至连春天在瞎子巷和驮马队各家的日常相处都娓娓道来。

薛夫人已听得痴了,听到春天伤病已好,和一众人相处融洽,处处受人照料,心下宽慰了几分。又听得李娘子死后,春天和李渭一家不告而别,独自往西行去,心又有如刀绞。

她知道自己的孩子要去做什么,这个消息不啻晴天霹雳,将她的过往岁月都劈醒。

一席语毕,满室只剩珠帘后女子的"嘤嘤"哭泣声。段瑾珂告退靖王,靖王正是满腔纷乱,也不留他。段瑾珂离门之际,瞥见一婀娜妇人满面泪痕地掀帘出来,那妇人成熟冶艳,风姿卓绝,眉眼与春天神似。

只叹天下竟有这样凑巧的事情,若他当初知道在红崖沟受伤的少女是这样的身份,无论如何也要将人带回长安来。

这一日的莫贺延碛甚是奇妙,往日热风窜行,这日里居然纹丝不动,一丝微风也无,好似一池已然沸过的热水,毫无生气,只往上散逸着腾腾热气。天际倒是飘着几朵阴云,厚墩墩、沉甸甸地压在天际,和铅灰色大地遥遥呼应,直逼得人心燥热,更加寸步难行。

好不容易挨到傍晚,众人继续赶路。再行两日,就能到野马泉,老叩延慢慢说起这野马泉的景致,野马泉是莫贺延碛唯一的一块绿洲,泉如弯月,泉边草木森然,红柳成林,清泉快慰,鸟兽绒绒,很是奇妙。众人被这番言语一激,又兼水囊里清水已近见底,正急着要补充水源,一夜在马上不曾停歇。

至黎明,星月暗淡,曙光渐亮,风啸沙鸣,眼前荒漠连绵,要趁着日头高悬之前找个遮蔽处歇息。

朝阳如火,白云似练,黄沙漫漫没有尽头,这片沙碛仿佛不知疲倦,无所谓时间流逝。

天气渐热，正要耐不住这红日热风之时，只见远处突然跳转出一片戈壁滩，颓岩乱石，土丘连绵，众人忙往其间穿行，在一片高耸嶙峋的风磨岩后找到阴凉之地。

春天骑了一夜，双腿绵软，差点下不了马，好不容易在一块岩石上坐定，气喘吁吁，抱着水囊续命，李渭叮嘱她："还有两日才到野马泉，可许你多喝两口水，但不许一口饮尽。"

春天抱着水囊点头，李渭提着麸饼，去给两匹马补充粮草。

众人懒得收拾，都挑拣着阴凉处先歇一觉，刚躺下，呜呜刮过的热风乍然顿住。

而后是片刻的寂静，空气如凝固的糨糊，猛然间又有一股风从北方窜来，其声由低至高，低声如野兽低吼，高昂如铁叉扎入铜镜，猛力划行。然后人人都尝到了一股浓重的土腥味，猛然灌入鼻腔，再侵入喉咙。

"爷爷，你去哪儿？"叩延英见爷爷从地上一骨碌爬起，急步驱出石滩，去探看情景，叼在嘴里的烟枪闷闷地掉在了灰土里。

"你们都起来。"老叩延回头喊了一声，语气平淡又镇定，"黑沙暴来了。"

"黑沙暴？"众人出石滩探看。

刚进这石滩时，青冥红日，天地还是泾渭分明的，此时天幕尽头有滚滚黑尘滚动，看起来若幻影，如纱梦。

沙暴来了。

老叩延蹙眉，面色冷静，指挥众人："将骆驼、骡马都绑在一处，把驮包用具全都解下，仔细躲着那些碎岩，若是被风砸下来，连命也没了。"

胡商们七手八脚地退回石滩，将骆驼、骡马拴绑在一起，又去解包袱，还要顾着自己的水囊食物、驮马的粮秣，几人越急越乱，越乱越急。

叩延英这时还叉着腰，双眼发亮地望着远处，他还是第一次见沙碛里的大沙暴，兴奋得鲤鱼打挺："哼！哈！沙暴来了！"被老叩延敲脑袋："你这皮孩子，赶紧去帮忙！"

黄三丁两人无甚行囊，将马匹拴好后，也来帮着胡商们拉扯骆驼，捧抱包袱。

李渭看着天幕处浓郁的一团混沌，见怪不怪，语气镇定地指挥春天："穿上风帽、面衣。"

他迈向马匹，解下水粮送至她怀中，将她往一处巨岩墙根一送，将毡毯披在她身上："趴在地上，别抬头。"

春天心中既慌张又新奇，从善如流，趴倒在沙地里，又禁不住四下张望，见李渭将马匹和商队的驮群绑在一处，温顺的牲畜们挤在一处，伏倒在地，将头埋低。

不过少顷，偌大的蓝天变得浊黄，灰土弥漫，风越来越大，越来越狂躁，飞沙走石，包罗万象。

风像刀割钝物，肆虐又暴戾，要将天地万物打磨上烙印，一颗颗的石，一粒粒的沙，生硬地在空中舞动，太阳如一轮薄影，转瞬涣散不见，戈壁滩汹涌灌来一片越来越重的土雾。

胡商们堪堪将所有的软包都堆集在巨岩下，用毡毯裹紧，骡马身上的包囊在烈烈罡风中瑟瑟发抖，包袱皮哧啦一声，被狂风卷走。

"快，快，快，麸饼！"胡商们大喊，"快取下来！"

李渭帮着胡商将骡马上的最后一个包囊解下，眼见风沙已经张牙舞爪地滚至身前。

天已完全暗沉下来，黄尘扑面滚来，已经近在咫尺，那是惊涛骇浪般的沙海，遮天蔽日，满目灰黄，罡风肆虐，裹着沙尘要将万物刮卷而去。

戈壁滩轰隆作响，从地底发出沉闷的呐喊，怪岩颤抖，几乎要拔地飞走，地面上的沙尘被狂风驱如斗折蛇行，宛若癫狂起舞。

尘土呛扬，春天裹着毡毯缩在地上，她闭着眼，犹且能听到那哧啦哧啦的风声，朔风好似要将她席卷而走，就如席卷地上一颗微小的石子。后背有飞石噼啪砸来，风轰隆隆的，有如雷鸣在耳边炸开。

她在地上趴不住，只觉自己要被这罡风吹去，她抱紧手中水粮，正想开口呼喊，毡毯猛然被风掀开，粗粝黄沙灌进来，转瞬钻入口鼻、吸入胸腔，只觉得胸中火辣辣地疼。

春天发出一声剧烈呛咳。

瞬间有身体扑上来，隔着羊裘将重量压在她身上，大手抓紧毡毯，向内一折，将她全须全尾地裹紧，完全覆盖在身体之下，犹记得留出一丝罅隙，容她呼吸。

她被包拢在李渭身体下，不见光亮，只听得见风声越来越凶悍，越来越猛，隐约能听见骆驼和骡子的哀鸣，还有胡商们的呼喊。

轰隆声如同惊涛拍岸，狠狠地刮着耳膜，李渭发觉毡毯里的人在发抖，隔着毡毯抓住她的手，紧紧地攥在手中。

春天裹在毡毯里一动不动，只觉这场风暴极其漫长，不知过去多久，耳边已然只有风的怒吼、沙浪的拍打，浓郁土腥味穿过毡毯，刺刺堵在胸口。

苍天，求您，求您施舍，求您庇佑天地间这小小的蝼蚁，求您不要将我们化成路上的一缕亡魂，一截白骨。

风最烈之际，她感觉风从地底部刮来，要将她腾空刮至天上，但抓着她的那双手犹如在地里生根，将她牢牢锁在沙地上，于是她也隔着毡毯，紧紧回握他的手。

不知多久之后，尖锐的风声渐渐熄灭，取而代之的是另一种风，呜咽绵长，时而尖厉，时而凌厉，时而温柔。

李渭艰难地从地上跪起来，见毡毯内一丝动静也无，担心春天被闷得晕过去，连忙剥开毡毯。

猛然撞见一双秋水无尘的杏子眼，圆滚滚好似狸奴，娇憨又漂亮，黑如曜石，白如水银，清清凌凌，如冻如玉，宝石一般直勾勾地盯着他。

她的眼瞳里还装着自己的倒影。

他的手指停住。

两人离得太近，李渭突然回过神来，意识到自己的失态，猛地将春天松开。他支腿屈膝，半撑在地，伸手扯去面衣，将满口沙土吐在地上。

春天从羊裘中出来，满目昏黑，眨眨眼，才发觉眼睛涩痛。罡风已过，空中飘着黄色的沙雨，扑簌簌拍打在身上，沙沙沙沙，有如蚕食桑叶，满鼻都是混浊的土腥气，冲得胸腔沉甸甸。

她穿着风帽，还裹着面衣，仍觉得口鼻被堵住，伸手一拂，满面土灰，唇角都是泥沙。

李渭帮春天挡着风沙，更是狼狈。厚厚沙石覆盖在整个后背，脸上蒙了一层灰土，连眉睫都覆盖在厚灰之下，全然看不清面容，只有一双眼，两只漆黑的眸，显得格外明亮清澈。

李渭蹙眉，用布巾慢慢拭去面上泥沙，这才一点点露出容貌。

她发觉李渭眉峰英挺，菱眼微长，眼尾微微往上挑起，是端正工笔画上漫不经心的最后一笔收尾。鼻如悬胆，唇色微深，唇肉丰盈，沾着天生的温柔。又见他吁气站起身来，在一侧摘靴脱衣，抖去外裳上的厚土。

他里头穿了一身浅灰紧衣，腰带紧箍，更显肩宽腿长，蜂腰窄臀，袖子挽至肘间，露出一截紧实的微褐色手臂，肌肉坚硬，血管微凸。

春天凝望着沙地里一块被刮得光亮的岩石，沙雨沙沙落在岩上，发出咚咚的轻响，岩面上攒了薄薄一层细沙，又瞬间被风拂去，露出赭黄色的岩石纹理。

她看得心急，从地上跳起来，去查看自己和李渭的马。

天地间一片灰蒙蒙的惨白，只依稀可见眼前光景，沙雨吹东拂西，毫无方向，只有倔强的骆驼从沙地上抬起头，在风沙中嘶叫几声。

胡商们藏在骆驼旁，压着驮包扑成一团，饶是如此，一些日常用度依然折损了不少，有数个白软包都被风沙刮破，露出油纸包裹的内里。胡商们陆续从地上爬起，顾不得扬去身上灰土，急匆匆地去拾地上的包袱。

叩延英早从地上爬起来，滚成了个灰人，笑嘻嘻地朝春天招手："这风沙好生厉害，我快要被吹跑了。"

黄三丁趴在地上观望片刻，见胡商们迫不及待地冒着风沙去捡吹跑的白软包，弓着身子，殷勤地上前来帮忙，胡商们连忙摆摆手拦住他："风沙忒大，兄台快去躲避一二，这儿不敢劳烦兄台搭手。"

黄三丁笑呵呵地立在一旁，搓搓脸上泥沙，笑问："你们这是从哪儿贩来的茶叶？这茶味清甜，闻着很是不俗。"

胡商们笑笑："这是闽地新出的岩茶，茶气如香蜜，产量极少，向来不往外流通，知道的人也少，我们好容易收到这几驮，想着在塞外，应能卖个好价钱。"

"哈哈，某孤陋寡闻，这岩茶真是闻所未闻，等走出这沙碛，可要好好品一品这香茶，不知是何等沁人心脾。"

"好说，好说。"胡商们连连应承。

王涪带着部下一路从甘州直奔玉门，见到了严颂，才知李渭带着春天穿过常乐山，偷渡玉门关。

他知道李渭行走这片沙域近二十载，做事又稳妥，带着春天偷渡玉门关并非难事，必然沿着十烽西行伊吾，只要他快些，赶上两人，这差事就算成了。

王涪名义上是甘州的茶商，实是靖王在河西的采买，他和河西的吏、军两方都有些关联。靖王此前传信让他寻人，他几番打听下来，才知道要寻的这名少女和靖王嬖宠薛夫人大有渊源。他虽远在河西，但各处打点得妥当，对王府大小事情都略有耳闻，知道这事一定要办好，不可出半点差池。

正要打点行囊出关追人，不料听见玉门关戍前一片喧闹声，戍堡下乱哄哄，百来商人被兵卒带着，面色惨淡地行至城门下。

恰恰是在冷泉驿遭受北宛兵袭击的康多逯一行人，重回到玉门来补路引。

王涪听闻北宛人洗劫冷泉驿，杀了不少商人，掐算两人离去的行程，这几日恰恰是在冷泉驿前后。他在人群里寻来寻去，没有看到一个年龄相貌相符的少女，不由得出了一身冷汗。

商队众人补办路引，王涪逐一询问商队，是否有遇见一男一女，说了李渭和春天的大致体貌和岁数。

商队诸人多摇头不知，也有些人对李渭和春天有印象，两人相貌出众，男子坚韧英武，女子年少娇弱，看起来很是赏心悦目，说曾见过，但这几日被闹得鸡飞狗跳，含含糊糊，也不知王涪要找的人到底是谁，说不出个所以然来。

大能在一旁听见王涪说话，跳起来道："是春天姐姐吗？"

王涪听见春天的姓名，当下大喜，见是个七八岁的伶俐孩子，道："你见过春天？可知她人在何处？"

大能摇摇头："春天姐姐救过我，我们还一起玩耍来着，但我后来一觉醒来，她就不见了。"

"什么时候不见的？他们是两人一起不见的？有谁看见了吗？"王涪连声道，"李渭呢？小兄弟，你可见过李渭？"

大能用滴溜溜的眼看着王涪："大爷，我不知道……你找春天姐姐做什么？"

弥施年早听见王涪在寻人，听他描述，正是李渭、春天两人。他见王涪和兵将们亲近，恐他对李渭不利，要去拘拿两人，上前和王涪搭话："这位贵兄，你说的这两人，某曾见过，是不是一个叫李渭的男子和一名十五六岁的妙龄少女？"

"正是，正是。"王涪拊掌，"兄台知道这两人？"

"打过几次照面。"弥施年就将一路之事缓缓道来，最后问，"我见这两人行迹遮掩，可是此两人犯了什么事？若是如此，那可惜，让这两人不知逃往何处去了。"

"非也。"王涪解释，"我乃两人亲朋，家中长辈担忧两人独行出事，想寻两人回河西，请问兄台最后可见两人往何处去了？"

弥施年见王涪神情不似作假，点点头："两日前，我隐约见他们绕走冷泉驿，往西北而去，却不知往哪条路走了。"

王涪沉吟片刻，谢过弥施年，直奔冷泉驿而去。只见冷泉驿满目疮痍，又听闻前方的驿站动乱，道路已阻，左思右想，猜想李渭可能带着春天往莫贺延碛去了，便在冷泉驿找了个熟知当地地貌的老兵当向导，追赶两人。

岂料入碛一日，正狼狈不堪之际，前方黄沙漫天，天昏地暗，飞沙走石，那老兵惊恐万分："是黑沙暴。我们不能再走了，这沙暴会吃人的。"

一行人连连后退，退回冷泉驿。

王涪无法，只得留守冷泉驿，将这几日的事情回禀靖王，等靖王指令。

靖王见信，得知两人居然偷渡玉门，在冷泉驿遇见北宛袭击，接着又入了莫贺延碛，遇上了沙暴，也不知是死是活。

长叹一声，倍感头疼。

一方让王涪前往伊吾寻两人踪迹，另又修书给伊吾和甘露川亲信，若探见两人行踪，立即来报。

薛夫人这几日以泪洗面，不言不语，不食不寝，只等着王涪的消息。拿到飞鸽消息后，夺过草草一看，她额头抽痛，美目一翻，昏了过去。

靖王连声喊人要参茶，撬开薛夫人唇角灌入。薛夫人缓过气，面如死灰，清泪滚滚，僵卧在榻上，任旁人如何说话都不理不睬。

靖王劝了半日："你起来吃点东西，再这样下去，要把身子熬坏了。"

见她不回应，又说："岁官哭闹着要寻娘亲，刚被乳娘抱着去看花了，你去哄哄他。"

薛夫人盯着头顶的如意纹蟠龙绣帐，面色灰败，喃喃自语："妞妞，你不要命了，那么远的地方，千难万险，就算死也要去吗？"

"你不辞而别，是对娘失望透顶了吧，娘对不起你……你们一个两个都离我而去了，我还活着做什么，不如一起死了干净……"

她游魂一般坐起来，光着两只玉足往窗外行去。这书房其实是间水榭，推窗就是叠叠清莲，细细莲蓬，往日两人在此携手赏花，贪眠狎昵，薛夫人此刻眼里一片死寂，素手推窗，就要往水中投去。

靖王猛然扑上前，抓住她的肩，大喝一声："淼淼，你要做什么？！"

薛夫人回头看他一眼，美目发冷，狠力去掰他的手，一心要脱开桎梏，往窗外挣去。

靖王动怒，将她从脚凳上拖抱下来，推在榻上："你冷静冷静。"

薛夫人打定主意一心寻死，在榻上躺了片刻，听得靖王吩咐婢女们进来伺候，不等来人，她又遽然从榻上冲下，往屋内椽柱撞去。靖王眼明手快，将她拦腰截住，背后已是出了一身冷汗："你这会儿是魔怔了不成？好端端的，非要寻死觅活！"

"我不该活，我早该去死……"薛夫人委顿在地，额头触着冰冷青砖，青丝流泻在瘦削的肩背上，轻轻颤抖，如同一朵极艳时被折落在地的娇花，喃喃自语，"我就不该活着。"

"你死了，你的女儿和儿子都不要了？你女儿远在千里，现在还不知死活，岁官现在才几个月大，连路都不会走，你就忍心扔下他们不管？"靖王见她又摆出几年前寻死觅活的架势，恨声道，"这些年，你寻死过那么多次，还

不够吗？我对你的一片情谊，你到底是说扔就扔，弃若敝屣？"

他胸膛起伏，憋着一股说不清道不明的浊气，看着瘫软在地的柔美妇人，绡纱掩不住的冰肌玉骨，这样惶惶然的神情下，也自有一股勾魂摄魄的风流妩媚，心中终究是怜惜她，他伸出手："先起来吧，我们好好说话。王涪信上寥寥数语，你看了难免胡思乱想，西北之境路途虽艰难些，也不是没有生机。"

薛夫人直视着他翕张的唇，目光空洞，忽然抿起红唇，轻声呵笑，雪白面靥上有几分癫狂之意："都是你们，你们一个个……"

她身体颤抖，半哭半笑："我原本……我原本是清清白白的良家妇，怎么会沦落到这个田地，以色事人，成权贵玩物，一世清誉尽毁……

"我是有夫之妇，你们枉顾礼法，见色起意，强取豪夺，肆意玩弄我。你们都用妞妞来要挟我，说要赏我母女团圆，让我百般忍耐，让我安分媚主，让我苟活于世。但最后呢，我的女儿非我所养，弃我而去，受尽艰辛，下落不明。这是老天爷在惩罚我，惩罚我不守妇道，惩罚我没有替亡夫守节，苟活至今。"

靖王听见她如此说道，心中刺痛，一片冰冷："是，我见色起意强占你，那你扪心自问，这几年，我对你、对你女儿、对你薛家，何曾亏待过？我杀了韦少宗，扶你长兄耀你门楣，对你女儿恩赏俱到，给你孩子和名分，我对你一片真心又差在哪里？昔日恩爱不移，难道都是假的？你又敢说，你对我半分感情都没有？

"妞妞是你的孩子，难道岁官就不是你的孩子？他也是你怀胎十月，从你肚子里出来的，这半年来你抱过他几次？对他笑过几次？他要娘亲的时候你在哪里？两个都是你的骨肉，你何必厚此薄彼，薄情至此？难道我堂堂靖王，就不如你昔年的那个丈夫春樾，我的孩子就这样命贱，让他的母亲对他如此不屑一顾？"

"你比得过仲甫吗？"她身体发冷，吃吃冷笑，"他光明磊落，侠气云天，是我心中顶天立地的英雄。你呢，你为了让我臣服，威逼利诱，为了逼我就范，无所不用其极，这是堂堂靖王所为？"

他亦冷笑："你的仲甫再好，他也背着军中骂名，死了七八年，如今连尸骨也不知在何处。我再不济，你也照样给我生儿育女，在我身下婉转承欢。"

薛夫人呼吸一窒。

靖王看着她颤抖的肩膀，头疼欲裂，闭目半响，默然道："一夜夫妻百日恩，我的心意你还不明白吗？我以前是对不起你，但自有你后，我眼里哪里还有别的女人半分？我怜你宠你，想尽法子补偿你。"

"我知道你心急,挂念孩子安危,王涪信上虽然说得凶险,但陪着春天入莫贺延碛的那名护卫是个行路熟手,定然出不了事。"他叹气,望着她的满面泪痕,"淼淼,说句不好听的……你好好的,我竭尽所能将你女儿带回来,让你母女团圆;你若不好,这天下谁管你女儿的死活。"

她的女儿,远在千里的女儿啊。

薛夫人痛苦喘气,深深闭眼,终是软弱下来,屈膝跪行至靖王身前,仰视着他,目光灼灼:"求你,救救我女儿,求你,带我去找她。"

"你一介弱女子,去不得那样远的地方。"

她咽下喉间苦涩,柔荑去解他的腰带,恢复了往日的纤弱柔媚:"如果……我伺候王爷呢?"

春天跟着叩延英穿梭在驮群中,清除驮马身上的沙土。沙雨中的天色晦暗如夜,方寸外已伸手不见五指,她于朦胧土雾间,见李渭和叩延爷爷站在一处,凝望着空中洋洋洒洒的沙雨,低声说话。一旁是清点驮包的胡商,有几人抱肩站立,急促的胡语顺风飘来。

她不懂胡语,见胡商们神色有异,问叩延英:"他们怎么好似在吵架?"

叩延英淡淡地投去一眼,无所谓地耸肩:"沙暴刮走了两三个驮包,这些驮包很是金贵,他们这会儿正心疼着呢。"

一阵厉风刮过,春天眼中进了砂砾,痛痒难耐,她忍不住伸手去揉:"这漫天沙雨,也不知道什么时候才能停歇下来。"

"沙暴说来奇怪,有时它说停就停,有时能连续刮上个三五日。"叩延英回答,"我们这还算好的,听我爷爷说,有时沙地里突然窜出一股邪风,能把人畜吹到天上去。莫贺延碛常有黑沙暴,只要不遇上盐碱滩涂就没事。"他一本正经地跟春天讲话,眼神突然瞟过不远处,悄声道,"黄三丁那两人,成日跟在商队后头献殷勤,看着鬼鬼祟祟的。"

春天顺着他的目光望去,黄三丁和郭潘两人一前一后,从一片耸立的石壁后转出来,见众人忙碌,上前帮忙料理驮马。

她知道李渭对人向来温和,但这几日似乎不曾和此两人多说几句话,春天也非热络之人,兼之男女有别,是以这几日,还未曾和这两位同伴应过声。听叩延英的语气,她也不由得说:"他们两人看着倒很和气。"

那郭潘虽然衣裳有些狼狈,行步间却仍带着斯斯文文的逸气,他相貌清隽,人也和气,此刻朝着春天和叩延英走来,上前笑道:"这莫贺延碛果真厉害,两位小友刚才也受惊了吧?"

他离春天近些，春天闻到他身上有一股檀香和灰尘的气味，微微点了点头，悄悄往后挪了几步。

叩延英用湛蓝的眼打量他，笑颜艳丽："我都快被沙土埋堆了，郭大爷瞧着还是熨帖得紧。"

郭潘连声大笑，停下和叩延英多说几句。

春天正要离开，却见郭潘和叩延英说毕，转身走来，帮春天牵马挽缰："小女郎倒有些不爱说话。"

春天扮作腼腆，朝他微微笑了笑，郭潘拂拂衣袖上的沙土，温柔笑道："女郎看着不似河西人，贵姓也罕见，是从外乡来的吗？"

春天点头："确是。"

郭潘讶然："昨日和李兄闲聊，没料想李兄年纪轻轻，阅历竟然如此丰富，这西域十二城竟没有他不知的地方，某甚是敬佩。等过几日到了伊吾，那时候正是佛诞日，伊吾城内有庙会游街，到时要邀两位一道吃酒看胡旋舞，小娘子喜欢看胡旋舞吗？"

春天见他谈起李渭，也不知如何回话，又听见他问，回道："小时候见过一两次胡旋舞，倒是都不记得了。"

她有心避讳，不愿和此人多语，匆匆找了个借口走开。郭潘看着少女匆匆离去的背影，微笑着摇摇头。

春天正寻地坐下，见李渭来找她，吁了口气，李渭见她只露出一双眼在外头，道："你去歇着，这沙雨一时半会儿停不了，我们今夜无法赶路，只能宿在此处，你可不要乱走。"

春天点了点头，正在毡毯上坐下，听见驮群里牲畜喧闹，胡商来往说话，问："他们在说什么？"

李渭也在一旁坐下，喝了口水："他们在清理驮马的钉掌，这几日过了不少盐碱滩，牲畜背着重包袱，脚下很容易灌进毒沙，不及时清理出来，这些骡子都要死在路上。"

春天点点头，默默听了会儿，半晌道："他们的香茶好香啊，是哪里出产的香茶？江南的茶味最是清淡，川蜀喜加一点栢叶姜片，难道是两广一带新出的？"

李渭笑了笑，漆黑眼眸一亮："你想起什么来了？"

"跟我在红崖沟跟随的那支商队一样，香喷喷的包囊……夹杂着一丝丝若有若无的苦涩。"

李渭摇摇头，抽出箭囊里的一支羽箭，握在手中，一笔一画地在沙地上写下两个字。

浅浅沙土被锋利的箭头划过痕迹，春天仔细看那两字。

大黄。

"大黄？"

"这一支商队也是从河西偷渡出来的，为了躲过十烽的盘查，铤而走险走了这条道，要不然，也不会请叩延家的向导。"他声音极低，若有若无地飘在沙雨之间，春天看不清他脸上的神色，只听得他轻声道，"近两年，官中为了控制西域一带，也为了和北宛对抗，严禁民间随意贩卖大黄，现今北地的大黄，一两一黄金，很是贵重，重利之下必有勇夫，你在红崖沟也遇上了一支私运大黄的商队，谁料半路被有心人劫了去。"

春天想起当日红崖沟之事，犹觉得手脚冰凉："那我们……"春天挠挠脸颊，"怎么办？"

"权当不知。"李渭低叹，"不过是一路偶遇，管不得太多，况且大黄是药，这些大黄，也不知能救起多少牧民的命。"

黄三丁找到了驮群中的郭潘，两人略说了几句话，整理行囊，发觉自己的水囊都已见空，撑不过一日的水源，两人无奈对视一眼，郭潘抿唇，背手，指使黄三丁："再去问他们买些水来，好歹要撑到野马泉。"

"好说。"黄三丁寻到胡商之间，慢声笑道，"各位兄台，我兄弟两人的水囊快空了，不知诸位是否还能舍半个水囊出来？"

胡商们互相张望几眼，颇有些为难地摇摇头："黄兄，对不住了，我们的水也不太够了……还有几日就要到野马泉了，等到了野马泉，就有水源补给。"

黄三丁作揖："谢谢各位，刚水囊掉地，实在是没有法子，请各位帮帮忙……"

他缓缓亮出一小把瑟瑟珠。

这沙雨足足扬了一整日，风沙扬得人人双目通红，困倦不已，傍晚风沙停歇了一阵，一入夜间，冷风肆虐，砂石滚走，头顶是一片诡异又青紫的天空，不见星月。

骆驼们都安静地匍匐在地，骡马不耐风沙，时不时嘶鸣几声，微光昏暗，整个戈壁笼罩在一层迷雾中，几乎是伸手不见五指，胡商们也不敢行路，只得在此留宿。

春天用毡毯将全身蒙起来，听着冷风刮过石壁的声响，忽见眼前绿光点点，如幽暗绿眼浮动在幽冥中，静静打量着这一行窜入的生人。

"尔等，尔等……尔等……让路……让路……"似有断断续续的含糊声音从地底浮现，又有似木屐踏地的笃笃声响在戈壁间回荡。

"这是什么声音？怎么如此古怪？"有人在低声问。

"他们在走路。"老叩延闭上眼睛。

"他们是谁？"

是叩延英的轻笑声："当然是沙碛里的鬼喽。"

冷风窜过春天身体，她突然觉得头皮发麻，回头看了一眼李渭，无声呼唤："李渭。"

李渭往她身畔挪了挪，察觉她在发抖害怕，将身上的毡毯披在她身上，贴近她："别怕，是磷火和风声。"

她点点头，用毡毯蒙着，蜷卧在他身畔，听见风声越来越紧，音如提弦，仿若下一瞬就要乍然迸裂，又若惊雷，轰隆滚动。

李渭见她睡得不安慰，隔着毡毯轻拍，慢慢安抚她入睡。

沙暴足足滚了一日一夜，第二日早上，天际高邈，风平浪静，天空深蓝，一丝云朵也无，阳光极其明媚，青冥红日，黄沙漫漫，正是一幅恬淡如画的风景。

春天夜里迷迷糊糊醒来几次，仿佛听到些声响，但这一觉睡得还算安稳，从毡毯里起来，李渭已不在身边，环顾四周，只见众人脸色难辨，冷凝般围在一起。

她上前去探看，李渭听见她的脚步声，先过来拦她，脸色有些不好："别去。"

春天瞥见沙地上横着一双黑靴，似是躺了个人，不解问道："怎么了？"

黄三丁死了。

面色青黑，嘴唇干裂，没有伤痕，没有血迹，身体僵硬，姿势诡异，似乎是有人拖着他的双足往里拖，他却挣扎着往戈壁外爬行。

春天愣住，结结巴巴道："死了。"

叩延英呼出一口气："难不成是昨夜被鬼带走的？"

"八成是。昨夜沙鬼泅沙，黄兄定是那时沾惹了什么东西。"

昨夜风浪滔滔，搅得人心惶惶，众人听见了什么声响，也未曾在意。晨起一个胡商出去小解，却发觉地上卧了一个人，惊呼了一声。

郭潘这时也发觉黄三丁不知所终，上前查看，恰是黄三丁僵卧在沙地上，已死去多时，禁不住哀恸大哭。

"黄兄，你我兄弟两人，一路扶持，出生入死，从晋中走到此地，你对我一路照料,如何、如何就此去了……"

"以前有过这样的奇事,沙碛里好好的人,半夜突然起来,摇摇晃晃往外走,径直走出几里地,咚地扑倒在地上。这说的就是沙碛里的厉鬼,拖着活人索命。"

众人唏嘘一场,敬过死者,沙地无火,只得挖了个浅坑,将死者草草掩埋。

李渭不肯让春天上前看,怕引她害怕,春天心头惴惴,叩延英又在一边跳上跳下,絮絮叨叨,见她面皮紧皱,唇角紧绷,歪头笑:"你害怕死人?"

她见过黄河水面突然掀起旋涡,将人畜拖卷其中,连呼喊都来不及,当地人称之为水鬼,也经历过商队被北宛人杀戮的场面,但毕竟是深闺里的安逸少女,春天反问叩延英:"你不害怕?"

叩延英摸着自己唇角的笑容:"等你杀过人,就不会害怕了。"

沙暴过后,沙碛静谧又绚烂的景色,很快在热气里扭曲得近乎融化。

因为这场风暴,耽误了商队两天的行程,原本此时,应该已经到达野马泉了。

胡商们昨日换了半袋清水给黄三丁,自己的水粮已经不足,撑不过一两日。春天的水囊也几乎要见底,李渭把他的水囊换给了她。

加之这场肆虐的沙暴和黄三丁的死,人人精疲力竭,心头布满荫翳。

前路,还有两三天的盐碱滩。

玖 野马泉

　　李渭拿指节叩着岩壁，同老叩延商量："走金钵谷，早一日到野马泉。"
　　老叩延磕了磕烟袋，深抽一口："那里不能走。"
　　"爷爷，为啥不能去？"叩延英问，"我们要断水了。"
　　老叩延瞪着孙子："那里去了要遭殃。"
　　金钵谷，是坐落于莫贺延碛北侧的一座圆形山谷，被黄沙砾漠包围，形如金盆，山谷正中有个废弃的小村子。
　　"叩延大爷，既然有快道，为何不走？我们也受够这鬼地方了，都快被烤成肉干了。"胡商们道，"骡子们的草料已断，都要撑不住了，到伊吾还有好一段路程，可不能折在半道上。"
　　老叩延"吧嗒"几口将这管烟抽完，叹了口气，将烟枪背在背后："老汉我先把话说在前头，到了金钵谷，别嫌晦气。"
　　胡商们不等天黑，重装行囊，要穿行金钵谷前往野马泉，一番收拾妥当后，见郭潘神色痛楚，仍跪在那一龛坟茔前。
　　众人招呼他前行，郭潘抹抹脸颊，一瘸一拐行来："一时心痛难耐，却把腿跪麻了，我这就收拾行囊，跟大家一起上路。"

一行人径直走到深夜，见远处有枯瘦的山脊起伏，说是山脊，其实只是一片高耸连绵的岩山，于是停下就地休息。这是一片极荒凉的盐碱地，满地都是白色的沙碱和坚硬的骆驼刺，皮靴踩上去，只觉双足刺硬，不能卧躺，只能择地而坐。

好不容易熬到天微亮，众人朝岩山行去，这片岩山满是破碎砾石，其色紫黑，或是赭黄，有奇形怪状的巨石被风塑造成各种形状，踞如鹰隼，又如石菇，行路艰难，马儿容易踩踏悬空，众人无法，只得下地行走。

穿过一片砂砾，爬上高高的岩脊，眼前突然开阔，呈现在众人眼前的是一片极其广阔的山谷，形如一只由黄沙和山脊围裹的大圆钵，他们正站在碗沿处，俯视眼前的景色。

叩延英兴奋地吹起了口哨："你们看，下面有村庄。"

这片山谷依旧荒凉，一簇簇芨芨草、白刺、梭梭在风中无言伫立，远远望去仿佛是大地凝结的黑痂，山谷底部隐约可见倾塌荒废的茅屋、枯死的胡杨林，风低低地吹，有如哭泣。

叩延英一马当先冲了下去。

"这鬼地方，怎么还会有房舍？从来没听说过莫贺延碛还有人居住。"

春天也好奇地跟随李渭走入山谷，山谷多是砾石，一蓬蓬沙棘结出了青色的小果子，向阳处的几挂沙棘果已然见红，如珊瑚珠一般悬于灰绿枝头，分外耀眼可爱。

叩延英眼前一亮，从马上跳下，伸手去采摘沙棘果，却被叩延爷爷喝止："不可。"

"为何不可？"叩延英悻悻问道，"这莫贺延碛难得见一丛沙棘呢。"

"这果子见青，滋味酸涩，也解不了渴，就让它们去吧。"李渭劝道。

"大爷，这里没有人居住吗？"春天左顾右盼，见前头有不少黄泥瓦的屋顶，好奇道，"这里有好些房子呢。"

"这里已经荒败三十多年了，很少有人涉足。"李渭低声道，"现今知道这个村子的人也不多了。"

春天见前方有一片踞如石菇的赭黄风岩，一溜烟窜走的叩延英朝着众人招手："这里还有字。"

风岩上有一块地方被刮平，用刀镌刻了几行大字，却已经被风刮得模糊不清，春天凝望片刻，念上头的字："李，桃……"

她扭头看向李渭："这是汉字，是汉人住的村子吗？"

李渭点点头。

转过这片风岩,眼前豁然开朗起来。面前是几棵枯槁倾倒的胡杨,胡杨枝干虽已枯萎,却又从断裂处挣扎着冒出几枝纤细的绿意,几只石龙子趴在胡杨上,谨慎地看着闯入的一行人。

胡杨树旁,是倾颓倒塌的低矮房舍,墙壁的黄泥已然剥落,露出被红柳木枝缠绕的墙坯,胡杨木做的门窗半挂在墙上,被风一吹,吱呀吱呀作响,地上沙土里掩埋着木片枯草、陶盆瓦片,甚至还有一只已然枯槁的鞋履,十分萧瑟。

整个村庄除了那些穿梭在沙土里的虫蚁,完全一片死寂。

"阴森森的,倒有些吓人。"有人带着笑意说了一句。

一扇朽掉的门訇然倒在地上,虫蚁四下窜走,众人吓了一跳,原来是叩延英推开了一间屋子。

"屋里都是沙土,什么也没有……"叩延英撇撇嘴。

"你这浑小子,别到处招惹,快过来。"老叩延横眉竖眼,"仔细我剥你的皮。"

叩延英丝毫不惧自家爷爷,笑嘻嘻地往前走去。

春天也从马上下来,拨开风帽,很是好奇地打量这个荒弃的村子,李渭跟在她身后:"走吧。"

"这个村子房子不少,怕是有百来个人吧。"春天扑闪着眼,盯着李渭,"他们都搬去哪儿了?"

"都走了。"

前头突然有人道:"这里以前是一片湖。"

听见有湖,众人以为有清水可用,上前一看,原来是白茫的盐碱地,旁边绕着一圈枯死的红柳树,地上雪白的沙碱画出一圈一圈圆形的涟漪,应是当年水泽蒸发萎缩的痕迹,盐碱滩中土质犹如泥壳一般,有草根扎在其中。

老叩延点点头:"这儿以前是村子里的水源,是一片海子,海子中有数十个泉眼,汩汩冒出清泉,这水清冽回甘,滋养了整个村子。"

见一行人的眼神都望着他,老叩延也憋不住内心的叹息,幽幽道:"随着泉眼出来的,还有一种叫青泥珠的珍宝。这种青泥珠最大不过拇指头大小,小的犹如米粒。这珠子可是个好宝贝,能寻宝,传闻把这珠子投入泥潭里,能使泥水澄净如清水,水底的珍宝都会自发冒出来,谁要是手握一颗青泥珠,那身后就跟着数不尽的宝贝。"

"这个村子居于莫贺延碛腹地,但在很多年前,有很多商人不畏艰难,专门来此地收购青泥珠,一颗米粒大的青泥珠,能换十匹骆驼,把这青泥珠转手售到甘州，售到长安，能值万贯。"

"既然这水里出这样的宝贝，这村子如何又落败了？是因为这海子枯竭了，村民们都搬走了吗？"

老叩延放下烟枪，不言语，叹了一声："你们等会儿就知道了。"

众人不过停下歇息片刻，原想在此多留一阵，老叩延偏要走，要一行人在白日里赶出金钵谷。

春天也悄悄问李渭："大爷，我们不能在这儿歇一夜吗？这里有现成的屋子可以住，还有可以生火做饭的灶台……"

"此处不宜久留，还是尽早出去为好。"他知道她这些日子都是幕天席地而眠，多有不便之处，见此处情景难免心动，"走吧，早一点到野马泉，那儿有水有树，比此处合适。"

众人重新上路，老叩延在前路突然回头道："前头就要出村子了。"

李渭停下，回头望了一眼春天。

春天不明所以，疑惑地望着他。

"风帽戴好，把眼睛遮住，我牵着你走。"

她依他的意思将风帽戴上，往下拉了拉，挡住了双眼。

李渭看了她一眼。

他的手乍然抓住她的手腕，热度透过她的衣料绵绵传来，他握得很紧，男人的掌心和指腹都有厚薄不一的茧，是粗粝又孔武的触感。

她的腕骨纤细，在他手中不盈一握，温驯柔软地任由他牵着，静静往前行。

一行人慢慢地行，马蹄踢踏，一下下敲着沙壳。

前头的说话声突然就顿住了。

有人短促地惊叫了声，又把声音压抑在喉咙里。

叩延英原本在前头哼着小调，此时也禁不住咒骂了一声。

"噤声。"是老叩延严厉的喝止。

连呼吸声和风声也停顿住。

春天按捺不住心里的好奇，低声问李渭："大爷，怎么了？"

李渭并肩行在她身侧，紧紧攥着她的手腕，声音却很温和："没什么，我们马上要出山谷了。"

"是什么东西，我可以看看吗？我想看看……"她用指尖挠挠他的手掌。

他突然抓紧了她，柔声道："不要看，只是一片沙地而已。"

春天温顺地任由他牵着手，山谷里热风拂面，干爽燥热，风声呜咽，是极寂寥盘旋的风,她察觉到马儿往上攀爬,身边有人极轻地吐出一口气。

她突然掀开风帽,回头望了一眼。

重重叠叠、密密麻麻的尸体,数之不尽,掩埋在沙土之中,不知垒叠了多少具,已然风化成干尸。

这些尸体半埋在沙土中,半暴露在土面上,阳光照射下,能看到干尸的衣料、佩饰,甚至面皮上的皱纹、山羊胡和一颗颗牙。

春天乍然见到眼前景象,瞪大双眼,喉间惊恐,却连一点声响都无法喊出。

只是短促的一眼,李渭将她的风帽又重新盖上:"别看。"

那一瞬间的恐惧如沸水一般,层层叠叠挤在后脊背上,咕咚咕咚挤破,又层层叠叠沸出来。

李渭安慰她:"别怕,这些都是村里的村民。"

一行人噤若寒蝉地出了山谷,连大气都不敢出,直到离得远远的,才喘了口气。

"这些村民如何都死了?"

李渭慢声道:"这个村子叫李桃村,村民们是北归的胡人,但俱是黑发黑眼,他们说自己是汉人的后代。七八十年前草原动荡,这些村民不愿被他族驱使,从北方草原一路南迁,想在河西讨一块安身之地。但当时的凉州刺史没有接纳他们,这些村民辗转数地,意外发现莫贺延碛这块海子中的青泥珠,于是在海子旁落脚,靠收集青泥珠为业,和外部换取生存之物。但四五十年前,有人觊觎海子中的青泥珠,想驱赶村民,霸占此地,于是和村民们起了冲突。

"他们在此安居二十多年,派人前往凉州府求见刺史,献上青泥珠,想求朝廷援助。但凉州府不愿派军,村民们只得自发抵抗。但终敌不过强敌,全村人全部战死在村尾。

"村民们死后,这片海子突然就枯竭了,泉眼全都堵住了,如何疏通都没用,海子慢慢蒸发成了盐碱地,这片曾经绿荫蔚然的山谷也死了。自此之后,莫贺延碛越发难行,这个山谷也没有人会来。"

"是谁将这些村民杀害的?"有人问,"是不是北宛人?"

李渭摇摇头:"这个无从得知,大抵不过是觊觎青泥珠的人,比如沙漠里的马匪、附近的村庄、朝廷、北宛人,甚至是商人萨宝们。"

这夜停下休息,李渭晃着酒囊,慢悠悠抿一口,见春天犹且心神不宁,递过酒囊。

她被风吹得哆嗦,抱着李渭手中的酒囊,仰头灌了一大口,却被辣得呛住，连眼泪都掉出来。

他看着她脸儿绯红，带着笑意阻止她想再喝一口的勇气："这是烈酒，一口就够，再喝你就要醉了。"

她这才觉得四肢发热，头脑晕眩，迷糊着明白了酒的好处，眼神亮晶晶的，将酒囊还给了李渭。

李渭慢悠悠又抿了口。

春天脑子晕乎，神志却十分清醒，翻来覆去难以入睡，李渭在她身边，抱胸倚靠石壁，支起长腿，也是累了，懒散道："我守着你，睡吧。"

她悄声问他："大爷，你是不是来过这儿？"

李渭慢慢"嗯"了一声："小时候来过一次，那时候还有沙鸟飞来此处繁衍后代，见海子已空，整日绕飞哀鸣于上，现在，连鸟儿都不再来了。后来在军里，常往返于这片沙碛，每次来，这里都要再衰败几分，可能再过十年，这个村庄就要完全消失在地面上了。"

他握着一把沙，又从指间滑走，眉眼生动又寂寥。

春天一夜未曾好眠，见李渭闭着眼，枯熬着也渐渐睡了，夜里风很冷，她闻到他身上的气味，并不难闻，大概是尘土、风沙、汗水与醇冽的男人气息。

出了金钵谷后，复行一日，诸人水囊皆已空空，人困马乏之际，见前方有几重嶙峋枯山，岩石灰黑如铅，满眼枯寂。等踏入其中，风声倥偬，满耳皆是刮削之音，满地碎石，沟壑纵横，极难行路，只得下马步行。

行了半日有余，渐觉草色丰盈，地上的芨芨草似乎比别处的茂盛些，老叩延敲着烟枪："快到了。"

转过一叠灰黑风磨石，突然有抹浓郁的绿意冲入眼中，将满眼疲累的铅灰砂砾冲走。

众人眨眨眼，原来是一洼柔嫩野草。

草色如碧，枝叶青翠，深红、嫩黄、奶白的细碎小花摇曳在草间，纤细柔软，莹莹可爱，如少女最鲜妍轻盈的罗裙。

有凉爽的微风，啁啾的鸟声，香甜的沙枣花香飘荡而来。

众人已然厌倦了多日的烈日黄沙，初见绿意犹未反应过来，直到听到上空飞鸟鸣叫，刹然回过神来，连声欢呼，满心欢喜纵马前策。

一片枝叶繁茂的胡杨林、温柔起伏的黄沙，一汪广阔浅青碧水，翠挺芦苇欢快地在风中招手，水边红柳低垂，开出一片片如雾如霞的粉色绒花，令人难以置信，这样荒芜的沙碛中，居然还有如此奇妙的世外桃源存在。

驼群摇起尾巴，欢快地奔向青青草场。

野马泉，终于到了。

正是久旱遇了甘霖，叩延英呐喊一声，将马鞭往地上一扔，跳下马来，撒开双手，一路快奔进了水中，撩起朵朵水花，将整个身体浸泡在水中。

他半眯着眼，面庞仰起，舒适地叹了口气。

众人盈盈欢笑，快步向前，俯身贴近水面，感受着久违的清凉水意。

春天也脱下风帽面衣，奔至水边，捧了一把水泼在面庞上，手指入水的刹那，是久违又熟悉的，凉爽湿润的感觉。

简直要喜极而泣。

这一汪泉水呈椭圆形，水正中央有一小块葳蕤绿洲，长着一片极其葱郁的野草，长草披挂而下，垂入水中，如倩女临水梳发。不知何处来的白鸟，在水面掠过身影，咻地钻入水中，叼起一尾小鱼飞腾而去。

泉水深处扑腾起一片水花，是叩延英在水中自在泅游，他平日用头巾缠头，倒看不出什么来，此时松了头巾，只见湖水中有个白肤棕发的少年，唇红齿白，蓝眼璀璨，在波光粼粼的水中分外俊美。西域河泽稀少，居民大多是旱鸭子，胡商们俱挽起衣袖裤腿，多停留在湖畔汲水洗濯，见叩延英在水中的模样，纷纷笑道："小叩延，你这岂不是洛神出水，杨妃沐浴，可比小娘子还小娘子。"

叩延英啐了众人一口："小爷我可是顶天立地的真汉子。"他攀上水中央的绿洲，几只白鸟嘎一声扑棱远去，叩延英双手一摊，悠闲地躺在草地上休憩，惊喜地朝众人招手，"这里有好多泉眼，水好甜啊，快给我水囊。"

这一小块绿洲也不过只容两人卧躺，却有许多地下泉眼，细细数来竟有数百之多，汩汩冒出的清洌泉水，日夜不停地补给着野马泉。

李渭和老叩延坐在红柳树下呷酒，有一搭没一搭地说话，春天见他屈腿支膝，眉眼懒散，意态闲适，知道这刻的他也松弛下来了。

他这一路照应着她，比她还辛苦些。

胡商们吩咐叩延英装来甘甜清泉，喝了个肚饱，见红日高升，天气渐热，纷纷回到岸边，在满树粉蕊的红柳树下择一地好眠。入莫贺延碛连日辛苦，又遇风沙又见死人，人人早已困倦不已，眼下总算是能睡个安稳觉。

树下渐渐响起胡商们的鼾声，春天坐在芦苇滩旁，悄悄褪了靴袜，将一双白嫩天足浸入水中，慢悠悠扑腾着水花，见叩延英东游西窜，朝着水边的她挥挥手："鱼，湖里好多大银鱼。"

这孤寂沙漠中的一片绿洲，湖水中不知藏着多少肥硕的鱼儿，背脊挤搡在一处，也泛出一片粼粼光亮，叩延英嬉闹够了，钻入鱼群中伸手一抱，顺势抱起两尾肥硕的银鱼。

水中鱼儿几乎未见过世人，天敌稀少，不知躲避，故都有些呆呆的。那鱼儿身长肥硕，一条堪堪合抱，两条在叩延英怀中扑腾，鱼儿离了水，这才知道反抗挣扎，一条银鱼在叩延英怀中用力甩尾，抽了叩延英一耳光，跳入水中。

叩延英大喊一声，搂紧怀中银鱼去追："姑奶奶的，你一条鱼也敢打小爷我。"

春天见此情景，咯咯直笑，急忙穿上鞋袜，朝着叩延英大喊："叩延英，先把手上的鱼拿回来！"

她拎着衣袍，沿着水岸碎步小跑，眉眼弯弯，纯净无邪，身边风景如画，天地间俱是她的倒影，巧笑嫣然，衣袂飞扬。

叩延英泅入水中，再钻出来，手中又多了几尾鱼，兴致勃勃地泅至岸边，将鱼往春天身边一扔，又跳入水中："我多抓几条，等会儿我们吃烤鱼，喝鱼汤。"

上岸的鱼儿在沙地上胡乱扑腾，细沙四溅，春天手忙脚乱地锁着鱼儿不准乱跳，也被扬了一脸沙土，握着匕首也不知从何下手宰鱼。想起在甘州城见过李渭杀猪宰羊，她笑盈盈回首，向李渭招手，小鹿一样奔过来："李渭，李渭……"

"嗯？"李渭挑起唇角，带着点懒洋洋、舒展又慵懒的兴味回应她。

她把手背在身后，笑嘻嘻地唤他："大爷，你来教我杀鱼好不好？"

李渭慢悠悠啜了口酒，注视着眼前神采飞扬的少女，莞尔一笑，洒脱地站起身来，松松衣领，将袖口的束腕和身上的箭囊拆下，随手扔在地上，挽起衣袖："走。"

叩延英接二连三地将鱼儿抛上岸，李渭见春天手忙脚乱地拦着鱼跳入水中，忍不住微笑，捉住一条银鱼摁在地上，给春天示意："先破鱼腹。"

"呀，不行的。"这里的鱼太凶悍，鱼尾拍打起细沙，蒙了春天满脸，她红彤彤的脸上满是抱怨，皱皱鼻子，"我根本摁不住它！"

李渭的匕首咚咚敲在鱼脊上，那鱼儿霎时不动了，李渭耸耸肩，笑道："它晕了。"

她觉得脸上的细沙生痒，胡乱用衣袖抹脸，将几近透明的金黄细沙抹开，还剩几粒沾在湿漉漉的鬓角，折射着晶莹的亮光。

李渭突然低下头去："看好了。"

开膛破肚，刮鳞除鳃，他的动作行云流水，春天笨拙地依着他的步骤，将鱼儿翻来覆去地摆弄，口里念叨："鱼儿鱼儿，不疼不疼，借你祭祭五脏庙，

庙里菩萨心欢喜，赐你来生喜乐顺遂，一世平安。"

李渭饶有兴味，闻言笑道："敢问女郎，五脏庙里坐了哪尊神佛？"

春天抬头瞥他一眼，睇眄流光："是监斋菩萨呀。"

"监斋菩萨喜欢吃鱼吗？"

"别的监斋菩萨爱不爱吃鱼我不知道，但我的五脏庙里的监斋菩萨，最喜欢鱼了。"她颇有些狡黠，笑盈盈地解释，"赵大娘信佛，每回家里杀生都要唠叨上这么几句，这样杀生，菩萨不怪罪。"

"那这世上大概没有监斋菩萨不爱吃东西了。"他爽朗大笑，眉眼生动，又问她，"你喜欢吃鱼？"

春天点点头，"嗯"了一声。

"云娘和长留都不爱吃鱼，所以家里从来不做这些水生物，若早知道你喜欢，在甘州应该给你多烧几顿鱼。"他道，"这是我招待不周了。"

"没有没有。大爷和李娘子、长留弟弟，还有陆娘子一家，都对我很好。"她慢吞吞道，"大爷是不是想李娘子，想长留了？"

李渭手中一顿，继续杀鱼，低声道："他们是我唯一的亲人。"

这话里带着一丝丝难以形容的酸涩之意，春天心头百感交集，隔了半晌："李娘子温柔可亲，虽天人永隔，但音容笑貌犹历历在目，我倒觉得她一直在甘州城等大爷回去呢。"

他微微一笑："那等着回去看看吧，希望这回回去，她的病也好些了。"

两人将鱼处理干净，李渭见泉水边有不少沙葱之类，摘来洗净。削尖红柳枝，将鱼穿在枝上，打算做炙鱼。又挖了河泥裹了几条鱼，要放在火堆下焖熟。

天色已暗，胡商们捡柴生起了火堆，李渭将鱼架在火上炙烤，众人又煮了一锅鱼汤，又在湖边掏了几个鸟蛋焖熟，将胡饼撕碎泡软食用。北地居民不喜河鲜，鱼虾吃得极少，但此时众人早吃腻了胡饼，尝到热汤鲜脍，不啻山珍海味。

这一顿众人吃得心满意足。

吃毕后，众人一席闲话，也不多聊，早早就歇了觉。地上热砂烫手，羊毡铺上去只觉得暖融融，围着火堆酣然入睡，是最安稳的好觉。

这一路行走，春天并不和胡商们混在一处，都择旁处隐蔽之地休憩，李渭守着她，也不离她左右。

李渭分出一堆火，择了另一处地方歇息，此时月色动人，花香醉人，春天心不在焉，在毡毯里翻来覆去，听见远处胡商们毫无动静，李渭也在一旁闭眼睡去,她悄悄起身,抱着自己的褡裢,牵着追雷沿着水边行去。

追雷是李渭的坐骑,通人性,虽然在李渭面前温驯,但脾气暴烈,寻常人不敢轻碰。春天在瞎子巷李家时,闲来无事去马厩喂过草秣,这才渐渐和追雷熟悉起来。

一人一马沿着水岸走了许远,清清凌凌的月色下,见有一片水草茂盛,芦苇摇曳,极亦藏人的浅滩,春天顿住脚步,拍拍追雷:"追雷,你帮忙看着点。如果有人,你就出声告诉我……"

她分开芦苇,寻了处隐蔽浅滩,在水岸边坐下,偏首拆开自己的发髻。

少女披发独坐,身姿柔美。此时月色清亮,薄帛似的披挂在身上,春天容貌随母,平素带着几分不易近人的冷清,此时显出几分被遗忘的娇弱和妩媚。她盯着水中自己的倒影,长长地吁了口气,将靴袜解下,踏入清凉水中。

时值五月下旬,已是盛夏时分,天气炎热,但沙碛的夜里依旧寒冷冻人,野马泉有草木围绕,遮挡冷风,夜里气温稍稍好些,但依旧觉得肌肤生凉。

等到雪白双足习惯这泉水的冰凉,春天裹上毡毯,环顾四周,见四合安静,只有低低的虫鸣,她脸色微红,在毡毯内将身上衣服一件件除去,只留最贴身的小衣,将身体慢慢浸泡进湖水中。

连着数日不沾水,她觉得自己像条在沙地里打滚的咸鱼,见到水的那刻就想跳入水中,因着男女有别,生生忍到现在。

湖水清冷,冷风生凉,春天在水中打了个寒战,一鼓作气,将身体全部浸泡入水中,没过发顶,反复数下,等到习惯这水温,洗发涤身。

芦苇丛深处水声哗啦,李渭抱臂远远站着,身旁伴着追雷,亲热地朝着主人呵气。

春天趁着丰盈月色换了干净衣裳,才从芦苇荡中钻出来。拨开草丛,只见岸边生了火堆,火光跳跃,吓了她一大跳。

"是我。"李渭背对着她,将柴火投入火中,"夜里风冷水凉,容易生病,在火边把水汽烘一烘吧。"

他仍是背对着她,走到远处,倚在一棵红柳树下,不自觉地摸起酒囊,呷了两口酒,在嘴里回味。她又呆又怔,脸涨得通红,冷风一吹,只觉头皮生冷,见李渭远去,才抱着衣裳凑近火堆,在火边烘烤自己的湿发。

火光跳跃在她脸上,也跃入她的双眸,热烘烘地烤着她发烫的面靥,春天唇角不自觉地微微翘起,却听见芦苇丛中连声哗啦,李渭已不见身影。

月色下的野马泉波光粼粼,若铺了满地银辉,远远的水面上有水波荡漾,似有鱼儿畅游,不多时,李渭哗啦一声从水中站起来,双手攀上了水中央的绿洲。

满池星月被搅为一波碎银，他光裸着上身，只着一条长裤，站在月下，逆光而立。

漫天星辉包裹着男人矫健挺拔的身躯，星光在肩，月色在背，湿淋淋的裤紧贴着他身体的轮廓，显得他腰背宽厚，线条紧致，肌骨生动，如月下一棵挺拔的松，萧萧肃肃，爽朗清举。

她默默窥视着他，突然发觉自己心如擂鼓，口干舌燥，冷风拂过，只觉全身发冷，悄悄低下螓首，将发烫的脸颊埋在双膝。

天际一朵云雾，被风牵来，遮住一片灿烂星辉。

李渭出现在春天面前，已是衣裳整齐，头发微湿，身上散发着泉水的清凉之意。

见春天抱膝坐在火堆前，低眉顺眼，一头绸子似的黑发泻在肩头，遮住了大半张脸。

时下风俗，女子好胭脂，好发饰，无论中原胡地，都以云鬓高髻为美，簪花，戴步摇，行走之间环佩叮当，尽显女子柔美之姿。她这样短的发，若再扮回女子，连最简单的发髻都梳不起。

这也是离经叛道、洒脱肆意的少女。

李渭在火堆旁坐定，投下红柳枯枝，橘色火苗噼啪溅起一蓬火星，红柳枝独特的微香弥散在这火光之中，他瞥了她一眼，见少女拘谨地埋着头，只能见她光洁的额头和一双秀美的眉。

春天双靥被烘得红烫，两人不言不语，直坐到月色高悬，才熄灭火堆，往营地而去。

胡商们已然熟睡，发出长短不一的鼾声，有一人卧地辗转，听见红柳后李渭、春天两人一前一后回来，离去这许久，不知做什么勾当，暗地嗤笑一声。

营地的火已然熄灭，拨开余烬，里头是暗红半熄的红柳枝，李渭再投入一把芨芨草，又将火势燃起。

地上的沙土已被烘暖，春天偷偷瞄了眼李渭，见他又举着酒囊细抿，神态随意，悄悄将自己藏在毡毯中，闭目睡去。

毡毯里的少女很快陷入熟睡，长发未束，露出一缕青丝在毡毯外，她身形纤细，蜷身而眠，不过是毡毯里小小的一捧。

李渭喝过几口酒，也抱手倚树，支起长腿，闭眼睡去。

不知今夜何人入梦，梦里天地又是怎样的颜色。

这是出甘州城后，春天睡得最安稳香甜的一觉。

水岸边一片连绵红柳，这时节树顶俱已挂上一丛丛粉花，色若胭脂，艳若桃李，朝霞之下，嫣红鲜绿，碧水青天，景致分外动人。

胡商们让牲畜们在水边游走觅食，驮群里的骆驼喜欢啃食红柳嫩枝，沿着红柳林一路啃食而去，簌簌的红柳花砸落在地。

春天是被骆驼啃食的窸窣声吵醒的，掀开毡毯坐起，只见身周落了满地粉穗，头顶花枝晃荡，隐约可见骆驼的齿牙在其中咀嚼。

她翻身起来，火烬已冷，天光大亮，朝霞褪去，时辰已是不早，胡商们不知去向，不远处的水边坐着李渭和老叩延，一个打磨箭矢，一个抽着烟枪。

地上搁着几个烘熟的鸟蛋，原来只有她一人贪睡晚起，这一觉香甜，极其舒适，因知道今日都消磨在这野马泉，于是春天也不着急，懒洋洋地收拾毡毯，去水边洗漱。

李渭见春天一身珂罗国红衣，窄袖长袍，束腰鹿靴，笑颜向他们两人招呼问好后，奔向水边撩水。

碧水似镜，红衣如火，斯人胜玉，这莫贺延碛，曾遇到过一拨又一拨的旅人，有鲜艳的，有灰暗的，面前这一幕的鲜活之气，惹人心动。

"年轻真是好啊。你瞧这小女郎，嫩生生的，多讨人喜欢。"老叩延磕了磕烟枪，呵呵笑，"哪像我们这种糟老汉，眼花又耳背，牙也缺，皮也皱，人人都看着嫌弃，次次回家，我那老婆子总要指着我骂，你这糟老头怎么还不死？"

李渭笑道："叩延家族俱是白肤蓝眼，容貌殊色，您年轻时，可比令孙不遑多让。"

"哼哼，他可比我差远了。"老叩延回忆起年轻时的情景，喟叹道，"可惜青春已逝，几十年如弹指，哪里想一转眼什么都快没了，什么也没做，只领了大半辈子的路，半截身子已入土，就等着睡棺材了。"

"有一时痛快，得一时痛快。"李渭道，"人人都走这条路，谁也不能长生不老。"

"甚是。那些求密药的，求永生的，最后死得都早，还不如我辈，安安稳稳到老。埋在沙海里的那些古国，去了一拨又一拨的人，说什么长生不老药，还不都是一场笑话，嘿，这也有人信？"

李渭亦是点头，西域小国更迭频繁，毁荣皆在一时，常有谣传各地有返老还童、长生不老的秘方，惹得无数人前往寻找。

春天梳洗完毕，回去果腹，刚坐定，后头来人柔声唤她："春天妹妹。"

原来是郭潘。

他换了一身绿衫，很是斯文，殷勤地替春天取水递物，在春天身旁坐下："妹妹睡得可好？"

春天点点头："挺好。"

这些日子他对人热络，若春天一人独处，总要上前来说几句话，春天按捺心思应付几句，这两日他越发殷勤起来。

他挨得很近，春天觉得别扭，略略错开身子。

"别动。"他温柔道。

春天见他伸手往自己头上探去，被吓了一跳，向后退开，郭潘递来一缕红柳花蕊，拈在指尖，笑意盈盈："女郎这容貌，柳花都黯然失色。"

春天觉得他语气亲昵，蹙眉："多谢。只是不敢劳烦大爷帮忙，你说一声即可。"

"小丫头。"他伸手去碰她的肩头，一尾木箭擦着郭潘衣袖，叮的一声射在地上，两人俱吓了一跳，春天见李渭站在不远处，面容肃然，目光冷凝，心下一松。

"李兄。"郭潘作揖，目光坦荡。

"本想射只鸟儿解馋，不想技艺生疏偏了径，吓到郭兄，多有歉意。"李渭收了箭，"正好有事要寻兄台，请兄台借一步说话。"

春天见两人转去一侧，低语了几句，两人俱是先后瞥了自己一眼，而后郭潘耸肩温柔地笑笑，转身离去。

李渭说完话，折身回来，看见她脸色有些惴惴不安，笑道："没什么事情，几句闲话罢了。"

他问她："饿不饿，我再去给你弄点吃的？"

春天摇头。

正说话间，沙丘后传出一阵喧闹声，是外出的胡商们兴高采烈地回来，人人身后背了包袱，鼓鼓囊囊装了满包东西。

叩延英见了李渭两人："来看看我们找了什么好东西。"

原来胡商们见野马泉附近草木茂盛，在沙地间寻觅一番，竟在一片沙坡上找到了满地生长的锁阳和肉苁蓉。

肉苁蓉喜沙耐旱，通常和梭梭同生，是沙碛里常见的药材，多年生的肉苁蓉粗壮高大，药性极佳；锁阳只在沙漠湖泽附近生长，牧民们常捡来送到药铺贩卖，这种草药价值不菲，很是值钱，若贩卖到南地，价钱更要翻上一番。

莫贺延碛人迹罕至，野马泉泉水滋养地脉，肉苁蓉和锁阳采之不完，众人都挑了那经年上等的采摘，实在抱不下才返回泉边。

春天本想上前去观摩一番，李渭拦住她的脚步："你去看看马儿，牵着它们去吃草。"

"追雷已经领着去了。"春天不明所以，疑惑地看着他，"是什么东西，我不能看看吗？"

他一时犯难，不知如何解释，见胡商们已到眼前，怕男人们会放肆言语，径直将她衣领一提，推向水边："去水边捞几条鱼，中午我给你做鱼脍。"

春天"哦"了一声，闷闷地往水边行去，半路回头又看了李渭一眼，见他站着，似笑非笑地看着自己道："别走远，就在岸边捞就可。"

她嘟起唇，一甩头，不理他。

胡商们将东西从包袱里捡出，逐一挑拣，放在地上晾晒，兴致勃勃："这可都是经年滋养的上佳好物，壮阳最佳，晒干后贩到江南一带，那些烟花之地，富贵人家最看重这些，一两药可比一两金。"

"男人嘛，若是不威风，还怎么当家做主？等会儿再去找找，兴许还有更好些的。"

叩延英跟着众人："这东西要咋吃？好不好吃？苦不苦？"

胡商们俱笑道："晚上炖一锅尝尝，小叩延，你还没成亲，还不到吃这个的时候哩。"

叩延英挠挠头："小爷我还不稀罕吃呢。"

行走在外，商队里大半都是男子，话语间有些荤素不忌，李渭听到众人嘴里放肆，望着远处红衣少女嬉水的身影，索性与胡商们席地而坐，将匕首从袖间掏出，搁在膝上，与众人道："身旁还有女子，总归有些不方便，请各位兄台嘴上留情，体谅一二。"

"好说，好说。"胡商们笑道。

胡商们此日在野马泉休整驮队，补充水源，商量歇过此夜，动身西行。

野马泉后，再走三天的碛地即可出莫贺延碛，复行两三日，就到伊吾地界了。

胡商们食了几餐河鲜，终是思念肉食，见水面野凫曳水，躯体笨拙肥硕，动了食兴，知道李渭随身携箭，身手了得，可以一试。

叩延英跟着李渭射杀水鸟，李渭教他站姿握箭，两人在水边习射。春天和老叩延在岸边拾柴，见两人俱是身姿优美，双腿笔直，攘臂开背，又见水面如镜，红花绿岸，鲜妍明媚，想着再行几日就到伊吾了，离甘露川不远矣，心头舒畅，转眼瞧见叩延英射中一只水鸟，正在那处哇哇大叫，也禁不住微笑。

她驻足观看片刻，瞥见叩延爷爷在一旁笑眯眯地注视着自己，目光大有深意。

春天心中的一根丝线犹如被人屈指一弹，嗡嗡晃动不已："叩延爷爷……"

老叩延的目光投向水边两人，嘿嘿一笑："小娘子，你瞧瞧我那小孙子，怎么样？合不合你的心意？不是老汉自夸，我们叩延家多少年才出了这么一个乖顺孩子，他在我们星弥城，可没少被路过的小娘子塞绢子、送帕子。连我们星弥城主，都想收了他做女婿哩。"

春天不好意思地摆摆手："叩延爷爷，我和叩延英是顶好的朋友……"

"哈哈哈。"老叩延抽了口烟，眯着眼，"是不是和李渭一比，跟个泼猴子似的，看不上眼？我也瞧着李渭很不错，沉稳温柔，可堪良配。"

"没有，没有。"春天呼吸一窒，满脸通红，手足无措，"叩延爷爷，我没有这个意思，您说错了。"

老叩延见她模样慌张，安慰道："那就是老汉看错了，胡乱瞎说，小娘子不要放在心上。"

春天郑重地点点头，抱着手中的柴火匆匆走开："爷爷，柴火够了，我生火去。"

老叩延见她急急走开的身影，嘿嘿一笑，摇摇头。

李渭和叩延英一连射杀了七八只灰毛凫鸟，胡商们当即烧水褪毛，将几只水禽宰杀干净，肚里塞了沙葱、野菌、沙棘和一些浆果子，用湖泥封住，穿在红柳枝上，架在火上炙烤。

禽肉肥美，油光滋滋，香气扑鼻，众人们围着篝火而坐，闻得肉香撩人，去水边折了一捧青翠的芦苇叶，交错编成圆盘，将肉托在芦苇盘中取食。

鸟腹中塞的菌果已然被火烘出一包汤水，拍开封泥，滴滴答答的肉汁水汁淌在手上，又鲜又美，众人食指大动，满腹馋虫，顾不得多说，大啖其肉，虽然少酒，也丝毫不影响众人兴致。

李渭见春天取匕首削肉，低头慢吞吞取食，少言少语，误以为她不爱此味，俯身在她耳边道："你若不爱吃这个，我给你烤条鱼。"

她抬首看他，眼神似乎被蜇了下，摇摇头，小声道："这个就很好，我很喜欢。"

跳跃的火光照耀在她脸庞上，眉目清澈，他觉得自己看错，只觉她双颊若染了漫野红霞，是比火光还要艳丽的娇色。

他错开眼，春天窘迫，复又低下头去。

李渭心中生奇，又悄悄地瞥了她一眼，风拂过少女耳边的一缕碎发，小巧的耳珠犹如玉琢,却沾染了浓郁的绯红,且能看见那红若滴血的耳珠上有一个小小的耳洞,若戴上明月耳珰,不知是如何的况景。

李渭收敛心神,听见胡商们问话:"不知出了莫贺延碛,李兄要往哪条道去伊吾,是否要入星星峡?"

星星峡是伊吾门户,也是西域咽喉,伊吾城有两百驻军在附近建燧守关,李渭在此地有故人,打算往星星峡去会旧友,因此点点头:"我在星星峡有友人,要前去一聚,再回归一驿入伊吾城。"

胡商们互望一眼,又问郭潘:"不知郭兄往哪条道走?"

郭潘望着众人,微笑道:"出莫贺延碛有红柳沟上游,河入伊吾,我走此道。"

听得两人如此说道,胡商们点点头:"我们一行人在外盘桓许久,在莫贺延碛又一路耽搁,昨日商量,打算走下马山这条道,可早些到伊吾城。可惜啊……若大家各有打算,咱们出了莫贺延碛就要各行其道,分道扬镳了。"

下马山是入伊吾的一条山道,道路隐蔽,极其难行,极少有人行此路,但这一路人烟稀少,没有关卡障碍,出了山道就到了天山南麓,往北宛、西域各境都便利。

胡商们又叹:"在这莫贺延碛不过短短几日,却是共患难同进退,也算是生死之交,眼下就要各奔前程,离别在即,还有些不舍。"

李渭知道他们偷运大黄,一路掩人耳目,自然不会走常道,也不点破,当下道:"天下无不散之宴席,有缘自得再见,兴许到了伊吾,还能和各位重逢。"

"正是,正是。"

有通音律的胡商捏起芦苇叶,断断续续吹出一曲西域谣乐。郭潘识乐,随手捡了一根红柳枝,在一块砼砼作响的黑石上随乐敲打,两乐相合,映衬黄沙冷月,镜湖绿草,清寂又哀怨。

饱腹之后,众人收拾器物,玩笑几句,纷纷择地休憩。

深夜时分,篝火渐暗,微微火光中,一股淡淡香气蒸腾而起,袅袅散于空中,酣睡的众人翻了翻身,鼾声几要停止。

有人窸窣起身,踢踢身边沉睡的人,嘴角绽出一缕笑意,去驮群中牵自己的马。

驮群中牲畜温驯地闭目过夜,被驱赶着站起身来,来人用匕首在那软白包袱上一划,内里一掏,果然掏出一包用茶香油纸包裹的大黄。

此人拈起一片,在鼻下嗅嗅,自言自语:"原来是湟水大黄,怪不得这般谨慎。"

他正要带几包大黄远走，突见追雷从地上跃起，一声轻嘶，那人纷飞的袖中寒光浮现，一柄飞刃藏于手心。

身后突然响起声音："郭兄。"

"原来是李兄。"郭潘回头，见李渭立于自己身后，笑问，"半夜三更，明日还要赶路，李兄如何不睡？"

"知道郭兄今夜要走，想送送郭兄。"李渭背着箭囊，抱胸而立，闲闲问道，"大家相逢一场，郭兄却打算不告而别，还在篝火里混了迷药，这是不想见离别的场面吗？"

"那李兄又如何醒着？难道和我想到一处去了？"郭潘作揖笑道，"此时不走，我担心自己走不了，还是先走为妙。"

李渭上前："急匆匆的，郭兄夤夜奔来，又要夤夜奔走，是打算去哪儿？"

"天下之大，总有可容人之处。"郭潘无奈苦笑，"走一步看一步，先入伊吾城看看。"

"伊吾城被北宛人攻了吗？"李渭道，"郭兄去伊吾投奔谁？伊吾龙家，还是北宛王？"

郭潘收敛脸上神色，慢慢站直身体，眯着眼，眼神冷漠："我不懂李兄的意思。"

"你和黄三丁把北宛人引入冷泉驿，杀了金棘城使节，得了北宛人的赏，却不随北宛人退走，反倒又混入商队，又一路尾随我，入了莫贺延碛，要跟去伊吾。"

李渭徐徐上前，抽出长刀，架于他肩头："都是无辜商旅，穿行沙碛，只求一家温饱，你却勾结贼人，草菅人命，于心何忍。"

郭潘哼笑一声，手心翻转，刀刃贴着身体，神色冷傲："李兄这阵仗，是要替天行道？"

"如若你留下来，我也不必如此。"李渭转动刀柄，寒光锋刃贴着他的颈项。

"黄三丁已死，我今夜不走，待出了这莫贺延碛，这群私贩大黄的胡商，也会将我围杀在这沙碛里，李兄都不用亲自动手，就能看见我魂丧大漠，届时李兄也是袖手看热闹。"

"黄三丁知道胡商们的秘密，威胁胡商一路供给你水粮，胡商们心怀愤懑，早想对你们动手，偏你和黄三丁起了争执，毒杀了他，才随着我们一路至此。"

"原来李兄一路看戏看得欢快。我一介书生,手无寸铁,仓皇出逃,难道坐等在这莫贺延碛被渴死,被害死?"郭潘笑道,"黄三丁只是我的仆从,为我而死,也理所当然。"

他掸掸衣袍上的灰土,伸指将李渭的刀别开:"我这一路行来,李兄对我的百般示好不理不睬,我知道李兄不爱惹事,只想袖手旁观,压根不想管这档子破事,我做的这些也与李兄无关,只求李兄放我一条生路。"

李渭岿然不动,将刀锋往下一压,冷刃贴着脖颈轻轻一划,顿时一股辛辣之感从刀下肌肤溢出,郭潘已摸到满手的热血,在月下摊开手一瞧,唇角抽动笑道:"好锋利的刀,怪不得那群胡商不敢动你。"

"你有毒死黄三丁的药。"李渭盯着他,半晌道,"这是独出西域的药,你压根不是晋中汉人,你是西域人,你是谁?你勾结北宛,意欲为何?"

"李兄真是见多识广,还心系边陲之事,你又是谁?我瞧你举止投足,行步射箭,颇有军中铿锵风范,李兄是军士?"郭潘用衣袖抹去蜿蜒而下的血珠,"李兄属于哪支军重?河西还是北庭?"

两人目光对峙,森然发冷,寒风刮过,衣袍猎猎作响。

郭潘目光闪烁,突然朝李渭身后点点头,对李渭笑道:"你的小女郎出来寻你了,她朝我们走来呢,你猜她若看见我们两人这般,会说什么?"

李渭立住不动,冷声道:"她也吸了药气,不可能醒来。"

郭潘见他神色有一瞬间的变换,盈盈笑道:"是吗?你对她还真是关照有加。"他偏首,舔舔自己的唇角,声音风流魅惑,"女人的滋味很好吧?特别是这十几岁的女孩儿,肢体柔韧,细腰可握,昨夜里我看你们两人暗地里出去,野合之趣,真是羡煞我们一众旁人。"

李渭手腕一沉,寒刀一削,目淬冷光,已动了杀机:"杀你之前,我也不介意割下你的舌头。"

郭潘身形颤了颤,只觉颈间剧痛,有汩汩液体流淌入衣内,知道自己惹怒了李渭,无所谓地笑笑:"等她走上前来你再割,岂不痛快,就怕吓坏了这娇滴滴的小娘子。"

郭潘扬手道:"春天妹妹,这小玩意儿送你。"

他话音未落,瞬间变了脸色,满面寒意,猱升后仰,袖间寒光一闪,一柄飞刃擦过李渭身侧,咻地朝身后射去。

李渭收身,急急后退,一个反鹞翻身,抽身挥刀,寒光乍闪,刀气如虹追着那枚飞刃,两下撞击,咯叮一声,两下射入沙地。

面前沙土空荡，丛草瑟瑟，哪有少女身形。

李渭心知春天此刻定然还昏睡着，只是断然不敢冒险，心下松了口气，回头见郭潘从地上跃起，抽鞭纵马而去。

他冷哼一声，眯起双眼，搭起弓箭，攘臂对准郭潘，拔弓一射——利箭破入肩头。

郭潘措手不及，吃痛跌下马来。

郭潘伏在地上挣扎，满面灰土，衣上染了斑驳血迹，形容狼狈，他捂着伤处，盯着李渭徐徐上前，目光愤恨："李渭，你我无冤无仇，你又为何逼杀我至此？冷泉驿的那些商人，都是被北宛人所杀，与我何干？我杀的，不过是那几个金棘城使节。这两日在野马泉，我也没有对你们下手，否则你们一行人，早已死过十回八回。"

李渭淡然道："听闻金棘城使节在冷泉驿火烧之前已死，尸首置于庭院，摆成山型，这是金棘城殉葬的仪式，你是金棘城人？"

郭潘咬牙，片刻后颓然道："我出自金棘王庭。"

李渭了然："据我所知，金棘城虽然亲近北宛，但为防长安忌惮，每一位金棘城王都会送数位王子入长安充当质子，这些年寄养在长安的金棘城王子陆续返回，只剩一子，民间呼之太平奴。听说这位质子是金棘城王和歌姬之子，身份低微，无足轻重，早已被金棘城遗忘。如今金棘城王有意亲近中原，是金棘城王和长子合谋之意。太平奴在长安生活了二十多年，心内对金棘城多有怨怼——你此番勾结北宛杀了金棘城使节，是要回去反你的父亲和兄长吧？"

郭潘桃花眼微眯，眼神却是冷锐无比："你说的不错，那年金棘城被北宛胁迫围攻伊吾，长安愠怒，我父王两方都要讨好，急匆匆将尚在襁褓的我送往长安，取名太平奴，有媚人之意，我名叫曲歌，是金棘城王的第三子。"

李渭叹道："你一个金棘城王子，竟沦落到如此地步。"

郭潘闻得此言，万千情绪上涌，气血翻腾，半晌不语："我逃避我兄长追杀，万般无奈，才出此下策。"

"但你要投靠北宛王，反金棘城，无异于杀鸡取卵，自寻死路，即便借了北宛之势登上王位，也等于毁了你父兄多年的经营手段，你也只不过是一个傀儡，金棘城很快就会被灭。"

郭潘脸色有瞬间的扭曲，很快恢复正色，冷淡道："你如何笃定我不行？就如我父王一般，就因为我是歌姬之子，从未对我有过任何肯定？"他不屑哼声，"我偏要证明给所有人看看。"

李渭见他模样，叹气："你是金棘城王子，不该死于我这草民莽夫之手，我只伤你,不取你性命,你走吧。"

他给郭潘指引方向:"只要你能走出这片沙碛。"

郭潘见李渭折回野马泉,步伐镇定,背影高大,头上一轮银月高悬。他拔下肩头箭羽,箭头只是红柳木削尖而成,知道李渭手下留情,扔下带血木箭,上马往前策去。

李渭回营地,见春天裹在毡毯里一动不动,呼吸平缓,又见胡商们个个昏睡,放下心来。

众人一觉睡到正午方才陆续醒来,只觉头昏眼花,四肢乏力。春天离篝火远,症状轻微,早起在毡毯里呆愣了半晌,才软绵绵地打着哈欠起身。

又不见郭潘,李渭只说他先走了,胡商们点点头,纷纷道:"可惜,都未来得及和郭兄多说一句话。"

众人补喂足马骡,依依不舍地离开这片水源,等到傍晚时分,整装上路,告别野马泉往前行去。

野马泉后,是一片无垠的铅灰砾漠,砾漠的沙土已被吹尽,露出了岩层地表,酷热更甚之前,日光照射之下,景色扭曲,若有浮烟。

众人勉强行了三日,终见极目处有叠叠山影,地上偶见发白的狼粪和虫蚁爬行的痕迹,这意味着离出莫贺延碛不远了。

所有人都不自觉松了口气。

可能是长途的跋涉,春天觉得有些累了。

正是晌午时分,天气极热,旱风炙人。

春天眺望远景,忽见遥远之处闪过人影憧憧,手搭凉棚,仔细眺望,只见极目处,是一支缓缓前行的队伍。

她迟疑地往前走了走,告诉李渭:"那边有人。"

李渭顺着她的目光望过去,只见前方不过是一片死寂的沙地,景色在高热中几乎扭曲和融化,根本不见他物。他盯着前方片刻,见春天眉头紧皱,唇色有些发白,喃喃自语:"那是谁?"

他驱马与她并行,注视着她的神情,问道:"你看见了什么?"

春天眯起眼,细细凝望,那是一支铁甲军队,旌旗飘扬,战马驰骋,马上的铁甲兵士昂首驱马前行,她甚至能听见战马的马蹄声和咚咚的擂鼓之音。

"军队,是军队,他们也是路过吗?"她疑惑地问李渭,"他们有四五十人之多,也未带粮车,怎么会走这里?"

李渭心头微沉,温声安慰她:"你是不是累了?我们停下歇一歇。"

春天注视着这支缓缓前行的队伍,指引着李渭:"大爷你看,他们背上绑了木架，把自己绑在了马鞍上。"

　　李渭呼出一口气："那是长途骑马所用的护架，以防兵士劳累中跌下马，你还看见了什么？"

　　春天皱眉细看，只见那一支军队奔腾起来，隐隐约约，瞬间隐没在无边沙海中，她眨了眨眼："他们不见了。"

　　李渭盯着她，只觉她眉头紧锁，神情疲倦，春天回过神来，问李渭："这里怎么会有兵士，是海市蜃楼吗？"

　　"是。沙碛中常见海市蜃楼，别看了，我们走吧。"

　　这日行至深夜，一行人所见终于不再是戈壁黄沙，点点稀薄绿意弥漫在土地之上。

　　莫贺延碛，出来了。

拾 桃花疹

夜里歇息，春天裹在毡毯里熟睡，恍然入梦，只觉梦里风雪迎面扑来，异常寒冷。

她见到一片惨白的雪原，风雪中的将士身披盔甲，缓缓行于路，她注视着将士的身影，胸背挺直，昂首前行，只是大如巴掌的风雪遮挡了他的脸庞，却能看清兜鍪上的红缨，已被冻成冰柱。

她往前迈两步，大声喊："阿爹！"

那马上的年轻男子转过脸来，面目却藏在风雪之下，只能见唇边一抹和蔼的笑容，问她："你是谁？"

"是我。我是妞妞。"她穿着一身齐腋襦裙，披帛簪花，环佩叮当作响，提裙追他，"爹爹，我是春天，是妞妞呀。"

"妞妞，妞妞是谁？"那男子疑惑问道。

她着急了，语气委屈万分："阿爹，你怎么忘记我了？"

马上的男子沉思片刻，突然恍然大悟，抚掌大笑起来："对了，我怎么忘记了，妞妞，妞妞是我的女儿。"

"妞妞，来爹爹抱抱。"

"阿爹。"她扑上前去，伏在他的膝头，"我好想你。"

　　"妞妞，许多年未见，你已经长这般大了，走的那年，你才只到爹爹的腰际。"他慈爱地抚摸她的黑发，"我的心肝闺女啊。"

　　"阿爹，你走的那年，我才七岁，今年我已经十六岁了。"

　　"九年了……"他长叹，"吾离故土，已九年矣。"

　　她抱住爹爹的膝："阿爹，跟我回家去吧，我和娘亲都在等着你。家里的葡萄藤老了，我们栽了一株新的铁线莲，葳蕤可爱，庭院生香，你见了肯定喜欢。家门口新开了间沽酒铺子，掌勺的是个漂亮的胡姬，我现在长大了，可以去给你打酒喝。"

　　"好，好，回家去，阿爹跟你回家去。"

　　她去牵爹爹的手，手中触感却冰凉生硬，定睛一看，原来自己握着一只惨白的手骨，被吓了一跳。她抬起头来看爹爹，却只见一副锈迹斑斑的铁甲，狻猊兜鍪里装着一颗惨白骷髅，眼窝黑洞，那骷髅森然一笑："妞妞。"

　　她心中惊惧，却不敢显露半分："阿爹。"

　　李渭过来瞧了三四次，天已大亮，胡商们俱已醒来，走路来回喧哗，春天却裹着毡毯一动不动。

　　他正想去掀她的毡毯，这时春天从毡毯里挣扎出来，伸出瘦弱纤细的手，露出一张尖尖面庞。她眼角有泪水滚下，眼珠在眼眶里不停滚动，却始终不睁开眼。

　　"春天，春天。"他低声呼唤她，只觉她脸色有痛苦挣扎之意，面颊潮红，唇角惨白，拿手背在她额头一触，只觉高热烫手。

　　李渭面色沉沉，半晌呼出一口浊气。

　　清凉水滴落在春天面庞上，有人不断呼喊她的名字，她挣扎着掀开眼皮，眼前却一片虚朦，什么也看不见，喑哑喊出一声："李渭。"又闭上了眼。

　　她被人抱在膝头，有手指撬开她紧闭的唇舌，塞入一颗极苦的药丸，而后是清凉甘甜的水，一缕缕沿着唇角灌入口中。这苦涩药气冲入心肺，牵出一丝清明，她闭着眼，鼻息咻咻，胸腔堵塞，只觉身体受高热炙烤，几乎要熔化一般，痛苦皱眉，几欲哭泣："我好难受。"

　　"你生病了。"他轻声道，"哪儿难受？"

　　她不说话，在他膝头辗转，将被高热熏得发红的脸庞埋入他膝间，艰难喘息，热腾呼吸穿透他的几重衣裳，贴入肌骨。

　　叩延英蹲在一侧，用手背触了触春天的耳垂，"哎哟"了一声："怎么这么烫？"他见李渭神色凝重，知道在这荒野中生病的后果，无医无药，风餐露宿，很容易折在这半途中，心头惴惴："要不然我们赶紧入伊吾城，找个大夫给春天看看。"

到伊吾城最快也有个四五天的路程，她这样难受，能不能挨到伊吾城？

胡商们收拾完毕行囊，连声催促上路，春天朦胧间听见胡商和李渭的对话，挣扎着从李渭膝头起来，微声问："要走了吗？"她摇摇晃晃地去牵自己的马。

不过行了两步，春天头昏眼花，高热窒息，身体晃了晃，掩袖遮面，喉头翻滚，干呕出一丝苦水来。

李渭托住她摇摇欲坠的身体，才发觉她是这样瘦弱，轻飘得能被风吹走，完全不花费一丝力气就能抱上他的马。

他把她抱在怀中，共乘一马，扬鞭道："我带你走。"

她昏昏沉沉地倚在他臂间，软绵绵地坐在他身前，如同腾云驾雾一般，不知身处何处，只听见他说："忍一忍，我们去伊吾找大夫。"

她闭着眼，有气无力地"嗯"了一声。

贫瘠沙土之间草色愈来愈重，天气虽然炎热，但到处横蹿的热风渐渐停息，微有凉意拂面，胡商们欢呼不已，见前方草色连绵，山峰起伏，知道这时已入了伊吾地界。

李渭瞧见身前少女的发间，密密麻麻出了一茬儿汗，这样热的天，她皱着眉，缩紧身体，喃喃说"好冷"。李渭把她覆在风帽下，将一颗药丸递在她嘴边："吃下去。"

这药丸由三黄和连翘炮制而成，药味极其苦涩，是沙碛里常用的清热解毒之药。

春天偏首，唰唰摇头："不要，好苦。"

他按捺心思哄她："不苦的。"

她难受至极，不肯顺从，把脸埋在他胸膛里，闭目昏睡过去。李渭时不时喂她喝两口水，这一日除去清水，其他的她都不肯受。

半夜里，春天迷迷糊糊地发起了呓语，众人连番喊她皆不醒，只紧闭双目，身上有如被蒸烫一般，李渭无法，寻出酒囊，给她连灌几口烈酒。她被呛得连声咳嗽，迷糊间见到一双漆黑的眸，像天上的星子一样亮，呢喃："李渭。"

"嗯。"他应她。

她眨眨眼，惨白唇边泛起一丝笑容，又闭眼昏睡。

一行人见她如此状况，皆有些一筹莫展，除去驮子装的大黄，胡商们随身携带的药品都不如李渭齐全。

李渭见她呼吸忽急忽缓,高热不退,脸庞上神色痛苦变换,时冷时热,亦不知如何是好。

冷汗浸湿了衣裳,李渭摸到春天后颈汗津津、冰凉凉一片,只得把她裹紧在毡毯里,安放在自己腿上,连声轻哄,乌黑的发尾露在外头,他触了触,冰凉凉的,想了片刻,替她在手心焐热,再塞回毡毯。

老叩延披衣过来,轻声道:"是不是在莫贺延碛惹了不干净的东西,被沙鬼缠上了?老话说,过碛路有走有留,她这病生得突然,要不然再回莫贺延碛,留下点东西跟沙鬼换换。"

李渭不信鬼神,但也知道此时不宜跟胡商们再赶路,需要找个附近地方,有热汤热食,让怀中人好好休养。

一番思索,他辞别胡商,带着春天往他处去。

无垠旷野里只剩两人,行程缓慢下来。

她恹恹地伏在李渭手臂上,神思昏聩,半睡半醒间将发热的面庞挨蹭在他衣上,闻到他熟悉的气息,几声含糊吃语,飘散在风中。

李渭收紧手臂,揽紧虚弱的人,下颌紧绷,肩背挺直,是隐忍的神色。

马蹄踏过无人的旷野,渐有黄羊、野兔出没在丛草之间,李渭折了方向,往北而行,走了许远,见穿庐下有一间低矮木屋,这才松了口气。

这一间木屋,是从前游牧人夜里休憩之所,后来附近牧民被驱散,木屋荒弃。很多年前,他还在墨离军轻柳营,偶然途经此处,在此处养过伤。

木门摇摇欲坠,李渭吱呀推开,屋内不过一榻,墙上挂着葫芦瓢,地面已然被杂草淹没,草间几蓬黄黄白白的小花,在昏暗室内绚烂绽放,虫蚁在不速之客的闯入下四下逃窜,无声钻入草丛。

春天在他怀中,迷迷糊糊地睁开眼,动了动干裂的嘴唇,将炙热呼吸喷洒在他脖颈之间:"他们,叩延英……"

"你生着病,不宜跟着商队奔波,他们先行一步,我们在此住几日,等你病好再走。叩延英他也不舍得你,嚷着要带你去伊吾,我把甘州瞎子巷的住处告知他了,以后有缘,自会相见。"他将她裹在毡毯中,喂她喝水,"春天,喝点水。"

她顺从地咽下几口清水,只觉喉间涩痛渐减,终有力气将眼睛睁开,见李渭将肉干递到自己唇边,将嘴抿紧。

他温声道:"吃点东西。"

春天摇摇头,将头缩进毡毯,含含糊糊:"我不饿。"

李渭皱眉，效仿之前喂药的法子，指尖一掰，径直将她唇舌撬开，手指探入她口内，她柔软的舌微微挣扎，温热热，滑腻腻，推揉着他侵入的手指，却被他强硬的指节抵住，呜呜两声，他毫不留情地将肉干塞入她嘴中。

她嘴里含着微咸的肉干，皱起秀眉，颇不情愿地睁眼看他。那一双烧得发红的明眸满布红丝，偏偏蓄着一池水光盈盈，久不落睫，迷蒙又生气地看着他。

他见她鼓着腮，要吐不吐的模样，威胁她："你若不听话，明日我带你回甘州城，送你去长安。"

她终是闭上眼，动动唇，慢吞吞嚼着肉干。

李渭如此喂了四五次，见她实在不愿再吃，停住手，让她闭目休憩。

他进了木屋，环视四周，凭着记忆，在那被杂草淹没的石榻角落一摸，果然摸到一个已然腐烂的布袋，是当年他走时，遗留在这木屋的用具。

不过是半支蛇烛，几两碎银，一件带血的面衣。

李渭有一瞬的怔忡，当年他闯北宛王墓，一路负伤逃至此处，他也未曾想到，人生的机遇，竟然如此奇妙。

那蛇烛烧了半截，经年下来犹且完好如初，色泽斑斓，这是产自极北之地的一种油蛇，身长寸许，晒干后遇火则燃，燃有奇香，可驱散沙碛里的毒蝎虫蚁之类。

李渭将木屋杂草除尽，点燃蛇烛驱散虫蚁，在石榻上铺了毡毯，将春天送进屋内——她身上热度稍减，已然昏昏睡去。

"我去给你找些草药、吃食。"他附在她耳边轻声说，"别怕，我很快就回来。"

在这木屋几里之外，有一方地泉涌出，泉水孱细，却汩汩滋润了附近一片丰厚绿草，有兔鸠之类的小禽在此落窝。

春天被人唤醒，只觉眼前昏黑，她被横抱而起，迷糊间揪住了他的衣裳袖口，屋外天色已黑，燃起了篝火，有肉类被火炙烤出的独有香气。

李渭端来一碗浑绿的草汁，抵在她唇边，春天被那股子苦透心肺的气味一冲，倒有了几分精神，有气无力地绽放出一个虚弱笑容："大爷，有不苦的药吗？"

"是红麻和甘草，可退高热。"他安慰她，"只是闻着有些苦涩，尝起来还有一丝甘甜，你试试。"

她一鼓作气，将草汁一口气喝完，只觉舌头发麻，苦得连话也说不出来，瞪眼看着李渭。

他见她一口饮尽，心头稍宽慰："良药苦口。"

喝过苦药，春天坐在火边歇歇，觉得精神稍好了些，只是神思不济，困顿异常。

他又端过一盅漂着碎碎青叶的热汤，春天警惕，李渭无奈笑道："这是甜汤，不苦的。"

清澈的目光注视着他，春天慢慢端起碗："我信大爷说的话。"

汤果然甜，也不知煮的是什么草叶，她低着头，一口口啜吸着热汤。

火上烤着野兔，李渭撕下嫩肉，用匕首切成小块，撒上盐，托在青叶上一并递给她："吃点东西。"

肚腹有热汤垫底，熨帖了空荡荡、软绵绵的身体，篝火一烘，不知是药气还是热汤的缘故，春天只觉身上密密匝匝出了一身汗，接过香咸兔肉，小口小口吃起来。

这两日几未进食，她吃得极快，那一小捧兔肉已然见底，李渭见她吃得风卷残云，姿势却文雅秀气，很是赏心悦目。

春天吃了个半饱，李渭怕她体虚克化不动，不肯再给她肉吃，烧了一碗肉汤给她饱腹。

她舔舔指尖的粗盐粒，见他眼底带笑，隔着篝火注视她，而后探手在她额头贴贴，只是有些微热，暂且放下心来。

夜里春天睡在木屋之内，李渭守着门外篝火。

木屋是红柳木做坯，只有扇歪歪扭扭、一碰即碎的木门，这些年木屋四壁的土泥已然剥落，四处漏风，可窥见外头的天光和篝火。

春天裹着毡毯早早歇息，石榻低矮，榻下是葳蕤野草，屋子里虽弥散着一股陈旧的气息，好歹比幕天席地要强些。

她略微翻了翻身，沉沉睡去。

不过半夜时分，李渭听见屋内有轻微呓语，呼吸急促，进屋一看，春天又燃起惧人高热，面色潮红，鼻息咻咻。

沙碛里有很多怪病，行路多年，他所遇所闻，无奇不有。有身体强壮之人被风一吹瘫痪不能行，有被虫蚁叮在后背最后长出怪胎者，有美貌妇人脸上爬满红斑，但大多数，是风寒、痢疾、毒气、瘟疫所致，也见过很多反复高热的病人，由于各种原因，最后活生生地耗折在半路。

他杀过人，也被人杀过，爬过尸堆，闯过墓穴，见过的死人和白骨太多，最后连生死鬼神都不曾畏惧。

但也有无计可施的时候，例如现在。

李渭打湿布帛，叠在她额头，见她贪凉哼唧，又见月色掩映，木屋昏暗，无人在此，索性挽袖，用湿巾一点点擦拭着她红烫的脸庞。

　　细看她面额，还有透明的绒毛，是一个未开过脸的小娘子，十六岁的及笄年华，恰是摽梅之年，也不知道未来是谁家儿郎，当此良配。

　　李渭暗叹一声罪过，收了手，把毡毯盖好，推门出去煎草药。

　　春天迷迷糊糊熬至凌晨，热则有凉风清水，冷则有暖裘热气，又喝过几回汤药，才安分许多。

　　她睁眼，透过木屋漏洞，见李渭在篝火旁忙碌，推门出去，天光初亮，月如幻影，伶俜星子压着天穹，一缕淡若无物的朝霞涂抹在天际，草色由浓至浅，由墨及绿，万丛米粒般的黄白小花绽在青青草色中。

　　两匹马儿偎依在微凉的晨风中，篝火噼啪，热汤咕噜沸腾，这是风声外仅有的声响。木屋是天地间唯一的存在，身材高大的男人抬头看她，微微一笑，下巴上有青青胡楂。

　　就好像，天上人间，不过如此。

　　她屏住呼吸，恍然心动，缓缓朝他走去，在他身边坐下。

　　李渭见她神情有些恹恹然，眸子蒙翳，问她："不多睡一会儿吗？"

　　春天摇摇头，嗓音沙哑："我睡了好久。"

　　隔了片刻，她又问："今天是初几了？"

　　"五月廿五。"

　　她是在李娘子七七后从甘州城出发的，算起来，离开甘州城已然两月，一路耽搁，种种境遇，有恍然隔世之感。

　　春天心内盘算："还有几日，就是李娘子的百日祭。"

　　李渭点头："出玉门前我已托付陆娘子，上坟祭祀，蒸饼分邻，请她代劳。"

　　她歆羡李娘子家庭圆满，叹气道："我爹爹，已经走了好多年，我却一直不信，连骨殖都没有，如何能断定生死呢？"

　　"但所有人都告诉我，爹爹真的走了。"

　　"前几天，我梦见他，我和他说了很多话，却看见一具骷髅，我握着白森森的手骨，还跟他说说笑笑，但转眼间，他又变得不认识我，大声呵斥我，驱赶我，让我速速走开。"

　　这是她第一次主动说起自家之事，眺望着远景，语气萧瑟："爹爹以前对我说话，从来不会那么凶，他肯定是生我气，怨我怪我……"

　　李渭将热汤递给她："你想错了，小春都尉在救你。"

"你还记得吗?在莫贺延碛,只有你一个人看见了蜃景。"李渭安慰她,"传说沙碛里有只蜃怪,它很挑剔,每次在路过旅人中挑中一人,让这人留下给他做伴。它选中人后,独独给这人看一幅蜃景,用以摄其心魄,你一心挂念小春都尉,蜃怪就给你看了行军图。小春都尉泉下有知,不想你留在沙碛中,当夜入梦让你速速离去,就是不想你被蜃怪缠住,让你快走呢。"

她半信半疑地看着他,李渭温柔微笑:"你蜃气入侵,要多喝药,将蜃气赶走。"

"怎么可能会是这样。"她捧着碗嘀咕,将爹爹的那个梦暂且抛在脑后,"子不语怪力乱神。"

"天下无奇不有,鬼神之托,最得人心。"他笑。

春天喝过药,围着木屋溜达一圈,问李渭:"大爷,你是如何寻到这里的?"

"以前在军中,穿梭莫贺延碛,偶然路过此地,停留过几日。"李渭淡声道,"这里原是胡人牧地,偶有人烟,后来伊吾道重归朝廷,设北庭,这片的牧民都被驱赶了,自此鲜有人路过。"

"大爷在军中是兵士,还是将领?"

"火头军。"他扬起下巴,对自己的厨艺颇有些自得,"你应当知道。"

"火头军之后呢?火头军怎么会穿行莫贺延碛,又怎么会有那么好的箭术?"她慢悠悠地蹲在他身前,仰着一张憔悴面靥,"是骑兵,还是弩手,重骑兵?"

他颇有些无奈,不看眼前人,移开自己的目光:"是轻兵营中的弓骑手。"

"平素都做些什么?"

"闲时筑堡挖井,垦田打猎;战时提刀挎箭,上阵杀敌。"

她亦是第一次了解李渭,缠着他:"大爷,你跟我讲讲军里,讲讲我爹爹,讲讲你。"

他几乎有些喘不过气来,手背在她额头一试,低热绵绵,见她双靥通红,眼下发青:"还难受吗?我带你去透透气。"

春天点点头。

李渭吹哨唤来追雷,追雷听见主人传唤,一路小跑而来,春天的枣红马也乐颠颠地跟在其后。

李渭翻身上马,在马上向春天伸出手。

她浑身绵软无力,哪里能自己骑行,略一思量,将自己的手放在李渭手心,被他抓住手腕略一施力,安放在自己身前。

枣红马疑惑地看着两人并一骑，带着追雷远去，将它抛在原地。它跟着追雷奔了几步，见自己主人毫无回头之意，落寞地折回木屋，低头吃草。

　　往日春天昏昏沉沉，并不觉有一丝异样，此时两人在马上，衣料摩挲，春天只觉李渭胸膛广阔，肌骨坚硬，显得她娇小又羸弱，又被成年男子醇烈的气息酽酽笼住，只熏得面红耳赤。

　　"坐好了，我们去打点水。"男人醇厚的声音从她头顶传来，体温贴着她的后背，带着胸腔的震动，绵绵传入她的身体。

　　春天强装镇定，只觉头晕目眩，一声不吭，勉力揪着追雷鬃毛。

　　片刻之后，李渭带她跃上一块高丘，俯瞰底下浓绿草毯。

　　这一汪泉眼处于一片凹地，泉流尚不够汇集成湖，只浅浅蓄了个小水潭，潭周绿草细密如针，青青绒绒，有野鸠在草丛做窝，被李渭和春天的脚步惊吓，哗啦一声振翅逃去。

　　厚重草间有白蘑和蕨菜，李渭摘下兜在衣袍内，春天亦步亦趋地跟在他身后，见他总能在石缝草堆中翻拣出一些有趣之物，精神渐起，颇有兴致地左翻右找。

　　李渭回头，见她苍白瘦弱的脸上兴味无穷，怕她劳累，将一捧白蘑塞在她手心："拿去水边洗洗，我去别处找些东西。"

　　春天点头，折回潭水旁，潭水清浅，水清无鱼，潭边有几根雀鸟的绒毛和几处蹄印，她垒了几块碎石，在水边垫坐，见李渭在草间游走，蒿草茂盛，见他的侧影不论逆光或者迎着，都有明光照耀在他身上。

　　这是野有蔓草中的那个人。

　　李渭捡了鸟蛋，射杀了一只野鸠，满载而归，折回潭边。

　　他手脚麻利，很快将一堆食材清洗干净，在荒野，有个手艺很好的火头军，真的很棒啊。

　　回程李渭牵马，追雷载着春天往回走，回到木屋，春天略觉困顿，倚着木棚，抱膝看李渭忙碌，生火做饭。

　　两人只有一个铜盅，架在火上煨着鸡汤，李渭捧过药碗，递给春天。

　　这个药简直苦到春天心惊，李渭见她脸色几度变换，默不作声地瞪着碗。他从褡裢内掏出糖包，托在掌心里："给你糖吃。"

　　莫贺延碛热如火炉，那一包糖已融化得不成模样，李渭用匕首削下一点，递在她面前。

　　她身体再不济，见他掌心那块黄豆大小的糖块，也忍不住要笑："大爷，你真的爱吃甜吗？"

"还好。"李渭微笑，摸摸自己的鼻尖，"老人们常说，有糖有盐，才是滋味，带一点在路上，总是没错。"

说来奇怪，她在李家住了半载，居然丝毫看不出他的喜好厌恶。春天端过药碗，闭眼一口饮尽，拈过糖豆送入嘴中，抿唇，等甘甜在嘴中融化。

她笑道："长安东市有一家胡商杂店，主要是卖些香糖果子，他家的狮子糖味道最佳，其色如牛乳，味如甘蜜，有很多禁宫内的小侍官也常来买，连当今太后都很喜欢。大爷爱甜，下次去长安，一定要尝尝。"

她也是第一次和他说这些，眉眼弯弯："我很喜欢狮子糖，但阿娘不肯让我吃，怕我吃坏了牙，每回阿爹买回来，都偷偷藏在怀里，躲着阿娘看着我吃。我每每吃到一半，阿爹怕我坏牙，抢过去囫囵替我吃完，我撇嘴不乐，他又心软，答应下次再去买……"

李渭坐在她身旁，语气松懈："这般好吃？待我下次去了，给自个儿买两块尝尝，也给你和长留带两块。"

她抱着膝，嗓音松软："好呀，那我等着大爷给我送糖吃。"

鸡汤鲜美，春天也只是略多吃了几口，饱腹后，只是犯困，李渭见她这几日孱弱昏聩，催促她多睡养神，她揉揉眼，复去石榻上躺下。

这一觉睡眠冗长，睡梦里她很是不安，一直辗转反侧，呓语不断，至黄昏方起。

夜里复又发起了高热。

他发现她在睡梦里抽泣，是小孩子的啜泣之声。

李渭见她紧闭着眼，断断续续地呜咽，终是不忍，摇醒她："为何要哭呢？"

她被喊醒，还未回神，怔怔地看着他，嗫嚅道："我想家……"

闻言他亦是一怔。

李渭虽是孤儿，但李老爹待他如亲子，后来又娶了李娘子，生下长留，有了一众亲邻好友，甘州城瞎子巷就是他的家。

但她哪里还有家呢？

"我家庭院里栽着一棵葡萄藤，春夏两季，藤蔓盘绕，枝叶青翠，可以在葡萄藤下纳凉、吃饭、说话。秋来葡萄成熟，阿爹阿娘许我攀着凳子去摘葡萄，可惜葡萄树老了，每年仅得那么几串，还要分给四邻和舅舅家，剩下的都不够我一人吃，还要去市集上再买。冬天藤叶掉光，在下头晒太阳也是极好的。"她将蘱首枕在手上，陷入回忆。

他去煎药、倒水，给她滚烫的额头冷敷，听她说话。

春天抱怨："可惜，后来赁屋的那家人，嫌葡萄架有虫，拔光葡萄藤，换种了铁线莲，真是的，明明养只鸡就可以把虫子吃尽，为什么要拔掉我的葡萄藤呀？"

她病中话反倒多了些，絮絮叨叨，说累了，慢慢地又合上眼。

李渭扶她起身喝药，她烧得迷糊，不肯，把脸藏起来，去推他的碗，嗔道："刚刚喝过了，为什么又要喝药？"

"吃了药才会好，身体才不难受。"他耐心哄她，她却不肯顺从，将一碗药都打翻在石榻上。

李渭头疼。

在他的人生际遇里，没有面对过这样的人，时而冷清忧愁，时而聪慧知礼，时而娇纵任性，越来越难以应对——拿她和长留相比，长留乖巧懂事，从来都不需他费心。

春天白日状况稍好，只是疲惫无力，夜里高热不醒，呼吸急促，如此反复，总是在看着要好转时又颓然下去，一连三日皆是如此。

李渭几乎试过了他能找到的对症草药，李娘子自小生病，李渭一直替李娘子请医抓药，累年下来，久病成医，却总归是门外汉，只能束手无策。

她夜里多半昏睡，李渭担忧她昏迷不醒，只能寸步不离地守着，他熬过鹰隼，此时竟比熬鹰还累些。

春天闭着眼，迷迷糊糊之间，突然拉着他的袖子，眼角沁出晶莹泪珠："阿爹，对不起……"

李渭见她泪意汹涌，一颗颗，绵绵滑入鬓间，轻声唤她："春天，春天。"

她沉浸在梦魇中不醒，哼唧哼唧，哭哭啼啼，他叹了口气，摸摸她湿漉漉的鬓发："妞妞，你睁开眼睛看看。"

他连声呼喊，春天这才睁开眼，她似梦似醒，迷蒙目光四下张望，见李渭在身侧，嚅动着唇："李渭，这是哪儿……"

"在去伊吾的道上，要去找你爹爹。"

"还要走很远吗？"

"不远。"

"你为什么要陪着我呢……"

他沉默。

"我不能看着你去送死。"他回她，"你不能来这里。"

"很多次我都差一点死掉。过黄河的时候，险些被河水吞噬，是羊筏上的人用缆绳把我拖上来的。在兰州生了一场病，是尼姑庵的师父救了我。在红崖

沟遇见马匪,是你把我救上来的。我怎么会有这么好的运气呢……"

她收住泪水,面容苍白,神情疲惫,许久之后,嗓音疲软:"李渭,如果有一天我坚持不下去,死在途中,你可不可以把我烧成骨灰,撒在我爹爹战亡的方向?"

"你不会死。"他沉默,"我会把你安然带回去。"

她偏首,透过木棚罅隙,只能见外头篝火微弱的火光,缓声道:"九泉之下,我遇到爹爹,不知道他肯不肯认……

"我走了这么久,不敢告诉任何人,我爹爹,是被我害死的……

"是我的错。

"爹爹亡后,娘亲被韦少宗掠入了韦府。有一次娘亲从韦府归来看我,我听见舅舅和娘亲在说话,娘亲伏在桌上哭泣,说韦少宗见色起意。原来在我爹爹未亡前,他就调戏过我娘亲,等我娘守寡,还未过百日祭,就迫不及待把我娘掠走,舅舅劝娘亲百般忍耐,娘亲又委屈地回了韦府。

"后来韦家被抄家,韦党被连根拔起,娘亲依附了靖王。此后有一次,靖王和我舅舅在书房议事,我那时就躲在书房书架之后,听见靖王和舅舅说起一段公案。韦家有名远亲,名叫叶良,韦家倒台后,这人因一桩军粮贪墨案被拘狱,最后死于狱中,死前此人陈书旧罪,牵扯出昔年一桩冤案,此人在数年前曾任伊吾军的果毅都尉,他……曾是我爹爹的上峰。

"景元六年,叶良收到韦少宗的一封信,后来爹爹听叶良之令带兵先攻敌营,却一直没有等到约好的后部……我爹爹明明是听令行事,最后战亡,却冠与违令之罪。

"原来是韦少宗垂涎我娘亲的美色,先把我爹爹谋害了,让我娘守了寡,没了丈夫,断了念想,名正言顺地把我娘亲抢走了。

"靖王询问我舅舅当年韦少宗抢人之事,舅舅支支吾吾不敢应答,最后我舅舅才说,他早知道是韦少宗害死了我爹,却迫于韦家淫威,不敢宣之于众,更不敢让我娘亲知晓,我舅舅、舅母,明知韦家是凶手,还把娘亲送入了韦府。

"靖王不欲娘亲再挂念旧情,也不想掺和曾经的这一桩公案,再三提点舅舅,不可让娘亲知晓此事,要永远瞒着她。没有人记得我爹爹的冤屈,娘亲柔弱无依,什么也做不了,什么也不知道……"

春天伸手捂住自己的脸。

她的母亲薛夫人美貌动人,有一次外出,在路上被韦少宗撞见,韦少宗一见倾心,四下打听知是一个薛姓官员的妹妹,可惜是个已婚妇人,丈夫在军中，和女儿依附在哥哥家度日。

韦少宗想方设法勾引薛夫人，几番纠缠撩拨，皆不得手。薛夫人娇弱慌张，被他缠得烦了，又不敢得罪："妾乃有夫之妇，夫君在军中谋事，我家夫君英武非凡，劝公子收手为好。"

韦少宗气恼之际，正巧边陲战事频发，这名妇人的丈夫正在其中，和军中心腹通了气，轻轻一句话，就使得妇人年少守寡，最后霸占在自己手里。

依附韦府的舅舅嗅到了其中的玄机，却将自己的妹子拱手送进了韦府。

"我和娘亲自从搬入舅舅家后，娘亲不欲舅母诟病，向来闭门不出，有事只遣侍女出门，娘亲如何有机会被韦少宗看见？后来有一次，我遇见我娘的侍女兰香，她早已被我舅舅打发出去，兰香说，景元六年的花朝节，她要送一批帕子去绣坊贩卖换钱，不巧当日腹痛难忍，只得和娘亲告假。娘亲苦恼，因花朝节那日，家中女儿们都要簪金柳、佩兰草，还要吃花糕。我那时垂涎舅家姊妹样样俱有，又最爱吃沈家铺子的花糕，时时缠着娘亲要买，但家中拮据，等着拿帕子换来的银钱给我买花糕吃。

"娘亲不想让我失望，索性自己独身一人出门，她不舍得雇驴车，一路走到了绣坊，就是在这路上，遇上了韦少宗。原来是我啊，若不是我缠着我娘要花糕，我娘不会出门，就不会被韦少宗调戏，我爹也不会被害，我娘也不会被抢入韦府，最后离我而去……

"都是我的错，我才是罪魁祸首。"

她耸起肩膀，把自己缩成小小的一团，在孤寂的夜里默默流泪。

"所以你不惧艰难，不计后果也要来这里？"李渭声音压得很轻，"你从长安千里迢迢来，是抱着必死之心，要找回你爹爹的骨殖，给自己赎罪吗？"

"我不能让爹爹尸骨抛撒荒野，也不能原谅我自己。"

"傻孩子。"他叹气，"造化弄人，怎么最后会是你来承担这些？你才是最无辜的那个孩子啊……"

李渭挪开她的手掌，静静地凝视着她，见她一张苍白带着红潮的病容，满面泪痕，狼狈万分。泪潸潸的眼，肿胀发红，蒸腾着高热和痛意，藏着小小的一个灵魂。

他用自己的袖子覆在她脸上，把她藏在这方小小的闽暗中。她借着他的衫袖，呼吸着他的气息，人生初遇的痛苦和无力，少年人的彷徨和孤独，纷至沓来，痛彻心扉，她肩膀颤抖，无声痛哭。

李渭缓慢又温柔地抚着她的发，静静等她将泪水哭尽，人人都要经历这样的时刻，无论对错和结果，痛过，才能知道以后的人生要如何选择。

今夜残月暗淡，夜风柔和，四野寂静，星泪点点，照亮苍穹。

春天哭累昏睡。

哭过之后，这一觉反倒睡得安稳，直至次日晌午方才转醒，高热也退了些，只是身体软绵，体力不支，饥肠辘辘。

她双眼痛得睁不开，伸手一摸，眼睛已肿胀如核桃，只透出一条细缝，瞥见一线光亮，嗓子疼痛，连话都说不出来。

春天听见身旁似有轻笑的气息，转头去看，果见李渭在一侧倚墙抱手，漆黑双眸盯着她。

她想起昨夜之事，想跟李渭道声谢，嗓子却干涩得说不出话来，又想自己这副模样定然狼狈难看，抬袖挡住自己脸。

"先吃点东西，我去弄点热水给你敷敷眼睛。"他守了她一夜，见她情况稍好，此时也松了一口气。

昨夜哭了半宿，春天虽有些郁郁寡欢，但将埋藏多年的心事吐露出来，眼泪哭尽，身心都舒畅了几分，不知不觉中喝了两三碗肉汤，嗓子这才好些，但还带着几丝沙哑："谢谢大爷。"

李渭给她双眼蒙上热巾，春天痛得轻嘶了声，他宽厚的手搭着热巾，指尖落在她鬓边，只露出暗淡发白的唇和尖尖的下颔。

她伸手摸到他的衣袖，捏在手间晃晃，语气绵软，小心翼翼："我一直在给大爷添麻烦，对不住了。"

"罚你今日多喝两碗药。"他的目光撩过她的菱唇，手指微动，"昨夜你还打翻了一碗，连本带利，今日把这四碗药都补上吧。"

热巾下秀眉微皱，那菱唇微不可察地嘟起，春天诚恳点头："好。"

李渭舒展剑眉，将热巾撤下，浸在热水里，再递给她："说好的，可不许反悔。我这就去给你煎药。"

春天将热巾敷在肿胀眼皮上，亦从石榻上起身，微露一点视线，亦步亦趋地跟着李渭走出木棚，看李渭收拾用具，生火煮药。

李渭手中攥着几种草叶，有些取其茎根，有些折其嫩叶，春天捏起一根青绿细枝："这是什么呢？"

"牛筋草，骆驼若是发热呕吐，会主动啃食这种草，可以祛热解毒。"

"这个呢？"她拈着一柄缀满细碎黄花的对生叶。

"金龙胆，极苦，性寒，唯独生于沙地，治头痛，解毒，你喝的苦汤就是此物。"李渭也择起一枝，"西北军中常用此药给将士们治热毒。"

"没想到大爷还懂医术。"

"家里病人多，请医问药，耳熟能详，我也只知道几样罢了。"

"大爷这些年也很辛苦吧。"她低声道，"李娘子身体不好，大爷既要照顾一家人，也要外出养家。"

"还好。我自十二三岁起就跟随老爹在外走商，后来从军，再从军中回来，重归商路，这十多年间，在家时日并不多，对家人也多有亏欠。"

春天将敷眼的热巾取下，叠在膝头："大爷有寻过自己的身世和族亲吗？"

他停下手中动作，眼里是一抹淡淡的郁色："十五岁那年，老爹带我去过一次渭水，给我指认过当年生父母遇害之处。那是在天水郡的渭水岸，沿途人烟稀少，水边有两间邸店，生父母前一夜在邸店歇过脚，我问起邸店主人陈年旧案，邸店主人只道生父母共仆从十人，箱箧数担，衣着殷实，口音似是中原一带人，因仆从不慎打翻一个箱笼，露了财，或是应此被贼人盯上。可这渭水旁的贼窝匪人不知有多少，要从官府卷宗、匪丛、父母沿途踪迹查起，所费人力财力非我等可望眼。后来我入了军中，成婚生子，俗事缠身，再也未能去追寻一二。有时转念一想，纵然找到自己的身世族亲，知道自己姓甚名谁，但生父母已亡，怙恃俱失，无人可奉茶孝敬，那又有什么用呢？我就留在河西当李渭，也不错。"

他们两人在一样的年龄，都踏上了寻找父母的路途。

两人默然半晌，李渭煮药，春天生火，隔了许久，春天道："大爷还有家人，还有长留陪着呢。"

李渭微笑："长留啊。我十七岁就有了长留，一晃眼十多年过去了，他也长大了。"

在瞎子巷，春天和长留成日朝夕相处，她很是喜欢长留，话语在心中滚了又滚，忍不住问李渭："大爷少年的时候，也和长留一样吗？"

羞涩、温柔、矜持、稳重、文静又瘦弱的长留。

她在心里慢慢描摹着李渭少年时的模样，是一样的吗？那时的他是怎么样的眉眼，什么样的神情？

他转头，眼里带笑："你想问什么？"

"我想听听大爷以前的故事。"她终于鼓起勇气，直视着他。

李渭将药汤端下，递在她面前："先喝药。"

她把药碗小心翼翼捧在手里，草药热气氤氲，模糊了彼此的眉眼，春天小口吹着药汤，慢慢啜吸一口。

"云姐身子弱，怀胎时还生着病，长留出生后，母子两人都病着，每日里药气连绵,挨了好一段时间才好些。他承的是李家的香火,家里看得紧,长留两三岁,云姐才肯让他下地走路,所以长留爱静,性子绵软些。"李渭笑道,"他更肖母,我小时候,应该比他闹腾。"

"老爹多半时候出门在外,家中只余我、云姐、养母三人。养母金氏,原是敦煌佛寺的比丘尼,后来官中抑佛扬道,拆毁佛寺,僧尼还俗,敦煌的半数僧侣都被驱散。养母还俗归家,嫁给了老爹。她比老爹大了十岁,性子风趣幽默,是个大大咧咧的妇人,可能是年轻时在佛寺清淡惯了,在家中时最喜欢吃酒喝肉,抽旱烟。

"我由养母带大,她把我当亲子养育,因云姐身弱文静,养母便使劲儿掼我强身健体,最喜看我爬树、射弓、跑马、追羊,养成了我淘气闯祸的性子。春来祁连山冰雪融化,冰水裹着山石滚滚而来,我挽袖在水里找祁连玉石;夏日山中满山绒兽,可以打猎骑马;秋天林中野果俱已成熟,摘来去集市贩卖也能换不少银钱;冬日可以在雪地里逮兔子、獐鹿拿回家晒肉脯。我那时,也算是甘州城里有名的孩子王。"

李渭盈盈笑道,神情有一丝骄傲之色。

"后来实在是太闹了,成日里不着家,养母又教我习字看书,静心养性,拘在家中替她抄写佛经。她不善家事,不通俗务,家中很多事都要劳累云姐料理。云姐身体不好,一旦生病卧床,家里柴米油盐就顾及不上,常断炊少食,养母出去采买,常买回一些陈谷烂米、湿柴臭肉之类,后来我渐懂事些,开始帮着做些家事。

"十二三岁时,我不愿待在家中,就跟着老爹走商队,老爹走南闯北多年,各郡各府都去过,他又最擅照顾牲口,甘州城很多商人都喜欢托他出行。我跟着他料理驮群,南来北往地走了几年,无所不见,无所不闻。"

春天从身上掏出一个黄澄澄的铜哨,挂在指尖:"这就是大爷那时候的哨子吗?"

"不错。"李渭点头,凝视着那枚黄铜哨,"这原是驱唤驮群的响哨,后来不用了,我一直带在身边。"

春天抚摸着这枚老铜哨,样式小巧简单,原先是挂于一个小小少年的身上,多年使用下来,已被摩挲得纹路细腻,颜色古旧,散发出岁月温润的光泽。

"后来养母病老,家中只剩云姐一人,老爹也累了,索性归家养老。十七岁时我娶了云姐,那两年间河西一带和西陀冲突不断,西陀人蛮横凶残,烧杀抢掠无恶不作,这时北宛又趁机作乱,犯扰河西、西域。西陀、北宛两部甚至在汉人的地盘上对战,抢掠汉人为奴。故此朝廷在河西大肆征兵,那时我的箭术不错,也不忍同胞被戕害,去了最近的瓜州军帐,报名入了行伍,在军中待了六年,后来战息,从军中归来,又回到了甘州。"

李渭悠悠说完,轻叹一声,收回目光,抬抬了下巴,示意春天:"药凉了,喝药。"

春天将铜哨收回,把凉药饮尽:"爹爹死后的第二年,北庭、河西两军部,共十万铁甲将北宛军击溃,把北宛逼回折罗漫山、牙海一带,我军大获全胜,后来西域各国陆续臣服,打通了伊吾道,大爷也是这时候回的甘州城吗?"

李渭点点头:"正是。"他起身,大步迈开,"喝了药,你去屋里歇歇吧,我去附近找些柴火。"

她默默望着李渭纵马而去的身影,衣袂飞扬,背影几欲腾飞,他在军中六载,最后悄然回归家中,亦有一些不为人知的故事吗?

春天精神尚好,又毫无倦意。见自己的枣红马温驯地在一旁吃草,上前去拍拍马儿,这些日子,枣红马和追雷形影不离,此刻见追雷远去,主人近前,颇有些跃跃欲试。

这片荒野地势缓平,草木稀疏,是沙碛、草原、石山结合之境,蚊虫不多,马儿跑起来分外畅快,虽是炎炎夏日,大部分时候却不觉得炎热,气温怡人。

"等他们回来吧。"春天抚摸扬蹄的马儿,"等追雷回来,让它带你去跑跑。"

李渭回来,见屋前篝火又重新燃起,火上架了铜盅烧水,春天安静地坐在篝火前等他归来。

他带回一株茂盛的沙棘枝,枝上缀满一串串黄灿灿的沙棘果,色泽鲜亮,有如玉种,叩延英最爱吃此物。春天接过沙棘枝,咬一颗在嘴中,味道酸甜,汁水饱满。

她胃口大开,吃得略多些,李渭见她精神持续至现在尚好,心头也是颇为高兴。夜里两人吃饱,李渭终于有空掏出自己的酒囊,饮上一口,对着月色和她闲聊两句。

春天睡前喝过药,半夜也不觉身体难受发热,只是肌肤微微有些生热发痒,她躺在石榻上睡兴缺缺,翻来覆去把毡毯弄乱。

手心微微有些痒,她一下下蹭在冰凉石榻,却感觉指腹下划过一道道细痕,间隙均匀,深度一致,心中生奇,细细摸索,一二三四五……似乎是利刃划过的十道刀痕。

屋内昏暗，春天好奇，起身去屋外拿篝火照看，推门一看，却见李渭已经睡了。他极少卧地而眠，通常都是后背倚壁，抱手护胸，将长腿支起，是防御的姿势。

春天趁此时，静静地注视着他。

儿时的李渭，少年时的李渭，现在的李渭的模样。

不是轻袍缓带的清贵公子，不是满腹锦绣的儒雅书生，不是扬眉吐气的骁勇将士，不是走街串巷的锱铢商人，也不是兢兢业业的忠厚农夫。

是天涯落拓、热血不羁的侠士吗？

也不是。

这样的一个人。

"在看什么？"他突然睁开漆黑的双眼，眼瞳里有火光跳跃。

"没什么。"她脸颊微热，用手挠挠。

"还发热吗？"

春天摸摸自己的额头，挠挠鬓发，老老实实地道："不热了。"

这算是快要好了。

春天说起石榻上的刀痕，李渭顿了顿："那是我上回刻的，计时用，每一日刻一道，住了十日，所以刻了十道。"

那时他逃到此处养伤，几近昏迷，为了让自己不误返营时日，每天见正午一缕光线投入石榻上，就刻下一道痕。

"大爷那时受伤了吗，不然怎会随手在手边划痕？"

李渭"嗯"了一声："一点小伤，抬手有些不便的缘故。"他见春天不自觉地抓着脸颊，"屋内有虫蚁吗？"

"好像是。"春天挠着自己的手臂，"可能被蚊蚋咬了。"

屋里的那支蛇烛已经烧尽，按理说可保数日虫蚁不敢近前，李渭疑惑，却也未放在心上，找出一盒脂膏递给她："这是驱虫用的，你抹在痒处试试。"

春天收了药膏，点点头，转身回屋。

这一夜越来越难受，身上却是不烫，只是微微有些热气，好不容易挨到黎明，春天困顿地闭眼睡去。只是睡梦里越来越不安稳，如有蚊虫爬满身体，所经之处带起一片炙痒，辗转熬到天亮，借着天光，春天挽袖挠着手臂，却发觉胳膊上浮起一片奇怪的红疹。那红疹米粒大小，密密麻麻，微微发热发痒，她禁不住用手挠掐，却越挠越痒。

她摸摸身体，发觉自己自额头、耳后，一路蔓延至身体各处，直至脚腕，全是这粉色的红疹。

李渭听见木屋里的春天发出一声尖叫。

他推门，见春天已起，将自己的袖子挽至臂膀，露出两条纤细雪白的胳膊，那胳膊上密密麻麻浮现着粉色红疹，已被她挠得指痕纵横，甚至刮出了血珠。

两人目光乍一对视，春天眼中带着水光，颤颤抖动嘴唇："我……"

她见李渭朝自己走来，吓得往后退了几步，缩在木屋一角，声音发抖："别过来。我、我这是花痘吗？"

花痘即天花，是时下异常厉害的一种疫病，得此疫者十存三四，患者初时高热惧寒，而后红疹遍体，转为疱疹化脓，即便侥幸痊愈，脓包结痂也会在脸上留下坑坑洼洼的斑点。

李渭心底一沉，当年西陀攻河西，兵将骁勇善战，凶猛异常，但西陀处寒原地带，极少病疫，西陀兵下至中原地带十分容易感染时疫。有人看中这点，向军中献策，将一名天花病人带入西陀营中，不过一个月，那一支染病的军队几乎全军覆没，西陀军惧怕此疫，匆忙撤军。

春天自长安来，从未来过河西西域一带，水土不服，一路接触商旅，会不会也感染了什么病？

李渭看她充满恐惧的脸，脸色凝重："我看看。"

他径直过去拖她的手腕，被春天急急挥开："别过来呀，会传给你……"

她记得得过天花的人，那满脸流脓的模样实在太过可怕，官府还会派人用石灰将那人住的屋子撒遍，还要烧尽患者用过的器物。

李渭见她抵抗，攥住她的衣袖用力一拉，春天咚一声撞入他怀中。他也顾不得这些，将她的手臂在光亮处仔细看了看，原来是一个个极小疹丘，色泽粉红，没有脓点，微微发硬，不似虫蚁蛇蝎叮咬的模样，被她抓破之处微微渗出鲜红血迹，模样也不似花痘，又拿手背贴贴她的额头，丝毫不热。

他心头松下一口气，安慰她道："不是花痘，或许是沾染了什么草木，等疹子消退了就好了。"

春天早已是涕泪滂沱，满脸狼狈，闻言惨兮兮地看着他："不是吗？"

"不是。兴许是莫贺延碛的热毒，惹出了你这身疹子，前几天发热也是因为疹子未出。"

"不是花痘？"她睁大眼睛问他。

"不是。"他笃定，给她信心和期待。

春天松了口气，抬起衣袖想抹抹脸上的泪水："痒……"她双颊发红，颧骨上亦是红疹,像是一种艳丽又奇异的妆容,她的手臂还被禁锢在他手中,只得扭动腕子,"好痒。"

纤细的手臂堪堪可圈,肌肤滑腻,触体生凉,李渭急忙放手,往后退了退,安慰她:"忍一忍,很快就过去了。"

她点点头,却压根不听他的劝,伸手去抓挠脸颊上的红疹。

这红疹越抓越痒,越痒越难受,惹得春天心烦气乱,焦躁不安。

李渭见她手臂和额头都渗出了点点鲜血,双耳红若珊瑚,皱眉劝慰:"再抓下去,你这身皮肉都要抓伤,到时候无药无医,流脓腐烂,又比花痘好到哪儿去?"

她狂躁万分又楚楚可怜地看着他:"真的很痒,好像有虫子要爬出来。"春天将指痕凌乱、血迹斑斑的手腕递给他看,那微小疹丘已然漫成一片,形如桃花,绯红若霞,血痕为蕊,惊心动魄。

李渭皱皱眉,从褡裢上抽出一根布条,将她的十指用布条缠绕住,包得鼓囊如小粽,任凭她如何用力都如隔靴搔痒。

第一日犹且可忍,李渭见她一双眸忍耐得通红,秀眉紧敛,一张脸皆是红斑点点,焦躁不已地在荒丘上走来走去。他上前与春天说话,她只是埋首苦忍。

夜里才是痛苦,她翻来覆去难以入眠,只能将头深深埋在双膝间,鼻音带泣,哼声难耐,袅袅缠缠。

李渭试过几种办法,皆是不管用,几番折腾,春天耐性用尽,将十指上的布条摘下,不管不顾,伸手抓挠难以触及的腰背。

李渭见她暴躁乍毛如怒猫,心头亦是急切,上前去扯她的手腕:"别挠了,再忍忍。"

她实在难以忍受,听得厌烦,猛然将他的手挥开,蒙着双耳,摇头尖叫一声,将毡毯和身边杂物俱数扔向他,又气又凶:"你烦不烦,我不要你管,你出去!"

他乍然撞见她的衣裳被拉扯松开,露出细瘦又圆润的肩头,那是小小的一块圆骨,一片从未见天光、欺霜赛雪的肌肤,还有沿着纤细锁骨一路向下,深入身体,蔓延至不知何处的粉色花瓣。

那是于雪地里枝丫横斜,悄然绽放的一片娇艳桃花,风骨清绝,惊心动魄。

她已经忍受到了极致,胸膛剧烈起伏,双手握拳砸在石榻上,见他僵住不动,咬住红唇怒斥他:"出去!你出去!"

李渭一时竟不知如何自处,眉头一皱,一言不发,大步退出了木棚。

青冥红日，朝霞绚烂，不远处一株花帽炸开出米粒大小的紫色碎花，凉风习习，他站立外头，极目眺望着远处，只觉自己也沾染了她身上钻入骨缝的痛痒。

屋内响起此起彼伏的东西落地的声响，还有呜呜的哭泣声，难耐的抓挠声，咚咚咚双腿乱蹬的声响。

李渭眸色沉沉，脸色紧绷，大步迈向追雷，翻身上马。

春天听见几声马嘶声远去，抬起发红的双眸，李渭已如镝箭纵马远去，又见自己双臂两腿都被挠得红彤彤、血淋淋，知道自己这样只是饮鸩止渴，徒增痒意，再下去只是把自己弄得血肉模糊而已。

不过片刻之后，李渭又折身回来，定下心神，见她蜷身缩在昏暗角落呜呜哭泣，黑发披落，又狼狈又可怜，手背上有几圈渗血牙印，他将少女打横抱起："我带你出去找点药。"

追雷载着两人迎着红日奔去，她东倒西歪坐在他身前，天马飞驰，剧烈的风拍打在身上，她只觉身上的剧痛被隐隐吹开一些。可是还不够，完全不够，她只希望这风真的能将肌肤刮破才能畅快，她含泪抬头望他："李渭，我好难受……"

"忍一忍。"他挺起身躯，目视前方，向她献出一只手臂，"实在难受，抓在我身上。"

她呜咽一声，难耐地耸起肩膀，在追雷风驰电掣的驰骋中，突然鬼使神差，借着他贴近的手臂，钻入他怀中，像八爪鱼一般，手脚并用，紧紧地缠着他，像柔软缠人的水草一般，将他圈占起来。她的十指死死抠进他后背，那力道穿透他的衣，像针一下戳进他的肌肤，要钻入他的肉和骨。

他只觉自己迎接了一只爪牙锋利、杀气腾腾的小兽。

他放松身体，让她施力，让她在自己手背上放肆抓挠，只觉自己密密匝匝出了满身热汗。

她觉得这样可忍，但犹且不足，需要有更多的出口释放体内的痛痒。她咬咬牙，蛰首贴近他的身体，尖尖的牙寻上了他的胸膛。

李渭瞳仁一缩，猛然发出一声闷哼，在她用糯齿咬住自己的那一瞬间，猛然伸手，托住她的身体，圈着她的腰肢抬高，远离自己的小腹。

她被陡然托高，很是不满，双臂自暴自弃地缠上他的脖子，低头咬住他的肩膀，他吃痛皱眉，只觉身体有万千声音叫嚣，却毫无办法，只能生生忍下。

追雷已跑得大汗淋漓，李渭见她紧蹙细眉，犹不撒嘴，手刀一劈，怀中少女闷哼一声，软软倒在他怀中。

他这才解脱出来，带着昏倒的少女，瘫倒在地上。

李渭大概从没有遇到过这样狼狈的时刻。

温软少女昏倒在他胸膛上，秀眉皱起，双目紧闭。

他几近晕眩，眼角生潮，身体有如闷雷，鼓动不已，汗水已经湿透了他的衣衫。

李渭支腿，待自己慢慢恢复平静，吁出一口粗气，不敢再看她，用风帽将少女一裹，带上马。

春天一夜未睡，这时才得了一阵歇，梦里折腾，乱梦纷至沓来。醒来时，她被裹在毡毯里，眼前燃起了火，李渭面无表情地坐在对面，手里搅拌着一碗草药。

她呆了片刻，只觉头晕目眩，脖颈僵硬，伸手摸到颈边，只觉一阵钝钝的疼痛。蓦然想起点什么，她脸颊潮红，眉眼生怯，往羊裘里缩了缩，又扭了扭腰肢，伸手去挠挠胳膊。

"你再敢动，我就把你的手脚绑起来，扔在这里不管，让你自生自灭。"他语气冷淡又冲撞，蕴含着丝丝不耐。

春天一愣，他这是第一次说……他不要管她。

她手指僵住，心头不知是什么滋味，低低地回了声："嗯。"

李渭不说话，低着头碾碎一种黑褐色的果实，将汁渣倒入碗中，伸手递到她面前，淡声道："沾一点即可，抹在疹上。"

春天从地上低眉顺眼地爬起，咬着唇端碗进了木棚。

屋里传来窸窸窣窣的声音，那是她在褪衣裳，他一动不动，宛如石像。

李渭头一回觉得后怕。

这条路，还有回头路可走吗？再往前，那是什么境地？孤男寡女，上路确实有些不便，再如何防，也无可防。

春天将草汁抹在红疹上，那草汁气味辛辣，熏得她眼眶发苦，涂抹之处有点刺痛，红疹处按上去木木的，毫无感觉。

她的手够不着后背，又没有法子，只得胡乱抹一些便罢，匆匆穿上衣裳，只觉得自己此刻尤其狼狈，突然眼眶一热，石榻上砸下几颗泪来。

她再怎么冲晕了头脑，也记得自己怒斥了李渭，在马上如何缠住李渭，她为什么会那样……她被自己的行径吓得面红耳赤，半是羞耻，半是羞愧。

她是惹李渭不快了吗？

李渭见她一直未出来，里头也没有一丝动静，等了许久，终究还是过去敲了敲门。

她在里头含糊"嗯"了一声:"我没事。"

两人各有心思,此日几乎一言不发。

第二日春天有些蔫蔫儿的,如同经霜后的秋草。

"还难受吗?"他问。

"好多了。"春天讷讷道。

她眼神躲躲闪闪,或干脆埋头不看,李渭的脸色也不够好,是罕见的冷淡,眼睛像冻住的星子。

他如此,她越发难受,只觉身心都是煎熬。

李渭发现她默默掉眼泪,面颊上湿漉漉的,一双眼像化冻的冰晶,水光粼粼。

"哭什么?"他不解。

她听到他声音里的生疏,心头更是难受,抬头看他,两颗泪珠从腮边滑下,悬在下颌,驻留一瞬,啪地掉在衣上。

"我抓疼你了吗?大爷……"她的语气有些怯怯的,"对不起……"

"没有。"他轻轻皱起眉。

"对不起。"她牵住他的一点衣角,轻轻晃了晃,"我不应该那样,我、我不是故意的……"

他轻轻叹了口气,不知道如何回应。

"李渭。"她湿漉漉的唇轻启,像一朵花骨朵,含苞欲放,瘦弱又清丽的脸,唇边还有一点嘟嘟的软肉,是极其年轻的娇嫩和柔软,"请你原谅我。"

她真的太年轻,也太天真。

这样的一朵娇花,是如何逃过一路的风霜雨雪,没有遭受半丝践踏和欺负,竟然如此不谙世事。

他去端来食物和水,拂去心头纷乱,脸庞尽量柔和下来:"吃点东西吧。"

她低头吃东西,不经意间瞥着李渭,见他目光沉沉地眺望远方,里面藏满了心事。

再如何遮掩,终究还是有些东西在悄悄改变。

第三日,春天身上的红疹已经完全褪去,李渭再次带着她上路。

(上册完)

若幸归

再报君恩

上架建议：青春文学｜古代言情
ISBN 978-7-5594-7377-6
定价：78.00元（全二册）

MEMORY HOUSE
记忆坊文化